게슈타포

게슈타포

한유지 장편소설

신아출판사

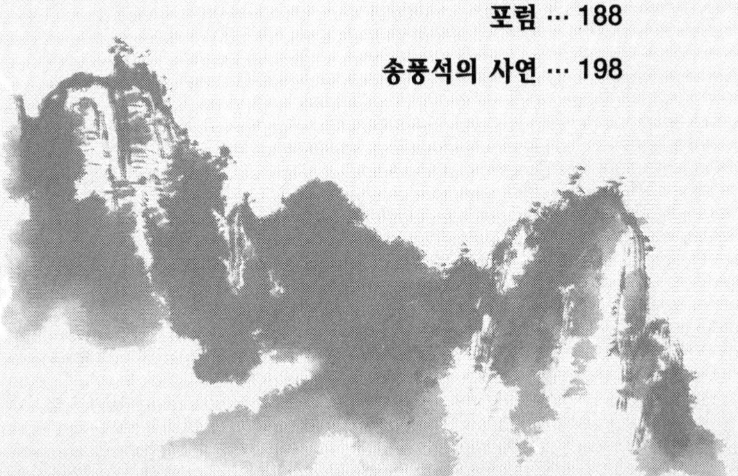

프롤로그

댐 안쪽엔 물이 가득하다. 바람 한 점 없는 날이다. 수면은 눈부시다. 댐 바깥쪽으로는 낙차를 이용한 발전 시설이 없다. 이를테면 저수지나 마찬가지지만 수위 조절은 댐 안에 설치된 터널을 이용한다. 수위에 따라 자동으로 댐 안의 물을 배출시키는 구조다. 터널 입구가 몇 개인지 대부분 알지 못한다. 잔잔한 수면 위로 물거품이 솟아 오른다. 터널 안에서부터 새어나온다. 물거품의 양이 조금씩 많아진다.

"뭐야? 이 자식. 황쏘가리라도 찍은 거야?"

물 밖의 남자가 혼잣말을 했다. 오 분 전쯤 뭍으로 올라온 그는 대수롭지 않은 듯 투피스 다이빙 슈트 상의를 벗어 나뭇가지에 걸쳐 널었다. 부력조절재킷과 마스크도 옆에 널었다. 물 속에 던져 두었던 줄을 당기자 꿰미에

줄줄이 달린 쏘가리가 올라왔다. 족히 열댓 마리는 되어 보였다. 몇 초 지나지 않아 물거품의 주인공이 수면 위로 튀어 올랐다. 그는 마스크를 벗어 던지며 소리쳤다.

"태경이형! 큰일 났어요. 재훈이 형이 사라졌어요."

그렇지 않아도 마스크에 눌려 자국이 남은 얼굴이 새빨갛게 흥분되어 있었다. 현태는 서둘러 뭍으로 향했다.

"무슨 소리야? 거기서 빠져 나갈 데가 어디 있다고 그래?"

"정말이에요. 제가 분명 다 찾아봤는데 없어요."

태경은 나뭇가지에 걸었던 슈트를 다시 입고 장비를 착용했다. 공기통에 남아있는 공기가 많지 않았다. 겨우 50바 정도였다. 수심이 깊지 않으니 5분 이상은 버틸 수 있을 것이라는 계산을 하고 있었다. 방금 올라온 현태의 공기통은 거의 바닥났다. 현태의 표정은 망연자실했다.

"다 뒤져봤지만 도저히 찾을 수가 없었어요."

현태는 거의 울기 직전이었다. 재훈의 공기 역시 바닥일 텐데 지금 상황이라면 생존 여부를 보장할 수 없다. 태경은 마스크를 든 채 입을 열었다.

"우선 구조대에 연락하고, 연락하고……."

태경은 더 말을 잇지 못하고 마스크를 착용했다. 그는

여러 가지 상황을 그렸다. 상상하고 싶지 않은 것들이지만 재훈을 구출하기 위해서는 어쩔 수 없었다. 태경의 모습이 수면 아래로 빨려 들었다. 마치 댐 속의 물귀신이 삼키는 것만 같았다. 그를 대신하는 것은 물거품뿐이었다. 물거품은 재훈과 현태가 들어갔던 터널 입구로 향했다. 수중랜턴이 암흑같던 터널 속을 훤히 밝혔다. 태경은 저 끝 어딘가 재훈의 모습이 보이길 바랐다. 남은 공기로 버티고 있을 재훈 생각에 마음이 급해졌다. 물방울은 터널 위로 달라붙어 뒤쪽으로 굴러갔다. 실낱같던 희망이 조금씩 흩어졌다. 재훈이 살아있다면 앞쪽에서부터 공기방울이 흘러왔어야 정상이다. 마스크 렌즈 위로 태경의 눈물이 굴렀다. 게이지는 남은 공기가 얼마 남지 않았다고 비명을 질러댔다. 당장 돌아 나가지 않으면 죽음에 이를 수 있다. 태경은 오래전 파푸아뉴기니에서 물속사냥에 심취해 역류에 휩쓸려 죽음의 문턱까지 다녀왔던 기억이 났다. 재훈을 포기해야 한다. 태경은 이를 악물었다. 호흡기는 더 이상 공기를 내어주려 하지 않았다. 통 안의 공기를 억지로 빨아들이는 수밖에 없다. 목의 실핏줄이 일어섰다. 살기 위해서는 버텨야 한다. 재훈 생각에 집중하느라 얼마나 들어왔는지 알 수 없다. 이럴 줄 알았다면 줄이라도 매달고 왔어야 했다며 후회했다. 바깥에서 당겨주기라도 하면 좀 더 빨리 나갈 수 있을 터였다. 핀 킥이 조금씩 더뎌졌다. 터널의 입구가 보인다. 조금만 더 버티면 나갈 수 있다. 죽음의 공포가 머릿속을 지배했다. 입구의 빛은 생명의 빛이다. 태경은 마지막 힘을 다해 공기통 속의 공기를 빨아들였다. 다리에 남은 힘을 쏟았다. 두 팔도 휘저었다. 빛이 강해졌다. 곧 터널 밖이다. 머릿속이 하얗게 변해갔다. 띵 하는 느낌과 함께 환각이 왔다. 환청도 들렸다. 이제 곧 재훈 옆에 누울 것이란 생각이 들었다. 부모님, 아내, 아이들, 친구들이 기억 속을 마구 휘저었다. 영화 한 편이 순식간에 흘렀다. 먼저 가서 용서를 구하는 순간 누군가 팔을 잡아챘다. 현태의 모습이 시야에 들었다. 현태는 보조 호흡기를 태경의 입에 물려주었다. 호스를 타고 생명이 전해져 왔다. 신이 새로운 삶을 선물한 듯했다. 흐려졌던 시야가 맑아지고 두뇌 회전도 정상을 찾았다. 태경은 재훈이 같은 상황을 겪었을 것을 생각하며 질끈 눈을 감아버렸다.

평온한 수면에 잔바람이 스쳤다. 물결이 일었다. 태경

과 현태는 물가에 쪼그리고 앉았다. 두 시선엔 터널 입구에서 재훈이 얼굴을 내밀기를 바래는 마음이 간절하다. 멀리서 사이렌 소리가 들려왔다. 구조대 차량이 굽이진 도로를 달려오는 것이다. 태경과 현태는 이미 늦었다는 것을 알고 있었다. 그래도 기적이 일어나기를 희망했다. 태경은 이해할 수 없었다. 다이빙 경력 천 회에 달하는 재훈의 경험과 실력이면 터널에서 길을 잃을 리가 없다. 그다지 깊은 터널도 아니다. 아날로그 나침반이 방향을 잘못 가리키는 건 더더욱 불가능하다. 알람이 고장났다 하더라도 공기가 부족하면 호흡 곤란이 있었을 것이다. 공기통의 압력은 게이지가 없더라도 본능적으로 알 수 있다. 말마따나 사고가 나니까 사고라지만 재훈에게는 있을 수 없는 일이다. 구조대 차량이 도착하자 현태가 상황을 설명했다. 태경은 장비를 다시 착용했다. 터널로 들어갈 생각인 것이다. 구조대의 만류에도 불구하고 태경은 구조요원 자격증까지 들이밀었다. 현태는 구조대에게서 공기통 두 개를 받아냈다. 현태가 앞장서고 태경과 구조대가 뒤를 따랐다. 네 개의 수중조명은 터널 안을 대낮처럼 밝혔다. 시멘트 바닥에 뿌리를 내리고 자란 물풀들이 너풀거렸다. 마치 외부인을 경계하는 듯했다. 벽면에 낀 물이끼도 숨을 죽였다. 태경은 어디까지 다녀왔는지 기억도 없다. 한참을 들어가서야 사람의 형태가 희미하게 보였다. 바닥에 깔린 재훈의 모습이다. 태경과 현태는 목이 잠겨옴을 느꼈다. 호흡도 멈춰버린 듯 갑갑했다. 다이빙 장비마저 벗고 싶었다. 태경은 힘을 다해 핀킥을 했다. 재훈은 입을 벌리고 눈을 까뒤집은 채였다. 엎드린 채 바닥에 깔린 재훈의 시신은 최후의 고통을 암시하게 했다. 마지막 한 숨에 폐속 깊숙이까지 물이 가득 찼을 것이다. 태경은 차마 재훈의 얼굴을 지켜볼 수 없었다. 구조대가 재훈의 부력조절재킷에 호스를 꽂아 약간의 공기를 주입했다. 재훈의 시신이 터널 바닥에서 조금 떠올랐다. 구조대는 재훈의 시신을 터널 밖으로 끌었다. 터널 입구의 빛은 이제 생명의 빛이 아니었다. 태경은 생각했다. 아까 마지막 한 모금의 공기가 재훈에게도 있었다면 생명의 빛을 만날 수 있었을까? 왜 거기서 생을 마감하게 되었을까? 특전사에서 함께했던 지난날들이 번개처럼 스쳐 지나갔다. 눈물 한 모금이 콧속을 타고 목구멍으로 전해졌다. 끈적했다.

졸음 운전

보드라운 잔디의 여린 이파리 한 잎 한 잎이 느껴진다. 무거운 몸이 목화씨처럼 가볍다. 아내와 아이들의 따듯한 체온이 손을 타고 전해온다. 세월이 녹아들어 거칠어진 두 손에 느껴지는 감촉은 모시적삼에 비단을 비비는 것만 같다. 5월의 바람결이 콧자등을 스친다. 냉동되기 직전의 살얼음이 녹아내리는 사이다만큼이나 청량하다. 두 손 가득 감아도는 체온은 꿈이 아니라고 한다. 꿈결 같음은 꿈이 아니다. 조금씩 현실감이 찾아든다. 포근한 이불의 감촉이 느껴진다. 행복에 겨운 시간은 포기하기가 쉽지 않다. 의지는 쉽게 꺾인다. 꿈과 현실의 중심에서 어지럽던 현실감이 살아난다. 불편한 조명이 힘을 잃자 천장의 벽지가 빠른 속도로 선명해졌다. 불안감이 고개를 든다. 어색하면서도 익숙한 공간이지만 그다지 반갑지 않다. 독특한 냄새가 코끝을 스쳤다. 마지막 기억마저 불안하다. 아이들의 손이 꼼지락거린다. 아이들의 모습이 보인다. 아내의 표정은 먹구름처럼 불안하다. 갑자기 두려움이란 놈이 귀신같이 달라붙었다. 발가락 끝까지 털이 곤두섰다. 짧은 순간 많은 생각이 오갔다. 생각은 이리저리 나뒹굴더니 출구에 이르렀다. 상상력은 조종간을 잃고 자유자재로 비행했다.

"역시 우리 소원을 들어주셨어!"

기도를 마친 아내가 소리쳤다. 환한 미소가 함께였다.

"와! 아빠가 깨어났어. 하나님께서 우리 소원을 들어주셨어!"

아이들이 깡충깡충 뛰었다. 우정의는 짧은 순간이었지만 불안과 환희가 공존했다. 아내는 그의 얼굴을 내려보며 볼을 쓰다듬었다. 예전보다는 많이 하얗게 변한 얼굴이지만 아직도 군인 티가 났다. 피부는 검은 편이지만 트러블이 없어 보드랍다. 반면에 누가 봐도 태양인이라고 할 정도로 각이 선 얼굴에 잔 흉터도 많다. 쌍꺼풀이 없고 강인한 느낌의 깊은 눈빛이 매력적인 그다. 눈썹은 너무 굵지 않았지만 길고 길다. 턱 주위에는 깊은 흉터자국 하나가 남아있다. 군대에서 생긴 상처다. 아내는 남자다운 그의 모든 것을 사랑했다. 손가락은 엄지만 열 개 달린 것처럼 굵고 투박하다. 아내는 손길과 마음이 고운 사람이다. 다리는 말다리처럼 단단해 송곳도 들어가지 않을 것같다. 어깨 근육 역시 봉긋하여 슈트도 잘 어울린다. 아내는 식스팩 복근에 얼굴을 문지르는 걸 좋아한다. 우정의는 아내의 시선에 측은한 사랑을 느꼈다. 아내의 설명에 의하면, 심각한 교통사고가 있었다. 차량이 전복되는 사고였다. 불행 중 다행인 것은 주행 속도가 빠르지 않아서 2차 사고는 없었다. 우정의가 서울에 있는 병원으로 옮겨온 건 하루가 지났다. 아내는 뇌사까지 걱정했다. 우정의는 여자의 극한 상상력을 다시 실감했다. 문제는 어떻게 사고가 났던 건지 전혀 기억에 없다는 것이다.

5월 7일. 우정의는 반성문 부장의 지시로 태안의 지국으로 출장가는 길이다. 포근한 날씨는 계절의 왕 5월답게 따사롭고 상큼하다. 오랜만의 지방 출장길은 휴가를 가는 기분이다. 불과 며칠 전, 어린이날에만 해도 용인에버

랜드에서 사람 구경 실컷하고 왔던 터라, 태안의 시골길은 만족도가 높다. 여유로움을 넘어 평화로운 기운이 솟아났다. 느린 속도에도 불구하고 가로수가 휙휙 소리를 내며 지나친다. 나무 사이로 뚫고 들어오는 봄날의 햇살이 눈을 간지럽혔다. 햇살은 묵은 것들까지 가뿐하게 날려버렸다. 창 밖으로 손을 내밀자 따스한 봄바람이 스치며 성감을 자극했다. 아내의 가슴을 만지는 것같은 편안함이 전해졌다. 결혼 전엔 봄만 되면 뭔가를 움켜 쥐려 손을 내밀고 다녔다. 그의 코는 봄의 기분을 가득 느끼며 노래를 불렀다. 그렇게 해안도로의 한적한 시골 풍경을 즐기던 게 마지막 기억이다.

우정의는 머릿속이 매끄럽지가 않았다. 교통사고 직전의 기억조차 없다. 그는 완벽주의자라고 불리울 정도로 꼼꼼하다. 직업이 완벽함을 원하기도 했다. 사고의 충격으로 잠시 기억상실 증세를 보이는 것인지도 모른다.

가족들은 저녁 나절이 되어서야 집으로 돌아갔다. 해가 질 무렵이 되자 동료들이 병문안이랍시고 찾아왔다. 반성문 부장부터 후임 직원들까지 모두 출동했다. 직원들이 걱정 반, 농담 반으로 병문안을 다녀갔다. 혼자 남게 되자 다시 머리가 복잡해졌다. 그는 과음을 해도 필름이 끊기거나 한 적이 없었다. 찜찜한 기분이 영 가시지 않았다. 잠도 오지 않았다. 사고 직전 상황을 기억 구석에서 끄집어냈다. 사고 전날 밤에는 잠도 충분히 잤다. 평소에 '핸들만 잡으면 초인'이라는 평을 들었던 그다. 졸음운전을 인정할 수 없다. 의심스러운 것이 하나 있긴 했다. 홍성IC 인근부터 랭글러 지프가 같은 코스로 따라왔다. 느린 속도로 주행했지만 랭글러는 앞지르거나 떨어지지 않았다. 태안이 유명한 관광지인데다 외길이라는 것을 감안하면서도 자기도 모르게 번호를 외웠다. 30러 3427. 평소 훈련이 된 버릇 때문이다.

언제 잠들었는지 또 기억이 없다. 잠이 오지 않아 잡히는 대로 책 한 권을 들고 페이지를 휙휙 넘겼던 것까지는 기억한다. 우정의는 교통사고 후유증을 예상했다. 외상도 없고 통증도 없지만 뇌검사는 필히 해봐야겠다는 생각이 떠나지 않았다. 창밖은 아직 어둡다. 회진시간이 되려면 한참 남아 있다. 먼지가 뽀얗게 앉은 벽시계는 새벽 5

시를 알리고 있다. 병실 옆 침대에는 환자 한 명이 자고 있다. 그가 잠들기 전에는 없었던 사람이다.

회진시간이 되자 우정의는 뇌검사를 부탁했다. 답답한 병실을 피해 공원으로 나갔다 돌아오자 아내가 도시락을 꺼내고 있었다.

"환자에게 이런 걸 먹여도 돼? 의사들이 알면 어쩌려고?"

우정의는 아내를 나무랐다.

"병원밥이 좋으면 그거 먹어. 도로 가져가도 돼."

아내는 당연히 제지당할 것을 알고 있었지만 가방에 도시락을 챙겨 넣으며 말했다. 아내는 아이를 셋이나 낳았지만 지금도 애교가 철철 넘쳐 흐른다. 옆자리 환자는 아직도 자고 있었지만 그들은 공원에 나가 도시락을 해치웠다. 아내를 배웅한 후 다시 병실로 올라오자 옆자리 환자는 자리를 비우고 없었다. '벌써 퇴원한 건가?' 겨우 하루였지만 같은 방을 쓰면서 인사도 나누지 못한 것이 마음에 걸렸다.

우정의는 의사의 만류에도 불구하고 고집을 부려 퇴원을 결정했다. 병원에 더 이상 머물고 싶지 않았다. 퇴원까지는 주문했던 뇌검사 과정이 그를 귀찮게 했다. 검사 결과는 일주일 정도 기다려야 한다.

차량에 설치된 블랙박스를 직접 확인해야 속이 시원할 것 같았다. 그는 퇴원과 동시에 직원에게 사고 주변 CCTV영상과 차량의 위치를 부탁했다.

“팀장님. 설마 퇴원하신 건 아니죠? 부장님한테 혼나십니다. 태안 본부로 가셔야 합니다. 듣기로는 굴러갈 상황이 아니랍니다.”

“대체 사고가 어느 정도길래 그래?”

“저도 잘 모르겠습니다. 아무튼 살아계신 게 기적일 수도 있대요.”

직원은 절대 가벼운 사고가 아니라고 말하고 있었다. 차량의 상태가 궁금해진 우정의는 아내의 승용차를 빌려 태안으로 향했다. 며칠 전과는 느낌이 달랐다. 부담감이 앞섰다. 태안지국 직원들이 놀라는 표정을 지으며 반겼다. 그들은 우정의의 온 몸을 눈으로 훑었다. 대형 사고라고 들었는데 기껏 며칠 만에 멀쩡한 모습으로 방문한 것이 놀라운 것이다.

“왜 그리 놀랍니까?”

“차가 그렇게 대파되었는데 너무 멀쩡하셔서요.”

"그런가요?"

우정의는 멋쩍게 웃어버렸다. 주차장 구석에 대충 세워진 차량의 상태는 생각보다 심각했다. 두 다리로 걸어 다니는 자체가 기적이었다. 블랙박스의 메모리를 회수하고 서울로 돌아가는 길이 어째 가볍지 않았다. 죽다 살았다는 느낌이 들어서다. 우정의는 사무실 방향으로 핸들을 돌렸다. 늦은 시간이라 사무실에는 야간 근무자만 남아있었다. 테이블 위에는 부탁해 두었던 CCTV 영상이 담긴 CD가 놓여 있었다. 안타깝게도 CCTV 위치는 사고 지점과 너무 멀리 떨어져 있어서 사고 현장을 확인할 수 없었다. 블랙박스 메모리의 영상은 그를 기겁하게 했다. 화면은 하늘과 땅을 두 차례나 교차했다. 코너에서 난간을 들이박은 차량은 전방으로 두 바퀴를 굴렀다. 급하게 휘어진 길도 아니었다. 인정사정없이 난간을 처박은 것을 보면 브레이크를 밟으려는 시도조차 없었던 것이 분명하다. 설마 했었지만 졸음운전을 의심하지 않을 수 없다. 그런 사고로 살아있는 것 자체가 용하다고 생각했다. 그는 새 생명을 하사 받은 셈 치고 살리라고 마음먹었다.

똥개의 사고

벌써 3일째 비가 내리고 있다. 하늘에 구멍이 난 것처럼 장대비가 하염없이 내리고 있다. 선택권만 있다면 누구든 이런 날의 외근은 거부 대상이다. 사무실에서 시원하고 보송보송한 에어컨 바람 이상 가는 안락함은 없다. 외근 명령이라도 받으면 당장 뛰쳐나가야 한다. 차에서 에어컨 바람이 나오기까지 짧은 시간도 참아내기 버거울 정도로 습도가 높다. 누군가 실수로 어깨를 살짝 부딪쳐도 인상을 찌푸릴 판이다.

"오늘 멍하고 쥐가 야간이지?"

퇴근 시간이 되자 반성문 부장이 나타났다. 어디선가 은폐 전술 훈련을 마치고 돌아온 것이다. 현장에서는 모르겠지만 회사 안에서만큼은 그를 따를 사람이 없다.

"오늘은 빈대떡에 막걸리 회식이 있을 예정이니 그리

알아. 멍하고 쥐는 야간에 어디 새지 말고 업무 똑바로 봐!”

반부장은 멍과 쥐가 잘 들으라는 듯 큰 목소리로 말했다.

“부장님! 매번 일부러 저희가 야근할 때에만 회식하는 거 아니에요?”

멍과 쥐가 항변했다.

“어차피 니들은 술도 안 마시잖아. 그깐 회식이 재미가 있긴 해?”

“반칙입니다. 오늘 회식은 내일로 미뤄 주세요!”

“안돼, 내일은 비가 그친다는 뉴스가 있었어. 비가 오지 않으면 술맛이 없지.”

“부장님! 아직도 구라청을 믿어요?”

반부장 역시 기상청을 믿고 싶지는 않지만 회식을 포기할 수 없었다. 그는 한마디로 일축했다.

“같은 공무원끼리 안 믿어주면 우리는 대체 누가 믿어주겠냐? 서로 믿어야 오래 가지.”

반부장의 말에 다들 야유했다. 하지만 대꾸할 생각은 없어 보였다. 가끔 오해를 받기도 하고, 진실을 알면서도 대의를 위해 또는 명령에 의해 묵인하고 있어야만 하는 회사의 특성 때문일 것이다.

반부장은 퇴근시간 전부터 시계만 쳐다보았다. 간절한 막걸리 생각이 만든 칼퇴근이다. 사무실에는 야간 근무인 명과 쥐만 남았다. 단골 막걸리 집에 도착한 반부장은 수다를 털어대기 시작했다. 막 첫 잔을 따라 마시려 할 때였다. 우정의는 한 통의 문자메시지와 전화를 거의 동시에 수신했다. 대외특수임무팀의 올빼미에게서 전화가 온 것이다. 범죄조직대응팀으로 발령이 나기 전에 근무했던 곳이다. 비 오는 날이라 술 한 잔 하자는 전화일 거라고 생각했다. 그런데 전화기 너머로 들려오는 올빼미의 목소리가 그다지 맑지 않았다. 그의 호출 코드네임은 올빼미다. 올빼미 같은 외모 덕분에 별명 겸 코드네임이 되어버렸다.

"우박사! 수도통합병원으로 와야겠어."

가라앉은 목소리였다. 나지막이 뱉은 한마디에 우정의는 큰 사고를 직감할 수 있었다. 불길함이 온 몸으로 번져갔다. 수도통합병원은 며칠 전 자신이 입원했던 곳이다. 그는 전화를 끊고 부장에게 둘러댈 변명을 급히 짜냈다.

“부장님. 일이 생겨서 먼저 자리를 떠야겠습니다. 내일 반성문 올리겠습니다.”

“이제 술상 차려지는데 무슨 소리야? 말 같지도 않은 변명이면 하지도 말아.”

반부장은 아쉬워하며 그를 잡았다.

“막내가 많이 아프답니다. 병원에 좀 가야겠어요.”

“그럼 어쩔 수 없지. 만약 핑계 대고 딴 놈이랑 마시러 가는 거면 나한테 죽는 줄 알아!”

“여부가 있겠습니까?”

우정의는 곧장 수도통합병원을 향했다. 서류상으로는 부서를 옮기기는 했지만 사실상 대외특수임무팀에 속해 있었다. 대외특수임무팀은 국정원에서도 극비에 부쳐진 조직이다. 팀원들은 의례히 타 부서로 전출되곤 했다. 우정의는 무거운 발걸음을 옮겼다. 장마는 소강을 앞두고 마지막 발버둥치는지 평소보다 심한 장대비를 쏟아 부었다. 폭우로 십여 미터 앞도 명확히 보이지 않았다.

빗속을 헤치고 달려온 곳은 대외특수임무팀 전용 병실이다. 며칠 전 우정의가 입원했던 일반 병실이 아니다. 생각보다 심각한 상황임을 받아들여야만 했다. 병실 입구에는 올빼미가 벽에 손을 기댄 채로 서 있었다. 원래 밝은 얼굴은 아니었지만 더욱 굳어진 표정이었다. 우정의는 올빼미의 축 늘어진 한쪽 어깨를 지긋이 누르고 병실로 들어섰다. 일그러진 표정의 홍준희 대장이 창밖을 보며 서 있었다. 침대 위에는 흰 천을 덮은 누군가가 있었다.

"똥개야……."

우정의가 내지른 소리는 절망과도 같았다. 홍준희 대장과 올빼미는 소리없이 눈물만 흘렸다. 우정의는 참을 수 없는 고통에 가슴이 에이는 듯했다. 이를 악물고 참았지만 소리 없이 눈물을 흘릴 자신이 없었다. 어깨에 경련이 일었다. 턱 근육이 딱딱히 굳어지며 부르르 떨렸다. 어찌나 세게 이를 악물었는지 이가 갈리는 소리가 들렸다. 십여 분이 지났을까, 망연자실한 우정의를 보다 못한 독사 홍준희 대장이 입을 열었다.

"우박사. 단정할 수 없지만 누군가 붙은 것 같다. 다들 신경써야겠다. 얼마 전 스미스 새끼들이 잠입해서 팀원들 붙여놨다. 아직 이렇다 할 만한 액션은 없었는데 이젠 의심하지 않을 수 없다. 다만 좀 이상한 것이 있다. 똥개가 사고를 당했을 때, 스미스 새끼들은 대구 쪽에 있을 시간이었어. 수원에서 사고가 난 걸 보면 아마도 우리가 감지하지 못한 놈들이 있는 것 같다. 뭔가 놓친 거야. 누군가 붙었다면."

홍준희 대장은 더 이상 말을 잇지 못하고 얼버무렸다. 그는 자신의 무능력함 때문이라고 자책하고 있었다. 우정의는 붉게 물든 눈으로 대장을 응시했다. 우정의에게서 살기를 느낄 수 있었다.

"대구로 가는 길에 수원 인터체인지를 20킬로미터쯤 지난 지점에서 중앙분리대를 들이받고 반대편 차선으로 넘어갔어. 마주 오던 고속버스에 튕겼고 그 뒤는 상상에 맡기겠네. 고속도로 CCTV는 확보했고 블랙박스는 충격에 날아가서 아직 수거되지 않은 상황이다. 튕겨져 나간 부품들을 수습해서 국과수에서 넘겼는데, 장마철에 기습 폭우가 내리던 시점에 난 사고라서 목격자의 증언도 부족했어. CCTV 영상도 흐릿하고. 모든 증거가 애매한 상황이야. 아무래도 스미스 새끼들이 그때를 노린 것 같기도 해. 일단은 잡아들이고 싶은데 증거가 없다."

"그럼 다른 애들은 대구에서 추적 중인가요?"

우정의 역시 홍준희 대장과 마찬가지로 당장에라도 스미스를 잡아들이고 싶었다.

"추적이라기보다는 미행이 맞겠지. 아직은 마땅한 혐의가 없으니. 일단은 어떤 작은 범죄 혐의라도 생기면 보고하라고는 했는데 쓸데없이 자잘한 건으로 잡아들이면 3년 공사가 물거품이 되어 버리니 할 수도 안 할 수도 없다. 일단은 상황을 좀 지켜보자. 위에서 뭔가 말이 나오지 않는 이상 우리가 뭘 어쩔 수 있겠나?"

홍준희 대장은 어쩔 수 없는 현실이 안타까웠지만 꾹 눌러 참고 있었다. 그리고 다시 말을 이었다.

"우박사. 똥개 와이프는 아직 아무 것도 모르지?"

홍준희 대장이 물었다. 대외특수임무팀은 가족에게도 업무에 대해서 알리지 못하게 되어 있다. 그들은 대부분 국정원의 일반 부서에 근무하는 것으로 위장했다. 규칙을 어기는 팀원들이 없지는 않았기 때문에 나온 질문이었다.

"모르는 것으로 알고 있습니다. 약물 반응이나 외부 자극 같은 건 없었습니까?"

"결과는 나와 봐야 알겠지. 그 새끼들이 작정하고 꾸몄다면 밝히는 게 그리 쉬운 일은 아니겠지……. 그 부분은 우박사도 알고 있지 않나?"

"대장님. 만약 그 새끼들이 똥개를 친 거라면 이유가 있어야 하지 않습니까? 우리가 노출되었다는 것도 그렇고 말입니다. 목적이나 개연성도 그렇고…… 혹시 제가 모르는 작전상 비밀이 있거나 하지는 않습니까?"

"입국한 지 불과 일 주일도 안됐고 아직은 눈에 띄는 활동도 없네. 위에서도 별다른 요구사항이 없었어. 그렇지 않아도 뜬구름 잡는 기분이 들긴 했지. 그나저나 제수씨하고 아이들이 걱정이다. 우박사가 잘 전달해라."

우정의는 따끔한 것이 뒷목을 타고 올라오는 것을 느낄 수 있었다.

대외특수임무팀의 전담 검시관은 약물 반응이 없다고 알렸다. 비록 기초 조사에 그친 것이었지만 약물 반응이 있다고 해도 달라질 것은 없었다. 우정의는 목동에 있는 똥개의 자택으로 향했다. 발걸음이 쉽게 떨어지지 않았다. 동료의 사망 사고가 처음은 아니었지만 똥개의 경우는 다른 것이었다. 그는 무슨 말을 어떻게 해야 할지 단어 한 마디까지 궁리하고 되뇌었다. 아파트 입구에 선 그는 오 분이 넘게 고민하다 벨을 눌렀다. 아무도 없는듯했다. 미리 체크하고 오지 않은 것이 불찰이었지만 차라리 마음이 편했다. 시간을 벌어봐야 달라질 것도 없지만 입이 떨어질 것 같지도 않았다. 피하고 싶은 마음이 굴뚝같았다. 아파트 벤치에 털썩 앉은 그는 긴 숨을 내쉬고 전화를 걸었다. 전화벨 소리가 세 번이나 울렸을까? 똥개의 아내가 우정의가 앉은 벤치 옆에 앉았다. 마친 집에 들어오는 길에 우정의를 본 것이었다.

"왜 왔는지 알 것 같아요."

그녀의 말에 우정의는 입을 열지 못했다. 이해할 수 없는 상황인 것이다. 그녀는 체념한 듯 한숨을 내쉬며 말을 이었다.

"몇 달 동안 힘들었어요. 재인이 아빠에게 무슨 일이 생길 것 같았어요. 요 며칠 전에는 너무도 생생한 악몽을 꿨어요. 불안감에 미칠 것 같았어요. 어제는 연락도 없고, 다른 사람이 전화를 대신 받고 해서 뭔가 올 것이 온 것 같다는 불길한 생각도 들었어요. 그런 적이 없었으니까요. 하지만 아니길 바랐어요. 그저 괜한 걱정일 거라고 믿었어요. 정의씨 모습을 보고 직감적으로 알았어요. 우리 재인이 아빠 지금 어디에 있어요?"

그녀는 말을 더 잇지 못했다. 두 손으로 얼굴을 가리고 흐느꼈다. 우정의 역시 눈물이 쏟아지는 것을 감출 수 없어 눈물을 터뜨리고 말았다. 지나가는 사람들이 이상하다는 듯 보며 스쳐 갔지만 그들의 기억에 스쳐 지나가는 똥개에 대한 사랑과 우정의 이야기들을 엿볼 수는 없었다. 얼마를 그렇게 울었을까? 똥개의 아내는 재인이를 데리러 갔다. 우정의는 7월의 녹음 속에 홀로 서서 망연자실했다. '나도 이제 직업을 바꿀때가 된건가? 애국심? 그게 내 가족보다 중요할까?'

고아로 자라 힘들게 살아왔던 그는 돈을 벌기 위해 특전사에 자원 입대했었다. 707 대테러부대에서 청와대로 차출되었고 대통령 경호대에서 근무했다. 우정의는 미친듯이 공부를 병행하여 학위를 받은 후 국가정보원으로 자리를 옮겼다. 군에서부터 머리에 알이 박히도록 주입된 애국심이지만 지금은 정체성을 상실하는 중이다. 우정의는 아내와 세 딸들을 떠올리며 갈등 속에 접어들었지만 이내 생각을 고쳐먹었다.

'그래 똥개의 한은 풀어주고 포기하자.'

그들은 재인이를 차에 태운 채 이야기를 이어갔다. 우정의는 아무것도 모르는 나이라 다행이다 싶었다. 재인이 앞에서 눈물이 터지는 게 두렵기도 했다.

"사실 재인이 아빠의 일기를 봤어요. 그래서 재인이 아빠가 어떤 일을 하는지 대충 감으로 알고 있었어요. 혹시 스미스라는 사람이 재인이 아빠에게 어떻게 한 건가요?"

우정의는 놀라지 않을 수 없었다. 그들은 일기에서조차 업무적인 내용을 담아서는 안되는 것이다.

"제수씨. 그 일기는 우리 둘만 알기로 해요. 어디에도 그런 내용을 남기면 안됩니다. 이미 일은 터졌고 설사 그럴 일이야 없겠지만 혹시라도 제수씨한테 피해가 갈 수 있어요. 절대 누구에게도 발설하면 안돼요. 재인이에게도……. 알겠죠?"

확답을 받았지만 그는 찜찜한 기분을 쉽게 날려 버릴 수가 없었다.

"재인이 아빠가 최근 들어 자꾸 피곤해 보였어요. 감기 한 번 안 걸리던 사람이라 걱정이 됐어요. 종합검진이라도 받아 보자고 해도 건강은 걱정 없다면서…… 아마 그때쯤일 거예요. 글 쓰는 걸 죽기보다……."

그녀는 잠시 뜸을 들였다. 우정의는 그녀가 속을 진정시키려 애쓰는 것을 알수 있었다.

"죄송해요. 글 쓰는 걸 그렇게 싫어하던 그이가 일기를 쓰더라고요. 뭔가 이상하다 싶어 몰래 훔쳐보는데 나름 재미도 있었어요. 그러다가 어떤 일을 하는지도 알았고요."

우정의는 생각했던 것보다 차분한 모습에 일기만으로도 큰 충격이 있었겠구나 싶었다. 여자들의 촉이란 것이 정말 대단하다더니 이런 것을 보고 하는 말인가 싶었다.

다음날 우정의는 팀원들과 함께 사고현장 CCTV와 작전 차량 블랙박스를 개봉했다. 하지만 정확한 사고 원인은 알수가 없었다. 결과적으로는 스미스가 관여됐을 가능성도 있다고 일축했다. 다양한 가능성을 가정해도 마찬가지였다. 더 이상은 어찌할 방법이 보이지 않았다.

플랜 C

대외특임부대원 13명은 작전 준비를 마쳤다. 작전에 앞서 대원들은 말라리아 백신을 처방했다. 고도 약 7천 미터 상공이다. 해치가 개방되자 외부 공기가 수송기 안으로 밀려들었다. 열대지역임에도 불구하고 공기가 싸늘하다. 대원들은 그것만으로 고도를 감지할 수 있다. 완전무장한 상태로 전술 강하용 장비까지 착용했다. 작전을 앞두고 모두들 긴장감이 더해졌다. 알파팀부터 네 팀으로 나눠 전술 강하를 시작했다. 새벽이라 지표면을 전혀 가늠할 수 없다. 오로지 계기판만을 의지해야 하는 상황이다. 5백 미터 상공, 전 대원 모두 낙하산 개방에 성공했다. 대원들은 GPS에서 지정하는 지점을 향해 낙하산을 조종하며 고도를 낮춰 갔다. 고요함으로 가득한 착륙 지점의 바닥에는 무엇이 있는지 전혀 가늠할 수 없다. 흔히 훈련하던 상황이긴 했지만 예상치 못했던 상황이 발생했다. 베타팀 우정의가 나무에 걸린 것이다. 낙하산에서 이탈하는 것은 전혀 문제되지 않았다. 낙하산 은폐가 문제가 된 것이다. 방치한다면 적에게 노출되는 것은 시간 문제나 다름없다. 홍준희 대장은 마음이 급해졌다.

"알파, 감마, 델타는 2차 목적지 이동. 플랜 B로 변경한다."

작전이 일부 변경되었지만 문제되지 않는다. 2차 목적지까지 속보로는 두 시간 정도의 거리다. 현재 시각은 2시경. 해가 뜨기 전에 목적지에 도착해야 한다.

"베타팀은 낙하산을 처리하고 지원한다. 베타팀은 스나이퍼로 간다. 한 시간 내로 처리하지 못하면 3포인트에서 탈출로를 확보한다. 이상!"

베타팀을 제외한 모든 팀은 홍준희 대장의 지시대로 움직였다. 해가 뜰 무렵이 되자 무전이 다시 시작되었다.

"델타! 포인트 안착."

델타 팀이 제일 먼저 목적지에 도착했다. 알파, 감마도 연달아 도착했다.

"베타! 포인트 도착했나?"

홍준희 대장의 무전에 베타팀의 답이 없다. 불안감이 전 대원을 엄습했다.

두 시간 전. 베타팀은 낙하산 수습을 포기했다. 적에게 발견되지 않기만을 바라야 하는 상황인 것이다. 시간이 너무 지체된 것이다. 결국 3포인트로 이동해야 한다. 우정의가 옆 나무에 안전장치를 설치하려는데 전방에 불빛이 포착됐다. 민간인이라고 볼 수 없는 상황이었다. 날이 밝아오기 시작했기 때문에 적에게 발각되는 건 보나마나 한 일이다. 우정의가 체포되는 건 뻔한 상황이다. 그런데 똥개 김재혁이 뛰기 시작했다. 우정의는 배신을 실감했다. 그것도 잠시 그는 김재혁을 불신했던 것에 스스로 치를 떨었다. 부끄러움이 달아올랐다. 김재혁은 적군에게 자신을 노출했다. 고의적이었다. 그는 우정의와 반대 방향으로 도주했다. 우정의는 나무 위에서 매달린 채로 적들을 파악했다. 적은 1개 소대 수준이었다. 적들의 전투력은 그리 높은 편은 아니겠지만 김재혁 혼자 상대하기에는 역부족이었다. 당장 어쩔 수가 없었다. 김재혁이 사로잡히는 것을 쳐다보고 있어야 하는 상황이 된 것이다. 그가 김재혁을 구출하기로 마음을 먹고 뛰어 내리려는데 김재혁으로부터 무전이 왔다. 단거리 통신이라 그리 멀지 않은 곳에 있을 것이었다.

“난 포위됐다. 만약 총소리가 들리면 3포인트로 가라! 너라도 살아야지. 무전은 끈다. 시크릿 모드로 변경하니 이제 통신도 끝이다.”

우정의가 뭐라고 답을 할 여유도 주지 않았다. 짧은 잡음과 함께 우정의와 재혁의 디지털 근거리 통신망이 단절된 것이다. 우정의는 낙하산 하네스를 끊었다. 바닥에 떨어진 그는 무릎과 발목에 통증이 몰려왔다. 무전기는 박살이 난 상태였다. 나무에서 떨어지면서 손상이 된 것이었다. 명확하게 따지자면 지원요청을 하면 안되지만 할 수도 없는 상황이 된 것이다. 우정의는 땅을 파서 불필요한 장비를 은폐했다. 최소한의 장비만 착용한 그는 GPS에 의존한 채 뛰었다. 월광이 거의 없는 시기에 맞춰 침투한 것이기도 했지만 숲이 우거져 전방의 시계를 확보하기 어려웠다. 오로지 GPS와 동물적인 감각에 의지해야 했다. 작전 개시 때까지는 불과 한 시간도 채 남지 않았다. 2포인트까지 가서 지원을 해야 할지, 대장 지시대로

3포인트로 가야 할지 고민했다. 객관적인 판단을 내려야 했지만 김재혁을 버릴 수는 없었다.

‘혼자 살고자 한다면 나는 인간도 친구도 아니다!’

우정의는 알파팀에 합류하기로 작정했다. 대원들은 재혁이 체포된 사실을 모른다. 그는 상황을 알려야 한다고 판단했다. 그렇게라도 해야 작전 속에 구출 작전을 추가할 수 있을지도 모른다. 브리핑에서는 작전지역 인근에 다른 적의 기지는 없었다. 김재혁이 생존해 있다면 분명히 작전 대상지로 끌려갔을 것이다. 혹여라도 작전은 이미 노출되었을 가능성도 있다.

“방금 픽업차량 한 대가 들어왔습니다. 앗! 똥개가 인질로 잡힌 것 같습니다.”

제일 근접한 알파팀의 무전이다.

“그럼 정의는?”

“보이지 않습니다. 무전도 안 되는 걸 보니…….”

“딴 생각말고 일단 지켜보자. 아직 시간은 있겠지. 섣불리 움직이지 말자. 플랜C로 변경한다. 알파팀은 은폐하고 감시한다. 감마팀은 스나이퍼, 델타팀은 최대한 접근한다. 십여 분 안에 동이 튼다. 그 전에 은폐를 완료해라. 감마팀은 사주경계하고 정의와 교신을 시도해라. 근거리 통신만 가능할 수도 있다."

홍준희 대장은 비가 오기를 기대했다. 은폐하기도 좋고 적군의 느슨함을 활용할 수 있기 때문이다.

"똥개는 목표물과 같은 건물에 갇힌 것 같습니다."

홍준희 대장은 현재 상황을 본부에 보고하고 다음 지시를 기다리고 있었다. 잠시 후 내려온 답은 〈취할 수 없으면 파괴하라!〉였다. 대장은 머리가 복잡해졌다. 목표물은 그렇다 치고 김재혁을 버릴 수는 없었다. 계획에는 없던 작전을 구상해야 하는 상황이 되어버린 것이다.

"이 자식은 어떻게 된 거야?"

홍준희 대장이 투덜거리듯 말했다. 그는 비록 우정의의 행방이 염려되기는 했지만 믿음이 있었다. 우정의는 작전 수립 능력이 출중해서 손에 꼽히는 지략가다. 긴급한 상황에서는 침착한 판단력이 돋보였던 대원이다.

이미 해는 중천이다. 김재혁의 소식은 알수가 없다. 홍준희 대장이 우정의의 생존에 대한 미련을 버리고 있을 무렵이었다.

"정의가 무전을 보내고 있습니다. 디지털 통신기로 모스를 보내고 있습니다. 거리는 좀 되는 것 같습니다. 이쪽으로 오고 있습니다. 부상을 입었답니다."

"이 자식 도착하면 상황 파악부터 해야겠다. 얼마나 걸릴 것 같나?"

"한 시간은 걸릴 것 같답니다. 부상도 문제지만 이동이 조심스러운 것 같습니다."

잿빛 하늘이 곧 뭐라도 쏟아부을 기세다. 한 시간이 채 되지 않아 감마팀으로부터 우정의가 합류했다는 무전이 왔다.

"대장님. 제 실수로 재혁이가 인질이 됐습니다. 저는 덫에 걸려 다리를 제대로 쓸 수 없습니다. 작전에는 도움이 안될 것 같습니다. 일권이와 임무를 바꾸겠습니다."

"아니다. 비가 올 것 같긴 하지만 재혁이를 빼내 오는 건 쉽지 않을 것 같다."

사실 홍준희 대장은 딱히 방법이 없었다. 날씨만 도와준다면 계획했던 작전을 마무리하는 건 문제가 되지 않지만 문제는 김재혁 구출이었다.

"제가 인질로 잠입하겠습니다."

우정의의 무전이 들렸다.

"계획은?"

"헤드셋 배터리와 마이크만 달아서 뱃속에 넣고 인질로 들어가겠습니다. 제가 다리를 못 쓰니 크게 의심하지는 않을 것 같습니다. 잠입하면서 내부 상황을 보고하겠습니다."

홍준희 대장은 제안이 딱히 와닿지는 않았지만 뾰족한 방법이 없었다. 잠시 고민하던 그는 우정의를 믿어 보기로 했다.

"실행해라. 꼭 둘 다 구해주마!"

우정의는 헤드셋을 분리해 비닐 팩으로 방수 처리하고 입에 넣었다. 생각보다 사이즈가 커서 삼키기가 쉽지 않았다. 우정의는 목의 뻐근함에 눈물이 날 지경이었다. 그는 김재혁에 비하면 고통도 아니리라 생각했다. 우정의는 멀리 후방으로 돌아 비포장 도로 위로 들어섰다. 이제는 거의 기다시피 이동해야 했다. 마음은 적 기지 쪽으로 발길을 재촉했다. 500미터도 되지 않는 거리인데 몇 킬로미터를 걷는 것처럼 매우 고통스러웠다. 출혈이 많았는지 눈앞의 초점도 가물가물해졌다. 끝까지 정신을 차려야만 했다.

"적들은 전혀 긴장 상태가 아닌 것 같습니다."

무전을 통해 우정의 목소리가 들려왔다. 내장 기관이 만들어낸 잡음이 섞여 소리가 고르지 않았다. 300미터 지점이 되어서야 초병들이 뛰어나왔다. 그들은 알아들을 수 없는 소리를 질러댔다. 우정의는 총을 바닥에 던진 후 무장을 해제했다. 그저 적들이 빨리 데려가기만 기다렸다. 초병 하나가 조심스럽게 다가와 총구를 겨눴다. 다른 초병 하나는 뒤로 돌아가 총부리로 등을 쿡쿡 찔렀다. 걸으라는 의미였다. 우정의는 마지막 힘을 끌어냈다.

"초병 둘, 경계병 좌측 넷, 우측 넷."

우정의는 초소가 가까워 오며 시야에 들어오는 대로 중얼거렸다. 초병 하나가 그의 머리에 개머리판을 박았다. 번쩍 하는 통증이 느껴졌지만 그는 이를 악물고 참아냈다. 적진을 살펴 모두 보고해야 김재혁을 안전하게 구출할 수 있다.

"전방 우측 건물 입구 초병 하나, 우측 건물 창가에 둘, 우측 건물에 두세 명 정도 예상. 픽업 트럭에 하나, 위성 지도에 없던 컨테이너가 둘 보인다. 우측 건물 뒤쪽 열

명 이상 운동 중, 창고 앞에 차량 넷, 윽!"

초병 하나가 우정의 다리를 걷어 찼다. 그는 그대로 정신을 잃었다.

"창이 보인다. 창 밖이 어둡다."

시간이 얼마나 지났을까? 위치를 알수 없는 장소에 갇힌 것이다. 우정의는 계획이 수포로 돌아간 것이 아닐까 하는 두려움에 사로잡혔다. 빗방울 떨어지는 소리가 들렸다. 그는 머리를 굴려보았지만 달리 뾰족한 방법이 떠오르지 않았다. 얼마 지나지 않아 문이 열리더니 바닥에 재혁의 몸이 내동댕이쳐졌다. 어두웠지만 온몸이 만신창이라는 것을 알수 있었다.

"재혁아! 똥개야!"

"난 괜찮아. 넌 왜……?"

"내 발로 들어왔다. 너 데리고 가야지."

"이런 병신아. 고맙다만 모든 게 속임수였어. 여긴 아무 것도 없다. 우리를 따돌리기 위해서 가짜를 만든 거야. 웃기는 게 저 놈들 중 한국말 하는 놈 하나 없다. 영어할 줄 아는 놈도 없고. 그러니 아무리 패 봐야 알아들을 수 있는 것도 없지."

"재혁아. 내 뱃속에 무전기 마이크 있다."

"무슨 소리야?"

"내가 아무 생각도 없이 들어왔겠어? 우리가 헛짚은 거라면 플랜C로 돌리기 수월하겠네. 아무튼 탈출하는 게 우선이다. 그나저나 우리가 어느 건물에 있는 지 알고있어?"

"입구에서 좌측 건물. 두 번째 입구."

역시 김재혁은 지형지물을 모두 파악하고 있었다.

불과 한 시간도 채 되지 않아 김재혁과 우정의는 구출됐고 적기지는 완전히 폭파됐다. 적들의 전투력은 수준 이하였다.

똥개의 일기

김재혁의 입관은 가을로 접어든 9월 초순에 진행됐다. 예상보다 수사 기간이 길어진 탓이다. 팀원들이 그토록 원하던 답은 나오지 않았다. 우정의는 김재혁을 보내는 시간이 속이 메스꺼울 정도로 답답했다. 김재혁은 목숨까지 바꿀 각오가 되어 있던 저우였다. 꿋꿋하게 눈물을 참았던 재인 엄마도 더 이상은 버티지 못했다. 어린 재인 역시 서럽게 울었다. 아빠를 영원히 볼 수 없다는 것을 본능적으로 알고 있는지도 모른다. 우정의는 원수를 꼭 갚아주겠다고 다짐했다. 김재혁의 유골이 땅에 묻히자 사람들이 오열했다. 입관식에는 홍준희 대장과 우정의만 참석했다. 작전을 제외하고는 함께 움직일 수 없는 탓이다. 다른 팀원들은 개별적으로 방문하게 될 것이다. 우정의는 입관조차 함께 지켜보지 못하는 것마저 가슴아랐다. 그는 김재혁의 영혼이 이해해 주기를 바랐다. 입관이 끝나자 재인 엄마가 우정의에게 다가와 노트 한 권을 건네주었다. 일기장이었다.

"정의씨 이야기가 많아요. 아무래도 정의씨가 가져가는게 맞겠다 싶었어요. 회사에서 나오는 연금이면 앞으로 우리가 사는 데는 문제가 되지 않을 거라 하셔서 당분간 재인이 데리고 한국을 떠나 있을까 봐요."

재인 엄마는 멀리 나지막한 산등성이를 보며 말했다. 우정의는 일기장에서 눈을 떼지 못했다. 우정의는 일주일간 휴가를 신청한 상태였다. 아무것도 손에 잡히지 않았다. 재인엄마가 그의 두 손을 꼭 잡아주었다. 손등 위로 그의 굵은 눈물이 뚝뚝 떨어졌다. 꾹 눌러 참았던 슬픔이 터져버린 것이다.

수변의 9월은 일찌감치 가을을 준비하고 있었다. 예당 저수지의 편평한 수면이 우정의의 마음을 다스리려 들었다. 우정의는 한참 전에 낚싯대를 던져놓기는 했지만 고기를 잡고자 하는 생각은 없다. 미끼는 이미 눈치 빠른 녀석이 채가고 없었다. 그는 공갈낚시라는 것을 알면서도 아무 생각없이 찌의 움직임에 집중했다. 바람에 흔들리는 찌를 따라 눈동자가 소리없이 움직인다. 동공엔 초점조차 없다. 예당저수시는 결혼 전만 해도 수시로 드나들던 곳이다. 지난 추억이 저수지를 흐르는 바람따라 차곡차곡 정리됐다.

우정의는 며칠째 첫 장도 펼치지 못했던 김재혁의 일기장을 펼쳤다. 마음이 안정되면 페이지를 열어보리라고 생각했지만 실천에 옮기기가 쉽지 않았던 것이다.

2.5

초등학교 이후로는 처음 쓰는 일기다.

요즘 몸이 좀 이상하다는 느낌이 든다.

딱히 아픈 데는 없지만 불안하단 생각에 일기를 쓰고자 한다.

작년부터 이런 증세가 있었던 것 같긴 하다.

이제는 그냥 무시할 수 없는 지경이다.

회사 의료진도 이유를 모르겠다고 한다.

어쨌든 내 몸은 정상이 아니다.

재인이 엄마 모르게 사설병원에서 검진을 받아 봐야겠

다.

4.13

같은 증상이 발생했다.

하루 종일 변명하느라 힘들었다.

왜 내가 외간 여자랑 잤을 거라고 생각할까?

미치겠다.

나를 신뢰하지 못하는 게 섭섭하긴 하지만.

그렇다고 사실대로 이실직고 할 수도 없다.

검진 결과 아무런 이상도 없는 완벽한 건강체란다.

혹시나 했던 암도 종양도 아니다.

왜 내게 이런 이상한 증상이 발생하는 걸까?

어디 가서 검진을 받으면 될까?

우박사에게 말해 볼까?

4.25

추격 중 총격전이 있었다. 눈을 떠보니 아무도 없었다. 총상으로 기절했다가 정신을 차린 줄 알았다. 다행인 것이 너무 멀쩡했다. 왜 중간에 아무런 기억이 없는 걸까?

얼마 후 팀원들이 돌아왔다. 그들 역시 내가 총에 맞고 사망한 줄 알았단다. 총상을 입고 쓰러진 줄 알았던 내가 멀쩡하게 일어나서 놀랐다는 것이다. 하필이며 급박한 상황에 증상이 발생했다. 이젠 두렵기까지 하다. 대장에게 보고해야 할 것같다. 우박사라면 어떻게 했을까? 그 자식은 애들도 셋이나 있는데.

5.7
우박사. 교통사고. 큰일날 뻔했다. 이 자식아.
나보다 먼저 가면 빚진 거 돌려받으러 가는 수가 있다.
멀쩡해서 다행이다. 오래 좀 살자 우리.
이제는 너도 나도 팀 좀 옮기고 편하게 좀 살자.
내근할 때도 됐잖아?
홍대장. 노친네가 지랄하려나?
그나저나 약발이 좀 드나 보다.
요즘은 좀 괜찮다.

7.2
스미스가 드디어 들어온다.

이제 이놈들 때문에 오지 나가서 개고생할 일은 없겠다.

니들은 이제 죽었다.

우박사 알면 기절하겠네.

이 새끼들 공갈 정보에 우리가 엿 먹었던 거? 이번에 갚아주마.

그나저나 대장이 요즘 어지간하면 우박사는 빼고 가자는데.

서러워서. 나도 둘 더 낳던가 해야지.

이건 너무 심하잖아.

홍대장. 늙어서 이젠 새끼들을 편애하는 것같다.

아무튼 이제 니들은 독 안에 든 쥐다.

우정의는 김재혁에 대한 그리움이 더해갔다. 재인 엄마가 일기장을 준 이유를 알 것도 같았다. 대부분의 내용이 우정의와 대화하는 듯했다. 쌀쌀함을 느끼며 잠에서 깨어난 그는 울고 웃다 잠이 들었던 기억이 났다. 낚시를 나온 후로는 시간 개념 없이 지냈다. 배고프면 먹고 졸리면 잤다. 휴대폰은 대체로 꺼 두었다. 아침저녁으로 가족과 통화할 때만 켰다. 전화벨 소리도 지금은 공해였다.

세상의 잡음이 없으니 머리도 마음도 편안했다. 우정의는 똥개의 증상이 지난번 자신의 교통사고와 비슷하다는 생각이 들었다. 확인하고 싶었다. 재인 엄마에게 전화를 걸기 위해 휴대폰을 켜자 부재중 메시지가 귀찮을 정도로 쏟아졌다. 메세지를 무시하고 전화를 걸었지만 재인 엄마의 전화는 꺼져 있다는 메시지만 읊어댔다. 그는 회신을 달라는 메시지를 남겨두고 무더기로 수신된 문자메시지를 확인했다. 귀찮기도 해서 무시하려 들다가도 왠지 확인해야 할 것 같은 이상한 느낌이 든 것이다. 예감이 적중했는지 홍대장의 문자메시지가 있었다. 급한 문제라면 팀 호출기로 연락이 왔을 것이겠지만 개인적인 내용일 것이 분명했다. 그런데 의외의 문자메시지라 놀라지 않을 수가 없었다.

「스미스 일당 일망타진했다. 모레쯤 본부로 와라!」

우정의는 곰이 포효하듯 소리를 질렀다. 예당저수지 수면 위로 얕은 진동이 전해지는 것 같았다. 십 년 묵은 체증이 다 내려가는 게 어떤 기분인지 진정으로 이해했다. 눈물은 그칠 줄 모르고 흘러 내렸다.

"똥개야! 대장이 네 한을 풀어주시는구나!"

이어지는 졸음

“스미스가 아닌 것 같다.”

홍준희 대장이 실망한 듯한 목소리로 말했다. 우정의는 조사팀 보고서를 읽으며 홍준희 대장의 표정을 살폈다.

“그럼 재혁이는 누구 짓입이까?”

우정의의 목소리는 다소 신경질적이었다. 홍준희 대장은 그의 반응을 대수롭지 않게 받았다. 팀원들 모두 김재혁의 복수에 성공했음에 기뻐했었다. 하지만 다시 미궁 속으로 빠져들었다. 우정의는 지난 번 교통사고가 김재혁의 사고와 연관성이 있다고 생각을 좁혀갔다. 그의 사고 역시 스미스에게 당했을 가능성을 열어 둔 것이다. 연관성이 없다면 그저 억측일 뿐이다. 가설이 맞다면 김재혁의 일기에서 나온 단서에서 실마리가 잡힐 지도 모른다. 우정의는 재인 엄마에게서 연락이 오기만을 기다렸다.

"아직 휴가 안 끝났지? 약속 없으면 한 잔 하자."

홍준희 대장의 제안이었다. 들어오는 길에 반성문 부장이 제안한 술자리는 거절한 상태였다. 하지만 기대했던 것이 처참하게 깨지자 술 힘을 빌리고 싶기도 했다. 복잡한 것이 덜어질지도 모른다는 기대 때문이었다.

"그러시죠. 대장하고 둘이 대포 한 잔 한 지가 언제인지 기억도 안 납니다."

"언제 둘이서 마신다고 했나? 오늘 회식이다. 스미스도 우리 손을 떠났으니 당분간 우리도 휴가나 마찬가지다. 올빼미는 벌써 휴가 신청했더라. 족제비나 여우 같은 별명으로 바꿔줄까 고민 중이다."

홍준희 대장의 핀잔에 올빼미가 간만에 쉬는 걸 뭐라 한다며 투덜댔다. 비록 회식이라고 했지만 기껏 네 명이 모인 자리다. 언제 팀원들 모두 모이는 자리를 만들 수 있을지 모를 일이다. 1차, 2차에 이어 노래방까지 자리가 이어졌다. 2차에서 노래방으로 자리를 옮기기도 전에 우정의는 술을 이기지 못하고 기절했다.

"우박사가 많이 힘들긴 했구나. 벌써 곯아 떨어졌네."

홍준희 대장의 표정에 애틋함이 묻어났다.

"아무렴, 왜 힘들지 않겠습니까?"

술자리는 노래방을 끝으로 파했다. 그런데 우정의는 깨어날 기미가 보이지 않았다. 올빼미는 혀를 차며 그를 택시에 태워 보냈다.

째깍째깍. 익숙한 소린데 이상하게 느껴질 정도로 크게 들린다. 우정의는 술자리에서 필름이 끊긴 것을 기억해냈다. 몇 시나 되었을까? 어떻게 집에 들어왔는지 전혀 기억이 없다. 필름이 끊길 정도의 술자리는 정말 오랫만이었다. 그런데 두통이 전혀 없다. 게다가 아직 새벽 3시다. 그의 머릿속은 김재혁의 생각으로 채워졌다. 마치 빈 컵에 물을 가득 따라 놓은 것처럼 다른 생각이 비집고 들어갈 공간이 없다. 생각은 있지만 그뿐이다. 생각은 진행방향을 찾지 못한 채 머물렀다. 움직이지 않는 생각은 공허함과도 같다. 아무리 생각해도 그저 교통사고라고 믿고싶지 않았다. 김재혁의 일기에 쓰여진 내용대로라면 졸음운전일 수도 있다. 다만 자신과 김재혁의 증상과 교통사고에 어떤 연결고리가 있지 않을까 하는 의구심이 자리잡았다.

그는 세 살에 고아가 됐다. 형제도 없어서 가족에 대한 아무런 기억이 없다. 그래서 친구에게 정을 많이 주고 살아왔다. 친구가 전부라고 해도 되는 처지다. 그는 대학교에 입학하자마자 군에 입대했다. 학비 문제 때문이었다. 입학금이야 고등학교 때 아르바이트로 모아 놓은 돈으로 해결했지만 생활비가 문제였다. 그는 학비를 마련하기 위해 특전사에 자원했다. 군에서는 성실함이 빛을 발했다. 훈련소에서부터 우수한 기록을 달성했고 대테러부대에 차출됐다. 나중에 알게 된 사실이지만 고아라는 출신적 배경이 고려된 것이다. 우정의는 특전사에서도 특출난 성적을 기록하며 엘리트 그룹에 속해 있었다. 의도와는 다르게 그는 직업군인이 되어갔다. 근무지도 계속 옮겨 다녔다. 청와대 대통령 경호팀을 거쳤고 국가정보원으로 발령을 받았다. 우정의는 비록 직업군인이 되었지만 학업을 놓지 않았다. 군과 관련된 분야로 전공을 바꿔 박사과정까지 마쳤다. 정치외교학을 전공으로 심리학을 부전공으로 했는데 논문은 범죄심리학을 주제로 했다.

국정원에서는 사무 능력과 현장 능력까지 인정받았다. 아내는 대학 시절 만났는데 미스코리아 충북 '선'으로 선정될 정도의 미인이다. 학부에서도 퀸으로 존재감이 있었다. 우정의도 아내 못지 않게 인기가 있었다. 신입생으로 복학한 그는 맘에 드는 여학생의 마음을 사로잡는 것은 일도 아니었다. 군 생활로 신입생의 순수함이라는 건 이미 사라지고 없는 그였다. 일반 복학생들은 그의 내공을 넘볼 수 없었다. 우정의는 복학생들의 부러움 속에 아내를 차지한 것이다.

휴가 마지막 날까지 우정의는 세 딸과 체력이 다해 8시를 넘기지 못하고 잠들었다.

"불 끌까?"

아내의 교태 섞인 목소리였다. 아내는 순백의 실크가운을 입고 있었다. 브래지어와 팬티가 가운 위로 위태롭게 투영됐다. 아이를 셋이나 낳았지만 처녀 때 몸매를 그대로 유지했다. 우정의의 눈동자는 오랜만에 아내의 몸을 유린했다.

"우리 오늘 넷째 만들까? 아직은 한 놈 더 놀아 줄 수 있을 것 같긴 해!"

아내는 그의 음흉한 시선에 몸이 달아올랐다. 벌써 상상력을 끌어올렸는지 감성에 휩쓸리는 듯했다. 우정의는 아내의 허리를 끌어안았다. 잘록한 허리와 탄탄한 힙이 성기를 달아오르게 했다. 우정의는 아내의 신입생 때 모습을 떠올렸다. 탄력 있는 가슴을 처음 더듬던 기억이 났다. 아내는 무릎을 꿇고 바지를 끌어내려 성기를 입에 물었다. 그러더니 우정의를 그대로 침대로 밀어 눕혔다. 침대가 출렁일 정도였지만 아내는 입에서 성기를 꺼내지 않았다. 그의 신음이 흘러나왔다. 아내의 이빨 때문에 작은 아픔이 느껴졌지만 그것도 나쁘지 않았다.

"여보~ 정의씨~ 야!"

아내가 계속 불렀지만 그의 대답은 나오지 않았다. 아내는 갑자기 곯아떨어진 그에게 측은한 마음이 일었다.

"우리 이제 넷째는 없다!"

아내는 혼잣말을 하며 그를 침대 구석으로 밀었다.

우정의가 눈을 떴다. 기억 속엔 점심식사를 하고 돌아온 후 의자에 앉은 것까지만 남아 있었다.

"우박사. 휴가때 많이 힘들었나봐?"

"형수님이 잠을 못 자게 했겠죠."

"원래 노는 게 더 힘들지요."

직원들은 졸다 깬 우정의를 놀리기 바빴다. 그는 상기된 얼굴로 사무실에서 나왔다. 직원들의 농담 때문이 아니었다. 몸 상태를 그냥 지켜볼 수 없다는 생각에서였다. 그는 곧장 의무실로 향했다. 김재혁 역시 이상이 없다는 기록이 나왔다는 일기의 내용 때문에 딱히 기대하는 것은 없었다. 역시 담당자는 그의 증상에 대해 이렇다 할 만한 원인을 알려주지 못했다. 교통사고로 인한 뇌손상을 의심해 봐야 한다는 정도였다. 우정의는 김재혁의 진료기록을 부탁해 두고 사무실로 돌아왔다.

다음날 우정의는 출근하자마자 의무실로 직행했다. 담당자는 김재혁의 진료기록이 보이지 않는다며 찾게되면 연락을 주겠다고 했다. 우정의는 범상치 않은 상황이라는 생각이 들었다. 김재혁이 사망했다고 하더라도 팀원들 진료 기록이 사라진다는 건 있을 수 없는 일이다. 다른 곳도 아닌 국정원에서는 더욱 있을 수 없는 일이다.

그는 해외방첩 부서에서 근무하는 올빼미를 찾아갔다. 그 역시 얼마 전까지 같은 부서에서 근무했었다. 대외적으로는 해외방첩 부서지만 실제로는 홍준희 대장을 수장으로 한 대외특수임무팀의 본부나 마찬가지다.

"올빼미. 뺑이치고 있나?"

우정의가 모니터에 집중해 있던 올빼미의 등을 툭툭 치며 말했다. 바로 한 기수 아래인 올빼미는 그의 말에 죽는 시늉도 할 만한 인물이다.

"전근 가셨으면 거기 일이나 하실 일이지 왜 자꾸 우리 팀에 오시는 겁니까?"

올빼미가 대꾸했다.

"올빼미. 물어볼 게 좀 있다."

"뭔 일입니까? 징그럽게……."

"내가 요즘 몸이 좀 이상해. 확신할 수는 없지만 똥개도 나랑 비슷한 증상을 겪고 있었던 것 같다. 더군다나 더 이상한 건 똥개 진료 기록을 찾으러 갔는데 사라지고 없어."

우정의의 말에 올빼미 역시 어두운 그림자를 보였다.

"단순한 사고가 아닐 지도 모르겠어."

올빼미는 주변의 시선을 살피며 우정의를 끌고 밖으로 나왔다.

“내부 조작이라는 건가요?”

“느낌일 뿐이야. 예전에 내 교통사고 때 뒤를 따르던 차량을 조사한다는 걸 잊고 있었어. 단순 사고라고 생각하고 대수롭지 않게 생각했던 거야. 이라크에서 연습하던 코드 기억나지?”

“네. 형님.”

우정의는 올빼미에게 랭글러 차량정보를 전해주었다. 올빼미와는 별 다른 대화가 필요 없었다. 비밀스럽게 움직이자는 묵언이 성립된 것이다. 우정의, 똥개, 올빼미는 이라크 파병 때 퍼즐 형의 암호체계를 연습했었다. 허접하지만 그들만이 만든 체계라 이제 우정의와 올빼미 밖에 모르는 암호 체계다.

우정의는 천천히 눈을 떴다. 증상이 반복되자 이제는 놀랍지도 않았다.

“정신 차렸어요?”

평소에도 결혼만 안 했으면 우정의는 자기 것이라면서

노래를 부르던 고은미다.

"오빠. 괜찮으세요?"

"넌 왜 자꾸 오빠라고 부르냐? 내가 하지 말랬지!"

"아니, 내가 좋아서 그러는데 뭐가 문제에요? 대장님도 마음대로 하라시는데……."

"그건 네가……."

우정의는 말을 이으려다 말았다. 에너지 낭비일 뿐이라는 건 오래전에 학습된 상태다. 고은미에게 오빠의 대상이 계속 바뀌어 왔던 것도 알고 있었다. 정신을 차린 우정의는 가벼운 충격을 느꼈다. 또 병원 신세였다. 한심하다는 생각마저 들었다. 어찌 된 영문인지 물어보려는데 홍준희 대장이 들어왔다. 딱딱한 표정을 하고 있었다. '우리 대장 웃는 얼굴 좀 보며 살면 좋겠구만!' 우정의는 또 다른 사건이 터진 것을 직감했다.

"야 이 정신 없는 새끼야! 뭐 하는 새끼가 건달들한테 몸을 털려?"

영문을 모르는 우정의는 사태가 심각함을 눈치챘다.

"신분증, 총 아무튼 죄다 털렸다. 어디를 어떻게 처 맞았길래 그 모양이야? 너 노출되면 우리 피해가 얼마나 큰 줄 알아 몰라?”

홍준희 대장의 얼굴이 달아올라 있었다. 심기가 많이 불편할 때면 보이는 표정이다.

“사실은 오빠가 작전 중에 갑자기 사라졌었어요. 팬티만 입은 채로 골목에 쓰러져 있는 걸 청소하던 미화원이 발견하고 신고했대요. 다친 데는 하나도 없고요. 사실, 얼어죽지 않은 게 다행이에요. 내가 그걸 직접 봤어야 하는데.”

고은미가 분위기를 해소하려 들었다.

“올빼미한테 대충 이야기는 들었다. 일단 쉬고 있어. 상황 봐서 다시 부를 테니까. 잠정 휴직이다. 그 상태로는 우리 일 못하는 거 알잖아. 나도 마음이 편치 않지만 이게 최선이다. 분실 문제는 니네 팀에서 해결하기로 했다. 반성문 부장이 너 때문에 징계 좀 먹을 거야.”

홍준희 대장과 고은미의 설명에도 그는 아무 것도 이해할 수 없었다. 기억나는 게 아무 것도 없기 때문이다.

최근 들어 증상이 잦아졌다. 규칙적이지 않은 것이 가장 큰 문제다. 대응할 수 있는 방법이 없다. 우정의는 집까지 데려다 주겠다는 고은미의 제안을 거절하지 못했다.

"오늘 어떻게 시간 낸 거야?"

"오빠가 이런데 제 마음이 편하겠어요? 일부러 조퇴했죠."

우정의는 고은미가 부담스럽기는 했지만 한편으로는 고마운 마음도 있었다. 그는 특전사에 근무할 때 고은미와 비슷한 성향의 여군 몇 명을 만난 적이 있다. 그 중 한 명은 남자부사관 킬러라는 별명을 달고 있었다. 우정의가 고은미를 경계하는 것도 이것 때문이었다. 고은미가 부임해 오던 날 홍준희 대장이 건네주 보고서를 보지 않았다면 경계하는 일 따위는 없었을 지도 모를 일이다. 보고서에 의하면 고은미 역시 남자부사관 킬러 중 한 명이었다. 우정의는 휴직이란 게 영 내키지는 않았지만 마음이 편해지는 구석도 있었다. 최근 잦아진 증상에 고민 아닌 고민을 하고 있었기 때문이다. 우정의의 집에 거의 도착할 즈음 고은미가 그의 허벅지를 콱 움켜잡았다. 우정의는 깜짝 놀라 긴장했다. 의지에 상관없이 성기에 힘이 들어갔다.

"어때요?"

고은미는 의미를 알수 없는 미소를 지었다.

"……."

우정의는 놀란 나머지 아무 말도 할 수 없었다.

"저랑 한번 자요. 언니한테는 비밀 지켜줄 테니까 걱정 마시고요."

고은미가 저돌적으로 제안했다. 앞뒤 가리지 않는 성격이라는 것은 알고 있었지만 겁부터 덜컥 났다. 그런데 그는 얼떨결에 "응"하고 대답을 해 버렸다.

"그럼 약속한 겁니다. 푹 쉬세요."

고은미는 당장에라도 뭔가 시도할 표정이었다. 그러더니 허벅지 위쪽으로 손을 옮기더니 한번 더 움켜쥐었다. 우정의는 발기한 성기를 어쩌지 못해 엉거주춤한 자세로 내렸다. 그로서는 낭패였다. 고은미는 재미있다는 듯이 깔깔거리며 떠났다. 황당한 상황에, 황당한 약속을 하게 되었지만 그다지 기분이 나쁘지는 않았다. 성난 성기는 좀처럼 사그라들지 않았다.

단풍이 한창이었다. 아파트의 작은 숲은 가을로 물들어 온통 예술품이었다. 열두 폭 병풍처럼 이어지는 나무들이 상처 입은 가슴 깊숙한 곳까지 색색으로 가득 채웠다. 우정의는 가을을 느끼고 싶은 충동에 동네를 서성였다. 연락도 없이 이른 시간에 퇴근하면 아내가 이상하게 생각할 지도 모르겠다는 생각에 어둑해질 무렵까지 동네 어귀를 맴돌던 중 재인 엄마에게서 문자메시지가 수신됐다.

「메시지 확인했어요. 통화 가능하시면 전화주세요.」

우정의는 애타게 기다렸던 연락에 마음이 급해졌다. 통화버튼을 누르자 해외 로밍 중이라고 안내메시지가 흘러나왔다. 한참이 지나서야 재인 엄마의 목소리가 들렸다.

“잘 계셨죠? 재인이는 어때요?”

“이제 연락해서 죄송해요. 전화를 켜기도 싫었어요. 여행이 좋긴 하네요. 시간이 약이라더니 실감이 돼요.”

“재혁이 때문인데 괜찮으시겠어요?”

“아무렴요. 전 이제 괜찮아요. 이제 그이 놔줘야죠. 제가 힘들어하는 모습을 보면 얼마나 답답하겠어요. 저 이제 씩씩해요.”

솔 톤의 밝은 목소리였지만 재인 엄마는 밝은 척하려는 듯한 느낌을 감추지 못했다.

“일기에서 보면 외박을 해서 의심을 받았다고 하는 부

분이 있었어요. 왜 그러셨던 건지 궁금합니다."

"여자는 촉이라는 게 있어요. 남편이 생전 안 하던 행동을 하면 아내는 긴장을 하게 돼죠. 제가 오해했던 거지만 그땐 그렇게밖에 생각할 수 없었어요. 퇴근시간은 한참 지났는데 연락도 안 되니까 걱정이 되기도 했지만 여자문제 아닌가 하는 의심도 들었어요. 정의씨는 심리학 박사라 잘 아시잖아요?"

"아닙니다. 학문은 그냥 학문일 뿐입니다."

"해 뜰 때가 다 돼서 집에 들어오다가 거실에 있던 제게 딱 걸린 거죠. 술은 한 잔도 안 마신것 같고, 술 냄새도 안 나는데 그 상황에서는 의심할 건 여자 문제밖에 없었어요. 그런 곰같이 답답한 남자지만 저도 좋아서 결혼한 건데 그런 남자를 좋아하는 여자가 또 없겠어요? 그 당시 바쁘다는 핑계로 부부관계도 피하는 게 여간 신경쓰이는 게 아니었거든요. 그래서 닦달을 하려고 작정을 했는데 말도 안 되는 거짓말을 하더라고요. 차에서 휴대폰 배터리를 교체하다가 잠이 들었대요. 그런 것도 거짓말이라고 둘러대느냐고 달달 볶았지요. 재인이 아빠가 원래 그런 스타일이잖아요. 좀 둔해 보이는……."

재인 엄마는 잠시 말을 끊었다가 말을 이었다. 전화기 멀리서 코를 훌쩍이는 소리가 들렸다.

"갑자기 그이 생각이 나서요."

우정의는 재인 엄마의 목소리에서 눈물이 젖은 모습을 상상할 수 있었다.

"괜찮아요. 저도 재혁이 생각하면 눈물이 나는데요. 그 녀석은 아직……."

"가끔 전화할 게요. 몸조심하시고요. 이젠 정의씨가 어떤 일을 하는지 알게 되어서 마음이 많이 불편해요. 수정씨하고 애들 생각해서라도 위험한 일은 피하세요."

우정의는 김재혁의 일기에서 안전한 지업을 찾자던 대목을 떠올렸다.

우정의는 인터넷에서 비슷한 증상과 사례를 검색해 흡사한 것을 찾아냈다. 기면증이라는 희귀질환이다. 문제는 불치병이라는 것이다. 그는 불치병이란 대목에서 목이 빠근해지는 것을 느꼈다. 일상적인 생활도 어렵고 심할 경우 사회생활도 할 수 없다. 우정의는 아내가 이런 사실을 알게 될까 걱정했다. 김재혁이 아내에게 알리지 못한 이유를 이제서야 실감한 것이다. 고민 끝에 휴직하게 된 것을 아내에게 알리지 않기로 했다. 우정의는 얼마전 친정에 다녀오고 싶다는 의미를 담은 농담을 던지던 아내의 표정이 기억났다. 이 참에 아내의 청을 들어주는 것도 좋은 방법이라고 스스로를 끌어갔다. 반면에 아내와 떨어져 살 수 있을까 하는 의구심도 생겼다. 아내도 그렇지만 아이들이 없으면 외로울 것 같았다.

"갑자기 영국으로 교육을 가게 됐어. 이번엔 좀 길어. 이번에 친정에 다녀오지 그래?"

그의 제안에 수정은 환한 표정을 지었다. 우정의는 내심 섭섭한 느낌도 들었다.

"빨리 알아보는 게 좋겠어. 난 후임자 인수인계 때문에 바쁠 것 같아."

"당신네 부서는 무슨 교육을 그렇게 많이 받아?"

우정의는 아내가 미안함을 감추려 투덜거리는 것을 알고 있었다.

기면증

"오늘은 늦게 나가도 되나봐?"

"오늘은 천천히 나가도 돼. 여자 만나거든. 멋있게 입고 나가야 돼."

"걱정할 사람을 걱정하지. 하다 말고 잠들어 버리는 남자를 누가 데려다 쓰겠어? 매나 안 맞고 들어오면 다행이지. 매 맞고 들어오면 용서해 줄게."

아내는 며칠 후면 미국으로 떠날 예정이다. 그런데 그의 넓직하고 든든했던 등이 고독해 보였다. 벌써 우정의가 그리운 기분에 아내는 뒤에서 그의 허리를 꼭 안았다.

"사랑해! 아프면 안돼. 전화하면 곧장 영국으로 날아갈 테니까 꼭 말해. 바보같이 참지 말고. 솔직하게 말하는 건데 동네 아줌마들 하는 이야기도 많이 들었거든. 당신은 그런 남자도 그럴 남자도 아닌 걸 알아. 하지만 그래도 일하다 보면 여자하고 얽히는 일이 있을 거야. 당신은 아닐 거라고는 생각했지만 당신도 남잔데 뭐가 다르겠어? 이건 내가 부부로서 당신의 여자로서 말하는 거야. 사고만 치지 마. 그럼 용서해 줄게. 이렇게 멋진 남잔데 다른 여자들에게도 멋져보이긴 할 거야. 혹시라도 다른 여자가 덤비면 내 생각 한 번쯤은 해줘! 내 마음이 어떨지…… 쭉빵 외국여자들도 당신을 가만히 냅두지 않을 거라고 생각하는데. 아무튼 알아서 잘해. 머리카락 노란 동생 두고 싶지 않으니까. 그나저나 떠날 날이 며칠 안 남아서 그런지 벌써 당신이 그립다."

우정의는 아내가 폭풍처럼 쏟아낸 말에 깊은 사랑을 느꼈지만 '바람 피우면 넌 죽음이야.' 라는 의미가 비수처럼 꽂혔다.

지하 2층 주차장으로 내려간 우정의는 커버가 씌워진 차 앞에 섰다. 얼마나 오랫동안 커버를 씌워 놓은 건지 고양이 배설물 냄새가 진동을 했다. 그는 아파트 주차장에 고양이가 사는 것도 이해할 수 없었다. 게다가 자신의 차에만 배설물을 남기는 고양이의 정체가 궁금했다. '내가 이 녀석에게 무심했구나' 커버를 벗겨내자 2013년식 흰색 포르쉐 카이맨이 얼굴을 드러냈다. 그의 유일한 취미는 카 레이싱이다. 최근 6개월 동안 시동조차 걸지 못했다. 크르릉. 키를 꽂고 돌리자 카이맨의 굵고 힘찬 심장 소리가 지하 주차장을 울렸다. 이번에는 다행히 카이맨의 배기음 소리에 놀라 시끄럽게 비명을 질러대는 차량은 없었다. 우정의는 중저음의 배기음에 달리기도 전에 스트레스가 풀리는 듯했다. 지하 주차장을 빠져나온 그는 시내를 벗어나 자유로에 진입했다. 강변북로를 거쳐 달리는 구간이다. 거칠게 그르렁거리는 엔진소리와 짙은 배기음이 답답했던 속을 뻥 뚫어주었다. 또 졸아버리는 게 아닐까 하는 생각은 꼬리를 물고 교통사고로까지 증폭했다. 하지만 그것도 잠시였다. 달리고 싶은 욕망이 꿈틀거렸다. 짧은 구간이지만 도로 위에는 차량 소통도 별로 없었다. 걱정이야 어찌 됐건 막상 자유로에서 최고속을 맛보자 모든 근심이 연기처럼 사라졌다. 다시 피어오르는 것도 순식간이었다. 그는 시프트다운과 풀브레이크로 속도를 줄였다. 잠시였지만 급가속과 급감속으로 수동 6단 기어의 매력에 아드레날린이 부글댔다. 한동안 달리지 못했던 레이싱 트랙이나 인제-춘천간 옛 도로를 달리고픈 생각도 있었다. 그에게 레이싱은 자유 그 자체였다. 구석진 자리에 숨기다시피 주차하고 건물로 들어서려는데 마침 밖으로 나오던 고은미를 발견했다. 우정의는 젠장, 이라고 혼잣말을 하며 발길을 돌렸지만 고은미의 눈이 훨씬 빨랐다.

"오빠~"

"어휴! 또라이……."

우정의는 직원들 시선에 아랑곳하지 않고 아무데서나 오빠라는 호칭을 남발하는 게 여간 불편한 게 아니었다. 정문 앞에 선 그는 고은미를 구석으로 몰았다.

"오빠 마중나온 거죠. 저기 봐요. 직원들 눈초리가 아주…… 차 닳겠어요. 대한민국 공무원이 회사에 포르쉐를 타고 다녀도 돼요? 안 될 거야 없지만 그래도 눈치는 보고 살아야죠. 무슨 소릴 들으려고."

카이맨은 미국에 있는 장모가 생일 선물로 사 준 것이다. 그런 사실을 모르는 직원들에게는 오해받기 십상이었다.

"오빠! 저거 잠깐 타보면 안 될까요?"

고은미는 포기할 마음이 없어 보였다. 우정의는 어쩔 수 없이 차키를 넘겨주며 말했다.

"조건이 있어, 3분 안에 시동을 걸지 못하면 취소야. 지금부터 시간 잴 테니까 3분 지나도 안되면 차키 가지고 바로 올라와!"

그는 사실 믿는 구석이 있었다. 고은미가 카이맨을 향해 뛰어가자 우정의는 건물 안으로 들어갔다.

약속은 약속이었다. 10분이 채 되지 않아 고은미가 씩씩거리며 올라왔다. 그의 예상대로였다.

"오빠! 저거 뭐에요? 스마트 키도 아니고 열쇠 구멍도 없고. 저거 음성인식으로 되는 거예요?"

"그런 건 없어!"

우정의가 손바닥을 내밀자 고은미는 의미를 알수 없는 미소를 보였다. 그의 손바닥에는 차키와 함께 작게 적은 쪽지 하나가 쥐어있었다. 고은미는 짧은 윙크와 함께 사라졌다. 이제는 아예 저돌적으로 들이대니 고은미가 무서운 존재로 다가왔다. 우정의는 쪽지를 주머니에 찔러 넣었다.

"팀장님 그 친구하고 이상한 사이는 아니죠? 윙크하는 거 봤어요. 대체 무슨 사이에요? 불륜은 아니죠? 아니면 소개라도 해주세요."

설마했는데 고은미의 일거수일투족이 직원들에게 감시되고 있었던 것이다. 그는 직원들이 놀려대는 통에 급히 사무실을 빠져 나와 의무실로 향했다. 마침 자리에 있던 담당자는 그를 반기며 책상 서랍 속에서 파일 하나를 꺼내주었다. 그런데 담당자는 무슨 일인지 미소만 짓고 말이 없었다. 눈빛으로 말하려는 듯 자꾸만 두 눈을 꿈뻑거렸다. 우정의는 서류를 열어보라는 것으로 알아들었다. 김재혁의 진료기록이었다. 맨 앞장에는 노란색 포스트잇 한 장이 붙어 있었다.

「그 땐 없었던 서류가 갑자기 나타났어요. 이건 복사본으로 준비했어요.」

담당자가 우정의에게 비밀스럽게 전한 메세지였다.

"지난번 검진 자료에요. 언제 오실지 몰라서 그냥 가지고 있었어요. 팀에다 갖다 드리려고 했더니 휴직하셨다고 해서요."

담당자는 오른쪽으로 고개를 툭툭 쳤다. 우정의는 담

당자의 행동을 도통 이해할 수 없었다. 복도를 걸던 그는 아차 싶었다. 담당자가 말한 우측 커튼 안에 누군가 있었던 것이었나 싶었다. 그 안에 누가 있었던 그로서는 별 관심이 없었다. 차에 올라탄 그는 고은미가 건네준 쪽지를 펼쳤다. 읽기도 전에 내용이 부담스러웠다.

「오빠! 여자를 조심하세요!」

고은미는 쪽지에도 오빠라는 호칭을 빼놓지 않았다.

'난 이미 널 조심하는 중이다. 내가 널 조심하고 있는 걸 몰랐냐?'

실소를 머금는 차에 문자메세지가 수신됐다. 모르는 번호였다.

「의무실 김미진입니다. 8시에 후문으로 오세요.」

8시까지는 시간이 너무 많이 남아있었다. 무얼 하며 시간을 때우나 고민하던 그는 딱 맞는 조언을 해줄 친구가 생각났다. 지금까지 그 친구를 찾을 생각을 하지 못했던 것이 한심했다. 그는 바로 전화를 걸었다.

"오랜만이야. 프랜드!"

반가운 목소리가 들려왔다. 대학원 때 만난 정신과 전

문의 김창주다. 정신과는 심리학이 필수 코스다. 전공은 다르지만 같은 과목을 수강하게 되어 알게 된 사이다.

"군바리 친구. 요즘 소식이 뜸해서 또 해외로 파견나간 줄 알았어."

김창주는 우정의를 오피스형 군인으로 알고 있었다. 우정의로서는 국정원에 근무한다는 사실을 알려줘도 상관은 없었지만 굳이 그럴 필요성을 느끼지 못했다. 여기저기 떠벌리고 다녀서 될 일도 아니다. 한동안 즐기지 못하고 있었지만 사실 레이싱이라는 취미는 김창주의 작품이나 마찬가지다.

"오늘 시간 좀 되나? 물어볼 것도 있고 해서."

"이거 어쩌냐? 시간이……."

우정의는 미리 약속하지 않은 걸 아쉬워했다. 창주는 계속 말을 이었다.

"시간이 남아 돌아. 정신과 전문의들은 원래 안 바빠요. 일도 없어서 먹고 살기 힘들다. 빨리 와서 유료상담 받아라."

금수저나 마찬가지인 김창주는 괜한 죽는 소리를 했다. 우정의 역시 농담이라는 건 너무 잘 알고 있었다.

병원에 도착한 우정의는 김창주를 로비로 불러냈다. 가급적 직업적인 부분 등 대부분을 숨기려 했지만 김창주는 쉽게 눈치챘다. 김창주는 상세한 설명을 요구했다. 우정의는 이야기 앞뒤를 잘라서 설명하려 했지만 이리저리 끼워 맞추기가 어려웠다. 우정의는 어쩔 수 없이 교통사고부터 부부관계까지 설명했다. 국정원 소속이라는 사실도 숨겼다. 특히 총기사고 같은 내용은 피했다. 김재혁에 관한 내용은 설명할 수도 없었다.

"그런 정도라면 기면증이 맞는 것 같은데. 혹시 머리에 충격을 받거나 한 적은 없어? 뇌검사는 해봤어? 하긴 기면증이 검사한다고 해서 될 일도 아니지. 미안하지만 현대 의학으로는 무리라고 본다. 환자한테 이렇게 이야기하면 안 되는 거지만 어쩔 도리가 없어. 제수씨도 알아?"

김창주는 대안도 없는 병을 호소하는 친구에게 답을 해줄 수 없어 의사로서 민망하다는 생각을 했다.

"마누라는 몰라. 증상이 너무 불규칙적이고 요즘들어 횟수도 늘어나는 것 같아."

"증상이 악화되고 있다고 봐야 하나. 소주 한잔 할까 했었는데 그건 없는 걸로 해야겠다."

"술 문제는 아닌 듯해. 다음 주 중에 한잔 해. 방법이 있는지 없는지 의학적인 지식이 없는 나로서는 전혀 알수가 없잖아. 일 퍼센트의 가능성이라도 찾아주면 좋겠어. 솔직히 두렵지 않은 것도 아니야."

그들은 만날 때와는 달리 무거운 표정으로 헤어졌다.

다시 국정원 근처로 돌아온 우정의는 수시로 시계를 들여다보았다. 시간은 더디게 흘렀다. 그는 후문에서 멀리 떨어진 구석진 곳을 찾아 차를 대고 골목에서 김미진을 기다렸다. 약속대로 8시가 거의 다 되어 김미진이 후문을 통해 빠져나왔다. 김미진은 우정의가 알아서 따라오리란 걸 예측이나 한 듯이 자연스럽게 이동했다. 김미진이 택시를 타면 우정의도 다른 택시를 잡아탔다. 김미진이 걸으면 우정의도 뒤따라 걸었다. 김미진은 이태원에서 내려 당연한 듯 2층에 있는 노란색 간판의 커피숍으로 올라갔다. 말리커피다. 세계 3대 커피라는 자메이카 블루마운틴을 마실 수 있는 곳이다. 우정의는 커피를 좋아하는 아내의 손에 이끌려 몇 번 가본 적이 있다. 우정의는 말리커피 길 건너편 건물 사이에 서서 주변을 살폈다. 그의 판단으로는 미행하는 사람이 있는 것도 아니었다. 김미진이 대체 어떤 일을 꾸미는지 궁금했다. 우정의는 김미진의 아마추어적인 행동이 맘에 들지 않았지만 어찌할 도리가 없었다. 다만 김미진이 그에게 뭔가 전하고자 하는 것이 있다는 것은 분명했다. 단지 그것을 파악하고 싶은 것이다. 잠시 후 키가 큰 여자가 커피 두 잔을 들고 김미진과 마주 앉았다. 모르는 사이는 아닌 듯 보였다. 몇 분 지나지 않아 두 사람은 밖으로 나오더니 택시를 잡아탔다. 전혀 주변을 의식하지 않았다. 한참이 지나도 택시는 출발하지 않았다. 통행량이 적지 않은 도로에서 민폐를 끼치고 있었다. 우정의는 김미진이 자신을 기다리는 것이라고 판단했다. 우정의는 무단횡단을 하여 빠른 속도로 길을 건넜다. 택시 앞자리가 비어 있었다. 이것저것 따질 상황은 아니라고 판단한 그가 택시에 타자 김미진은 택시기사에게 종로3가로 가자고 말했다. 택시기사 뒷자리에 김미진이 타고 있었다. 곁눈질로 김미진 옆의 여자를 훑었지만 전혀 기억에 없는 사람이었다.

"소개해 드릴께요. 제 친구인데요. 약학 박사고 제약회사 연구원이예요. 우팀장님하고 민증상 동갑일 거에요.

애가 인물이 좀 떨어져서 그렇지 스카이다이빙도 하구요. 한국보다 유럽에서 더 유명한 친구예요. 그리고 중요한 건 저처럼 노처녀입니다."

우정의는 김미진이 미혼인 줄은 몰랐지만 어차피 알 바도 아니었다. 택시가 종각 쪽으로 들어서자 김미진은 인사동으로 행선지를 바꿨다. 택시는 북촌으로 들어갔다. 북촌은 이미 추억 속의 그 곳이 아니었다. 오래된 유명식당도 많았지만 그들은 조용한 룸이 있는 고급 한정식 식당을 찾아 들어갔다.

"정식으로 인사드리겠습니다. 저는 김미진, 이름은 둘다 아시죠? 저는 국정원에 들어온 후로 의사로서의 정체성을 잃었어요. 초심아! 내 전공이 뭐였지?"

김미진은 멋적은 듯 소리내어 웃었다. 우정의는 이제서야 초심을 뜯어보았다. 미인이라고는 할 수 없지만 잔잔한 여성스러움이 있었다. 하얀 피부에 굴곡진 몸매가 운동으로 다져진 것이 분명했다. 다소 서구적인 느낌이 강했다. 한국에서보다 외국에서 인기가 있을 지도 모르겠다고 그는 생각했다. 얼굴엔 잡티 하나 없이 맑고 깨끗했다. 화장기는 짙지 않은 것이 피부에 자신이 있어 보였다. 얇고 긴 선의 눈매는 동양적이기도 했다. 핑크빛 립스틱을 가볍게 바른 입술은 적당하게 두툼했다. 세세한 부분에 있어서는 전체적인 느낌과는 사뭇 달랐다. 손목도 발목도 잘록하다. 아내에 비하자면 아름답다고 할 수는 없지만 매력적인 여자임에는 분명해 보였다. 우정의는 김미진과 초심을 번갈아 살폈다. 김미진은 그저 가벼운 여자 그 이상으로 느껴지지 않았다.

"저는 마초심이라고 해요. 그냥 초심이라고 불러주세요. 오늘 미진이가 소개해 줄 사람이 있다면서 무조건 나오라고 했어요. 아무튼 저는 소개팅인 줄 알고 신나서 뛰쳐나왔네요. 만나서 반갑습니다."

마초심의 말에 우정의는 어이가 없었다. 외모와 성과 이름이 완전 따로 놀았다. 우정의는 조화롭지 못한 구성이라고 생각했다. 초심이라는 이름이 어디선가 들어본 듯했는데 기억 깊숙한 곳에서 오래전 단골처럼 다녔던 소고기 전문점 상호가 튀어나왔다. 예쁜 이름은 아니라 하더라도 여성적인 이름이라고 볼 수도 있지만 마씨 성을 갖다 붙이니 상당히 불편했다. 마초심이 초심이라고 불러 달라는 이유를 이해할 수 있을 것 같았다.

"제가 이 자리에 있는 이유가 뭔지."

우정의는 한심해서 말을 이을 수가 없었다. 한숨을 푹 쉰 그는 살짝 눈살을 찌푸리더니 다시 입을 열었다. 누가 봐도 기분이 좋은 상태가 아니란 걸 알수 있었다.

"김미진 선생님! 왜 이런 상황을 만드신 건지 알고 싶군요."

"죄송해요. 저는 우박사님, 우박사님 맞죠? 미진이가 그렇게 알려줬는데."

초심은 우정의와 김미진 사이에 알수 없는 오해가 있음을 눈치채고 대화에 끼어들었다.

"호칭은 상관없습니다."

우정의는 아직 당황스러웠다.

"이 친구와 동석하게 된 이유를 알려드려야 욕을 안 먹을 것 같네요. 우박사님! 사실 이 친구는 신약개발에 관련된 일을 해요. 지난번에 김재혁씨 건으로 이 친구와 이야기를 나눈 적이 있어요. 모르시겠지만 이 친구는 국정원 외부자문을 하고 있어요. 제가 우박사님 이야기를 하니까 의심가는 게 있다면서 증상을 직접 듣고 싶다고 해서 이런 자리가 만들어진 거예요. 미리 설명드리지 못한 이유도 있고요.”

“그랬군요. 죄송합니다.”

우정의는 괜한 의심을 한 것이 미안하기는 했지만 기분이 상한 건 여전했다.

“우박사님? 혹시 기면증이라고 아시나요?”

초심의 말에 우정의는 깜짝 놀랐다.

“어떻게 그걸?”

“증상에 대해 설명을 듣다 보니 기면증일 것 같다는 생각이 들더라고요. 기면증은 보통 30세 이전에 발생한다고 알려져 있어요. 느리게 진행되는 경우도 있고 일정 수준으로 평생을 지속되는 경우도 있어요. 어떻게 보면 병이라고 하기에는 애매한 증상이기도 하죠. 경우에 따라 발작이나 환각, 마비 등의 증상도 나타나요. 의학계에서는 수면장애로 분류되어 있지만 그렇게만 보기에는 터무니 없을 수도 있어요. 뇌질환이라고 볼 수도 있는 병이고요. 아직까진 불치병으로 분류되어 있어요. 당연히 치료약이나 억제제도 없고요. 증상을 조절할 수는 있다고 하지만 그것도 사실 명확하지 않아요. 모다피닐이라는 약물로 중추신경 흥분제 비슷한 역할을 하는 것도 있긴 한데 부작용도 있어요. 간혹 항우울제를 사용하는 사람도 있긴 해요. 일부 효과가 있으니까 쓰겠죠. 어쨌든 기면증의 경우 완벽하게 치료할 수 있는 약은 아직 없어요. 그게 전부죠."

초심의 설명에 우정의는 힘이 빠졌다. 인터넷을 통해 어느 정도 알고 있는 사실이었다. 그녀의 말에 의하면 기면증을 고칠 수 있는 방법은 없다는 것이다. 우정의는 국정원에서 이상한 일이 벌어지고 있는 것이 아닌가 하는 생각은 과대망상이며 억측이라고 판단했다. 김재혁과 같은 증상을 보였던 것이 그런 생각을 하게 된 계기였다. 그의 진료 기록이 사라졌던 것이 의심을 증폭시킨 계기였다. 초심이 자신의 증상을 뇌질환이라고 하자 우정의는 여러 모로 황당했다. 받아들이고 싶지 않았다. 김미진이나 초심에게 혹시나 했던 기대도 접었다. 그저 의미도 없는 자리에서 빨리 벗어나고 싶었다. 심지어는 노처녀들에게 놀아났다는 생각마저 들었다. 어떻게 하면 자리를 뜰 수 있을까 고민하는데 초심의 설명이 이어졌다.

"제가 미국에서 독일로 간 게 바로 기면증 때문이었어요. 독일에는 서양의학과 중국의학을 공동 연구하는 프로젝트가 많거든요. 미국에 머물렀다면 성공의 길은 보장되어 있었어요. 하지만 서양의학의 한계를 느꼈어요. 그래서 미국과 달리 동양의학에 관심을 갖는 독일로 떠났어요.”

초심의 이어진 설명에 우정의는 자신의 경솔한 판단에 뜨끔했지만 차마 입 밖으로 미안하다는 말을 꺼내지 못했다.

“그럼, 독일에서는 어떤 성과가 있었습니까?”

우정의는 기대감으로 다시 설레고 있었다.

“아직 성과는 없어요. 막연하지만 치료를 위한 방법이 있다는 것은 알수 있었어요. 물론 비공시저으로 만이죠. 그러다 우연찮게 기면증을 유발시키는 물질을 알게 되었어요. 역학분석하면 치료제 개발도 가능하다고 생각했고요. 이것 역시 비공식적 팩트죠. 제가 지금 말씀드리는 건 의학계나 과학계 혹은 정부에도 보고되지 않았어요. 저희 연구진만 알고 있는 사실이니까요. 문제는 지난해 재정난으로 연구소가 문을 닫았다는 거예요. 기면증 연구에 자금을 투자하던 회사가 부도나면서 연구소에서 진행하던 모든 프로젝트가 팔리거나 폐기됐어요.”

초심의 말에 우정의는 일희일비했다.

“그래서 한국으로 돌아오신 건가요?”

“그렇다고 볼 수도 있지만 막상 귀국하고 나니 한국에서 도움이 되는 사람이 되고 싶었어요. 지금은 꽤 큰 제약회사에서 빵빵한 지원하에 연구하고 있어요. 미국이나 독일에 비하면 조족지혈 수준이지만.”

“그렇다면 제게 물어보고 싶다고 하신 건 어떤 부분인가요?”

우정의의 질문에 초심의 눈빛이 반짝였다.

“우박사님 증상의 경우 기면증의 변종 같다는 생각이 들었어요. 어떻게 보면 기면증이 아닐 수도 있다는 생각도 들었고요. 혹시나 하는 게 있어요.”

초심이 눈치를 보며 머뭇거리자 김미진이 옆구리를 쿡 찌르며 재촉했다.

“초심아. 말해도 돼. 우박사님이라면.”

김미진의 말에 잠시 고민하던 초심은 다시 말을 이었다.

“제 생각엔 저희가 개발했던, 아니 발견했던 것들이 생물학 무기로 변질된 것 같아요. 기면증을 유발시킨다는 물질은 기면증 환자들의 그것과는 달라요. 사실 연구소가 폐쇄되면서 그 프로젝트는 완전히 폐기된 것으로 알고 있어요. 그런데 만약 폐기되지 않았다면 모종의 거래가 있었을 수 있어요. 연구진 누군가가 팔아 넘겼을 수도 있고요. 언론에 노출시키지 않은 이유가 바로 그거였어요. 생물학 무기로 변질될 수 있다는 우려 때문이었어요. 연구성과는 충분했지만 그런 이유로 폐기를 결정했던 거예요"

초심은 김미진에게 우정의의 혈액샘플을 요구했다. 김미진은 가방에서 진료 차트를 꺼냈다.

"다행히 국정원에서는 일반 병원에서 진행하는 종합검진 외에 DNA 검사까지 하고 있더군요. 혈청검사도 하고요. 연구소에서는 그 물질을 「게슈타포」라고 명명했어요. 제 추측이 맞다면 우박사님 몸에서 게슈타포가 검출되겠죠. 김재혁님 역시 마찬가지일 수 있고요. 게슈타포는 어떤 방법으로도 체외로 방출되거나 소멸되지 않았어요. 한 가지 방법은 있어요. 몸 속에 흐르는 혈액을 일시에 교환하는 거죠. 이것 또한 현대의학으로는 불가능해요. 이론적으로는 가능하다고 하지만 성공사례는 없어요. 결국은 치료제를 개발하는 방법밖에 없다는 거죠. 하지만 저희 연구진에서 내린 최종 결론은 서양의학만으로는 불가능하다, 라는 거였어요. 말씀드렸던 것처럼 독일에서는 자연치유에 관심이 많아요. 요즘 표적 치료제에 이어 면역 치료제 개발로 바이오 업계가 뜨거워요. 면역 치료제라는 게 사실 따지고 보면 인체가 자체적으로 면역력을 키울 수 있도록 도움을 주는 것에 기반을 둔 거예요. 일시적으로 증상을 억제한다든가 하는 임시방편이 아니거든요. 말 그대로 치유를 위한 의학이에요. 서양의학도 예전에는 허브를 이용한 자연치유능력의 활성화를 보조하도록 하는 의료였어요. 그런데 언젠가부터 변질되기 시작했죠. 원래 인체에 없던 신물질을 주입해서 새로운 질병을 유발하는 경우가 적지 않아요. 물론 외과의술만큼은 동양의학이 서양의학을 따라갈 수는 없을 거예요."

초심은 이야기에 집중한 우정의를 보고서야 설명을 끊었다. 초심 역시 불필요한 설명으로 너무 멀리 갔다고 생각했다.

"죄송해요. 재미도 없는 이야기를……. 사실은 이런 게 제 불치병이에요."

"아닙니다. 흥미로운 이야기입니다. 처음 접한 분야기도 하고요."

"초심아! 어려운 걸 쉽게 설명하니까 내 머리에도 쏙쏙 들어온다. 넌 나중에 대학 강단에 서야 할 것 같아. 우리 교수님들은 쉬운 것도 문자 써가며 어렵게 설명하는 능력이 있잖아."

김미진의 말에 초심 역시 수긍하는 듯 고개를 끄덕였다.

"웃자고 하는 이야긴데요. 왜 그게 게슈타포인줄 아세요?"

초심의 질문에 김미진 역시 의아하다는 표정을 보였다.

"제가 지은 이름이거든요. 동료들에게 이유를 설명해 주니까 다들 아주 미친 듯이 좋아하더라고요. 학교 선생님들 중에 게슈타포라는 별명을 가진 분들이 계셨잖아요. 아시죠?"

우정의는 게슈타포에 대한 기억을 더듬었다. 중학교 때 악랄하기로 유명한 체육선생님의 별명도 게슈타포였다. 게슈타포란 독일의 나치정권의 비밀경찰로 무섭기로 유명했다.

초심의 설명이 없었으면 우정의는 벌써 자리를 뜨고 없

었을 것이었다. 시간은 벌써 12시를 향하고 있었다. 식당은 문을 닫을 시간이 지났는지 직원들이 문 앞에서 소리 없는 농성을 하고 있었다.

"괜찮으시면 토요일에 2부 특강을 해 드릴게요. 미진아 너는 어때?"

"선보는 날이다. 나는 빼줘. 내년에도 시집 못 가면 집에서 나가란다. 노느라고 집도 한 칸 못 샀는데 쫓겨나면 오피스텔 생활해야 된다."

김미진은 노처녀의 강박증을 피력했다. 초심과 우정의는 따로 연락하기로 하고 연락처를 교환했다.

"김미진 선생님. 아까 사무실에서 오른쪽으로 고개를 돌린 이유가 뭐죠?"

우정의는 한참 궁금해 했던 것을 이제서야 물었다.

"혹시나 해서 제가 사인 드린 건데요. 저도 말씀 드린다는 걸 깜박했네요. 혹시 아시는 분인지 모르겠는데요. 홍준희 부장님이 옆 베드에서 영양주사 맞고 계셨거든요. 요즘 많이 피곤하시다고……."

우정의는 존경하는 홍준희 대장이 늙어간다고 생각하니 마음이 쓰라렸다.

드라이빙

우정의는 밤새 한 숨도 잘 수가 없었다. 초심의 말처럼 기면증이 아니라면 심각한 상황이 아닐 수 없다. 연구소에서 폐기됐다던 게슈타포가 어떻게 자기 몸에 있을 수가 있단 말인가. 그는 기면증이란 놈이 왜 필요할 땐 작동을 하지 않나 싶었다.

우정의는 오전 10시가 되어서야 눈을 떴다. 휴직한 사실을 모르는 수정이 자신을 빤히 쳐다보고 있는 것을 느꼈다. 그는 놀라서 벌떡 일어났다.

"왜 그래? 내가 무서워?"

수정은 놀리듯 한마디 던졌다.

"아니, 꿈을 꿨어."

우정의는 당황해서 변명 같지도 않은 변명을 했다.

"좋은 꿈 같던데. 아가씨 이름 부르고, 홍부장님도 부르는 것 같던데? 그런데 왜 홍부장님은 왜 대장이라고 부르는 거야? 여자 이름은 뭐더라?"

"혹시 고은미?"

수정의 얼굴을 보는 순간 우정의는 아차 싶었다. 아내의 표정은 고은미가 아니라고 말하고 있었다. '내가 누굴 부른 거지?' 양심상 거리낄 게 없는 그였지만 꿈에서 다른 여자 이름을 부르며 잠꼬대를 했다는 게 마음에 걸렸다.

"뭐, 아주 여럿을 부르더구만. 미진씨, 초심씨 찾고 아주 꿈속에서 무척이나 좋으셨겠어?"

"그 여자들 우리 회사 의료진이야. 근데 그 사람들이 왜 내 꿈에 나오지?"

우정의는 모르는 척했는데 도무지 꿈 내용은 기억나지 않았다.

"별 이야긴 없었고. 게슈타포도 찾던데. 무슨 꿈을 그렇게 글로벌하게 꾸는 거야?"

임수정은 그의 잠꼬대에 그다지 신경쓰지 않았다. 꿈은 꿈일 뿐이라는 것이다.

오후 늦게 우정의는 김창주의 전화를 받았다.

"프랜드, 내일 새벽에 뭐 하는가?"

"저녁도 아닌 새벽에 부르는 게 달리러 가자는 풍일세."

우정의의 표정은 오랜만에 병이 도진 모양이었다.

"자네가 원하는 정보를 한 가지 입수했는데 공짜로는 못 주겠고 하니 내 부탁을 먼저 들어주게나!"

"웬 게나체로 가는 겐가 친구? 어디로 갈 건가? 우리 둘이 가나?"

"동호회 게시판에 오랜만에 자네를 만났다 글을 올리니 퍼뜩 뜀박질이나 하자 하네. 만남의 광장에서 5시 모이기로 했네. 늦지 말고 오게나. 북한산 살쾡이도 온다고 하는구만."

"그거 잘됐구만. 오랜만에 스트레스 좀 날려 보세나."

우정의는 벌써부터 아드레날린이 온 몸에 퍼져갔다.

"그나저나 마나님께 허가는 받으셨는가? 나는 마나님께서 허락하지 않으시면 못 간다네."

"친구. 내가 이미 당신 마나님께 전화 드렸네."

"하하! 고맙구만. 내일 만남의 광장에서 보세나."

우정의는 전화를 끊고 수정의 눈치를 읽고 있었다. 김창주의 말대로 수정의 표정은 이미 허락한 상태였다.

"여보. 오랜만에 실컷 놀다 와. 그 동안 가족에게 충분히 노력해 줘서 선물을 하사한 거야."

"고맙사옵니다. 마마."

우정의는 기대에 부풀기는 했지만 기면증세가 걱정됐다.

4시 30분. 만남의 광장. 해가 뜨기 전이라 고속도로는 한산했다. 만남의 광장에는 화물차들로 가득했다. 우정의는 간만의 달리기에 기분이 들떠있다. 포르쉐 동호회이지만 포르쉐 외의 차량들도 제법 있다. 동호회에서는 타사 차량을 잡차로 구분한다. 4시 50분 경이 되자 회원들이 모두 모였다. 시간 약속 하나만큼은 칼같다. 주행코스는 영동고속도로-강릉-고성-설악산-미시령옛길-홍천-춘천-경춘고속도로-서울로 계획되어 있었다. 북한산 살쾡이의 911GT를 선두로 카레라 GT 4S, Audi R8, 카레라 GT3, 페라리 Spider, 폭스바겐 골프, 카이맨 S, 우라칸, 박스터 GTS, 그리고 후미에 김창주와 우정의가 붙고 김창주와 우정의는 설악산에서 일행과 헤어지기로 했다.

부릉부릉~ 빠바방~ 그릉그릉~ 크르르릉. 달리기용 명차들이 모든 준비를 마쳤다. 운전석 옆에 걸어 둔 생활용 무전기에서는 회원들의 밝은 목소리가 들렸다. 강릉까지는 약 3시간 거리다. 위협적인 운전과 대열 주행을 하지 않는 게 이들의 규칙이다. 최대한의 매너 운전으로 사고를 유발할 만한 행동은 하지 않는다. 일행은 고속도로에서의 스피드보다 굴곡진 국도에서의 와인딩을 즐기는 편이다. 겨울을 목전에 둔 깊은 가을이라 길 옆 나무들은 벌거숭이가 된 지 오래였다. 산 아래 빽빽하게 자란 활엽수들의 앙상한 가지는 가을 산세를 만들고 있었다. 서에서 동으로 향하는 길이라 해가 뜰 무렵 안구의 괴로움이 예상됐다.

9시가 다 되어 속초에 도착한 동호회원들은 유명한 물횟집에서 식사를 마치고 다시 주행을 이어갔다. 속초시내를 가로질러 간성으로 가는 길목, 설악산 입구에서 우정의와 김창주는 일행과 코스를 달리 했다. 우정의는 김창주의 차를 따랐다. 그들은 설악산 자락과 잘 어울리는 카페에 주차하고 건물로 들어섰다. 카페 앞 전경은 그냥 설악이었다. 커피잔을 만지작거리던 김창주가 입을 열었다.

“대단한 이유가 있는 건 아니야. 나도 확신할 수 없어. 그저 일말의 가능성만 보고 온 거야. 오해는 말아줘. 나도 이것 때문에 혼돈이 와서 말이야. 미리 말하지만 난 의사야. 확실하지도 않은 의술을 말이야. 아니군. 의술인지 아닌지도 몰라. 정확한 건 아무것도 없어. 며칠 전에 선배에게 전해 들었는데 자기 환자 중에 기면증 환자가 있었대. 나라도 그랬겠지만 선배는 불가능하다고 포기했어. 그런데 그 환자가 수 년만에 찾아와서는 완치되었다고 하더래. 선배는 처음에 환자가 무능한 의사라고 욕을 하려나 싶었대. 걱정과는 달리 환자는 기면증 환자가 생기면 알려주라면서 주소를 줬대. 연락처도 없어. 믿을 수 없었던 선배는 직접 찾아가서 눈으로 확인까지 했대. 확실하다고 했어. 그게 정말인지 나 역시 내 눈으로 확인하고 싶기도 해. 현대의학으로 고치지 못한다는 불치병을 여기서 고친다면 의사로서 어떻게 받아들여야 할지 모르겠어. 솔직히 말해서 이게 정말이라면 한의학을 공부하고 싶다는 생각을 했어. 요즘 양방과 한방 간에 얼토당토않은 논리로 싸우고 있거든. 속물적이야. 집단이기주의 때문에 진실을 가리고 있어. 떡 본 김에 제사 지낸다 하잖냐. 진실 앞에 서게 된다면 진실을 받아들여야지 싶어서."

커피 잔을 거의 비울 무렵 카페 앞에 주황색 택시가 멈춰섰다. 백팩을 맨 스무 살 정도의 앳된 여자가 내렸다. 여자는 그들의 차 주변으로 한 바퀴 돌고는 카페 안으로 들어왔다.

"이 안에 저 차 주인 있어요?"

영문을 알 수 없는 여자의 질문이었다.

"제 차인데 무슨 일이죠?"

김창주가 먼저 나섰다.

"어떤 아저씨가 우정의에요?"

김창주는 우정의를 쳐다보며 일부러 눈썹을 찡그려 보았다. 대체 누구냐? 라는 의미 같았다. 우정의는 양 팔을 좌우로 들어 모르겠다는 제스처를 했다. 당돌한 여자는 그들 앞으로 다가왔다.

"그럼 옆에 있는 아저씨가 우정의에요?"

여자가 다시 물었다. 그들은 어처구니가 없었다.

"그래요. 내가 우정의 맞는데요. 누구시죠? 그리고 내가 여기에 있는 것을 어떻게 알죠?"

우정의는 이상한 생각이 들어 카페 밖으로 여자의 손목을 잡아끌었다. 물론 김창주도 따라 나갔다. 카페 종업원과 몇 명 되지 않는 손님들 역시 구경이 났다.

"우리가 여기에 있는 걸 어떻게 알고 있지?"

우정의의 눈빛은 사납게 변해 있었다. 돌변한 우정의의 모습에 당돌했던 여자는 그새 주눅이 들어 보였다.

"아저씨! 화내지 마시구요. 제 말을 좀 들어주시겠어요? 무섭게 그러지 마시구요."

"아가씨. 상식적으로 지금 이 상황은 정상이 아니라고 봐야 해요. 그렇죠? 바른대로 말하지 않으면 안될 거에요. 이 친구 무서운 친구예요."

김창주가 여자를 겁박지만 상당히 어색했다. 카페 종업원은 분위기가 이상하게 돌아가는 것 같았는지 밖으로 뛰어나왔다. 그런데 여자는 오히려 그들에게 신경쓰지 말라고 부탁했다.

"어떤 사연인지는 모르겠지만 쌀쌀한데 들어가서 이야기를 할까요?"

김창주가 물었다.

"다른 데로 가요."

여자는 다시 당돌한 모습으로 돌아왔다. 좀체 종잡을 수 없었다.

"군인아저씨 차는 무서워서 못타겠어요. 언제 졸음운전할지 모르니까요!"

흠칫 놀라지 않을 수 없었다. 마주보던 그들은 같은 생각을 했다. 포르쉐 두 대는 황당한 현장을 주시하던 사람들을 뒤로하고 조그만 식당을 찾아 들어갔다. 마침 야외테이블이 있었는데 쌀쌀한 날씨에도 불구하고 여자는 굳이 야외로 자리를 잡았다.

"아가씨 정체가 뭐요?"

김창주의 질문이었다. 그가 더 호기심이 생긴 듯했다.

"이야기할 거예요. 아저씨들! 저 나쁜 사람 아니니까 긴장 푸세요. 정의 아저씨. 요즘 기면증 때문에 정신 없었죠? 두 분 다 포르쉐 동호회원들이시구요. 의사선생님 아저씨는 강남성모병원에 근무하고 병원 앞에 있는 래미안퍼스트지에 사시죠? 정의 아저씨는 국정원에 근무하고 일산에 사시고."

여자는 한 호흡으로 그들에 대해 읊었다.

"너 뭐하는 놈이야?"

우정의가 낮은 목소리로 말했다.

"아저씨에 대해서는 알만큼 알아요."

그의 겁박에도 불구하고 여자는 눈에 힘을 주어 말했다. 아까의 주눅 든 모습과는 사뭇 달랐다.

"정의 너 언제 국정원으로 들어간 거냐? 거 생각보다 섭섭한데! 나도 모르는 사실을 저 아가씨도 알고 있는 거잖아?"

"미안해. 굳이 알릴 필요가 없는 거라 말을 안 한 거지 일부러 감춘 건 아니야. 이해해 줘."

김창주는 그냥 농으로 던진 말이었지만 우정의는 부담스러울 정도로 미안해 했다. 그는 우정의 성격상 일신상의 이야기를 떠벌리는 스타일이 아닌 것을 알고 있었다.

"아가씨 정체가 뭐요. 대체?"

"저로 말할 것 같으면 아저씨들이 쓰고 있는 스마트폰

의 앱을 개발하는 회사의 대표이기도 하면서 나름 알아주는 해커예요. 지금까지 성공하지 못한 해킹은 없었어요. 국정원 정도는 누워서 떡먹기까지는 아니지만 며칠이면 거침없이 들락거릴 수 있어요. 물론 다녀간 흔적은 누구도 알 수 없어요. 이 정도면 제 소개가 될까요? 저는 도희라고 해요. 현재 17살이에요. 친구들은 고등학생이지만 저는 중퇴했어요. 오해하지 마세요. 공부를 못해서가 아니라 이미 고등학교 과정은 중3 때 다 끝냈고 검정고시 만점 받으면 뉴스에 나올까 봐 몇 개 틀려줬어요. 지금도 대학은 아무데나 갈 수 있어요. 물론 해킹 같은 거 안하고 실력만으로요."

그들은 도희의 설명이 없었더라도 나이는 대충 예측할 수 있었다. 황당함에 표정관리를 하기도 어려웠다. 그렇지만 상황 자체만 두고 본다면 믿지 못할 일도 아니었다.

"궁금하실 것 같으니 다 설명해 드릴 게요. 중간에 말 자르지 마시고 끝까지 들어주세요. 저는 그런 걸 제일 싫어해요. 얼마 전 국정원의 의뢰가 있었어요. 국정원이 아닌 척했지만 저를 속일 수 있을 거라고 생각한 게 정말 바보같았어요. 그 정도는 일도 아니거든요. 접촉해 왔던 사람이 누군지는 아직 알아내지 못했어요. 느낌상으로는 아마 고위직인 것 같네요. 기면증과 더불어 생물학무기를 검색하는 사람을 모니터링해 달라는 거였어요. 거기서 제 호기심이 발동했어요. 국정원이라면 자체적으로 해결할 수 있는 아주 간단한 일이거든요. 기면증이란 게 뭔지 검색해 봤더니 정말 이상한 병이라더라고요. 증상은 있는데 치유는 불가능한 불치병. 그래서 생물학 무기 중에서 기면증과 관련된 내용을 검색해 봤지요. 잘 아시겠지만 국내 사이트에서 그런 건 죽도록 찾아도 나오지 않아요. 사람들은 해커들이 말하는 검색을 포털 사이트에서 통합검색 하는 정도로 생각하곤 해요. 천만의 말씀. 만만의 콩떡이에요."

도희의 표현은 아직 어린 티가 폴폴 났다. 콩떡 이야기가 나와서 그런지 도희가 주문했던 식사가 차려졌다.

"아저씨들. 일단 우리 먹으면서 해요. 아까 속초시내에서 내가 한눈 파는 사이에 사라져 버렸어요. 그래서 밥도 못 먹고 찾아온 거예요. 처음 오는 길이라 여기까지 물어물어 왔어요. 아무튼 그 택시기사 아저씨도 얼마나 답답한 지…… 아. 쩝쩝. 무튼. 쩝쩝. 배고프니까. 우적우적.

먹고해요."

우정의와 김창주는 말 많고 자랑이 심한 도희에게서 묘한 호기심을 느꼈다. 도희는 분위기 파악을 한 건지 만 건지 식사를 뚝딱 해치우더니 설명을 이었다.

"어디까지 했었죠?"

"검색!"

김창주가 답했다.

"아! 맞다. 제가 영어는 좀 하는데, 다른 외국어는 잘 못해요. 그래서 친구들 좀 풀었죠. 기면증과 무기로 검색을 했어요. 그런 걸로는 아무것도 나오는 게 없는 거에요. 헛다리 짚은 건 아닐 텐데 이상했어요. 그런 게 인터넷에 나도는 게 더 이상한 거죠. 하지만 뭔가 있겠다 싶었어요. 그래서 일단은 의뢰 받은 대로 그물을 쳐 놓고 알람을 켜 뒀어요. 워낙 희귀질환이라 그런지 며칠에 한 번 검색어가 튀어나오는 수준이었어요. 그런데 3월부터 기면증에 대한 검색이 자주 올라오는 거예요. IP도 추적했는데요. 블라인드 처리된 IP도 제법 있었어요. 그런 걸 못찾으면 어디가서 해킹한다고 명함도 못 내밀어요. 요즘 고딩들 컴퓨터 좀 하는 애들로 따지만 보안수준 1단

정도죠. 그냥 애기들이에요."

도희는 말도 많았지만 자기 실력에 상당한 자부심을 가지고 있는 듯했다.

"어? 이 아저씨 못 믿겠다는 표정이시네? 그런건 나중에 천천히 보여 드리죠. 아무튼 저는 검색하고 계시는 분들의 신상을 하나씩 털었어요. 그 전에는 대부분 기면증을 앓고 있는 환자나 가족들, 가끔은 그들의 지인 정도였죠. 3월부터는 식약청, 청와대, 국정원 그리고 아저씨들하고 우정의 아저씨 친구분이었어요. 제일 제가 이상하다고 생각한 건 제약회사였어요. 뭔가 냄새가 나지 않나요? 그래서 제가 어떻게 했는지 아세요?"

질문의 요지를 알수 없는 김창주와 우정의는 이미 머리가 복잡해져 있었다.

"아저씨들 명단을 의뢰인에게 전부 넘겼어요. 그들의 반응을 보고 싶었거든요."

"제가 너무한다고 생각지 마세요. 저는 소녀가장이라 돈을 벌어야 하거든요. 자료를 넘기고 하루도 안 돼서 약속했던 돈도 받았어요. 끝난 줄 알았는데 새로운 주문을 받았어요. 아저씨들 이름 넘기고 받은 돈이 얼마인 줄은 혹시 아세요?"

둘은 마주보며 서로의 이름값을 가늠해 봤다.

"창주는 한~ 백만 원?"

우정의가 말했다.

"푸하하! 너무 비싸다."

김창주가 웃으며 받아쳤다.

"아저씨들 이름값이 제법 나가요. 김재혁인가 그 아저씨 신상은 그렇게 짜게 주더니 아저씨들은 삼천만 원이나 받았어요. 하긴~ 그래봐야 제가 만든 앱 한 달 벌이밖에 안 되지만요. 아저씨들 한테 참고로 말씀드리지만 앱 장사 잘 되면 해킹 끊을라고 했는데, 이번이 마지막이에요. 아무튼 저, 나쁜 애 아니니까 이상하게 생각하지 마세요."

'세상에 그렇게 버는 소녀가장이라면 나도 하겠다.' 김창주는 속으로 뇌까렸다.

"이번에는 아저씨들 동선을 파악해서 보고하래요. 아저씨들 동선은 이미 다 알고 있었지만 그래도 직접 따라가 보면 더 재밌겠다 싶어서 따라왔어요. 아직은 저밖에 몰라요. 보고하지 않았으니까요. 우정의 아저씨 신상은 범죄조직에 까버렸던데요. 그것도 모르죠? 누군지 알면 놀랄 거예요! 반성문이라는 사람이예요. 국정원 정보는 몽땅 다 팔아먹은 거 같아요."

우정의는 다리에 힘이 풀리는 것을 느꼈다. 국정원에서 이런 일이 생길 수 있다니 배신감이 머리를 때리는 듯했다.

"아저씨들. 저는 이번 건으로 해킹 졸업할 건데요. 이번 일만큼은 제가 돕고 싶어졌어요. 저 사람들은 아무래도 좀 이상한 것 같아요. 앞으로 저한테는 이 전화로 연락하시면 돼요."

도희는 위성전화를 내밀었다. 어디서 구한 것인지 알 수 없지만 특수임무부대에서나 쓰는 물건이었다.

"이건 어떻게?"

"아저씨. 하여튼 우리나라 군인 아저씨들은 우물 안 개구리에요. 이런 건요. 인터넷에서 다 팔아요. 돈만 있으면 아저씨들 쓰는 장비는 거의 다 살 수 있어요. 그리고 이 전화기는요. 아저씨들 쓰던 것보다 좋은 거에요. 더 최신형에다가 다른 기능들도 있어요. 위성을 해킹해도 이 전화기의 3중 암호 체계는 해석불가예요. 저도 못풀어요. 친구들도 다들 못풀겠대요. 어느 정도인지 아시겠죠? 한동안은 이거 뚫긴 어려울 거에요. 저는 밥도 먹었으니까 속초가서 바다구경 하다가 집에 갈래요. 아저씨들 뒤에는 제가 있습니다요. 그 사람들이 뭐하는 사람인지 한번 캐보시자구요. 참! 그 박영관이라는 할아버지는 성격이 더럽대요. 저는 갑니다."

언제인지 맹랑한 도희가 타고 왔던 택시가 식당 앞에 도착해 있었다. 도희는 입을 쉬지 않고 말하거나 먹는 사이에 문자를 보낸 듯했다. 우정의는 동시에 여러가지 일을 해내는 도희의 능력에 탄복했다. 우정의는 국정원이란 곳이 그토록 허술한 곳이라는 생각에 허탈함을 느꼈다. 게다가 자신의 기면증과 국정원이 알 수 없는 관계가 있다는 것도 그랬다. 초심이 알려준 게슈타포와 관련이 있다는 쪽으로 좁혀져 갔다.

두 대의 차량이 엉덩이를 바짝 몰아붙이며 도로를 달렸다. 한참을 달리자 벼락바위라고 쓰여진 이정표가 나타났다. 구불구불한 시골길을 이삼 분 정도를 달려가니 한적한 곳에 외딴 집 하나가 보였다. 김창주는 차에서 내려

기지개를 펴고 깊이 호흡했다. 상쾌한 공기가 폐속 깊은 곳까지 찾아 들어갔다. 피가 온 몸을 돌아 청량감을 전했다. 그들은 설악산이 조건 없이 건네 준 선물을 한껏 즐겼다.

"아마 저 안쪽일 거야. 선배가 알려준 바로는 차로 들어갈 수는 있지만 특별한 용무가 아니면 걸어서 가래."

김창주가 가리킨 방향엔 인가 같은 것은 보이지 않았다. 오솔길을 따라 십여 분을 걸었을까 꽤나 반듯하게 지은 집 한 채와 아기자기한 방갈로 같은 건물 세 채가 보였다. 인적은 느껴지지 않았다.

"선배 말이 정말 그대로 맞는 것 같다. 어쩜 이런 골짜기 안에서 사는 분이 있을까? 정의야. 이 양반 사는 곳 자체가 기이함이 묻어나는 것 같다. 집이 참 이색적이지 않냐? 나도 서울생활 정리하고 이런 데서 살겠다고 하면 마누라가 잡아먹으려 들겠지? 속초에다 병원 개업하고 이런 데 살고싶다. 하긴, 이런 데 사는 사람들에게는 나 같은 정신과 의사가 필요없을지도 모르겠다."

김창주는 마음에 쏙 드는 듯했다. 팍팍하고 답답한 강남에 비하면 여유로움과 자유로움은 차원이 달랐다. 복잡한 머리 속과 답답한 마음을 동시에 해결해 주고 있으니 없던 병도 나을 지경이었다. 대문에는 방이 하나 붙어 있었다.

「12월 10일까지 지리산에 있을 예정이니 급한 용무가 있는 분은 하동, 악양으로 오십시오.」

"이 양반 참. 휴대폰 번호 하나 적어두면 좋을 것을 지리산은 뭐고 하동, 악양은 또 뭐냐. 한양 가서 김서방 찾으라는 것도 아니고 얼굴조차 모르는 우리 같은 사람은 그냥 12월 10일까지 기다렸다가 와야겠네."

김창주가 툴툴거렸다. 그러나 우정의는 이상하게 매력을 느꼈다. 방의 하단에는 또 다른 내용이 적혀 있었다.

실체

아내와 아이들을 배웅한 우정의는 가족들이 벌써 그리워지는 듯했다. 출국장에서 돌아 나오던 그는 어딘가로 전화를 걸었다.

"야! 깜둥이!"

몇 년 전 사건 후로 위험한 일은 하고싶지 않다며 국정원을 떠나 인천공항 보안검색 부서에서 근무하는 옛 동료다. 국정원에서 함께 근무한 건 기껏해야 1년 정도였지만 짧은 기간 중 사건들이 많았기 때문에 정이 많이 들었었다.

"형님. 공항에 오셨습니까? 섭섭하게 이쪽 볼일 있을 때 말고는 전화도 안 하십니까?"

"니가 전화하면 손가락이 부러진대냐?"

"그렇군요. 어디 계십니까? 바로는 못 튀어나가고 30

분 정도면 교대합니다."

우정의는 언제나처럼 인천공항 근처의 공항신도시로 향했다. 그는 자연산 우럭회를 안주로 간단하게 식사를 마치고 대리운전을 불러 일산으로 향했다. 그는 대리기사가 30분이 넘게 흔들어서야 깨어났다. 술자리가 짧았기에 술에 취해서 생긴 문제는 아니었다. 기면 증상이 분명했다. 우정의는 조금의 상상력을 동원하니 아찔한 느낌이 들어 식은땀이 흘렀다.

초심과의 약속은 3시로 변경됐다. 우정의는 김창주를 합석시켰으면 했지만 고민 끝에 생각을 접었다. 우정의와 초심은 한적한 카페의 구석자리를 차지하고 앉았다.

"지난 번에 게슈타포하고 동서양 의학에 관한 이야기를 했었죠? 오늘은 면역에 대해 설명할까 해요. 그걸 알고나면 동양의학과 서양의학이 어떤 점에서 차이가 나는지 자연스럽게 이해할 수 있어요. 의학을 두고 동양과 서양으로 선을 그으려 하는 건 웃기는 논리에요. 근본은 같은데 말이죠. 면역이란 것이 쉽게 생각하면 쉽고 어렵게 생각하면 한 없이 어려워요. 요즘 뉴스를 보면 면역력으로 암을 치료한다는 말들이 자주 나오고 있어요. 대체로 건강한 사람들은 건강문제에 소홀하죠. 본인 아니더라도 친인척, 친구, 지인들 중에 아픈 사람이 있어야 관심을 갖기 시작해요. 이럴 때 새로운 의미로 접하는 단어가 바로 면역력이에요. 질병의 전후에 면역력이란 단어가 의미하는 수준이 다르게 느껴지는 거죠. 건강한 사람들은 면역력에 대해 명확하게 설명하지 못해요. 병에 걸리면 면역력이 생명을 좌지우지하는 의미로 다가오게 돼요. 즉, 병에 걸려 봐야 면역력의 소중함을 깨우친다고 보시면 될 거예요. 우박사님 역시 근본적인 문제는 면역력이라고 볼 수 있어요. 게슈타포에 대응할 면역력이 없었기 때문이에요. 생물학 무기는 우리 몸에서 면역력이 없는 바이러스 혹은 물질을 이용한 것이라고 보시면 이해가 쉽죠. 재밌는 이야기는 아니지만 조금만 더 들어보세요. 독일에 있을 때 연구소에서 개발하던 것은 게슈타포의 면역제였어요. 그게 곧 백신이 되죠. 백신은 양면성이 있어요. 바이러스와 백신의 관계에 대해서는 상식적으로 알고 있을 거예요. 신종플루 같은 신종바이러스의 출현엔 잇권이 개입되어 있다는 루머가 돌았던 적이 있어요. 제약회사, 정부, 국제기관, 거대자본이 서로 얽히고설켜 있다고 주장하는 사람들도 있어요. 무엇이 진실인지 누구도 알 수 없어요. 설사 진실이 밝혀진다해도 힘에 의해 눌리고 억압되어 표출되지 않아요. 특히 제약업계는 무기시장 이상 가는 파워게임을 한다고 해요. 거부할 수도 없는 진실이죠. 갈릴레오 갈릴레이의 지동설을 떠올려 보세요. 미신을 숭배하던 제사장들이 지위를 유지하기 위해 진실을 왜곡하던 모습. 그걸 현세의 의학계로 옮겨 생각해 보세요. 신종플루의 출현과 타미플루 사건. 타미플루는 바이러스가 돌기 전에 대량생산되어 있었다는 설이 있어요. 타미플루 공급을 조절해 막대한 자금을 챙겼다고도 하고요. 그게 팩트라면 누가 얼마나 벌었고 누구 주머니로 들어갔을지 매우 궁금해지죠. 게슈타포를 가지고 추리를 해야 한다면 이렇게 될 수도 있다고 생각해요. 꼭 영화의 한 장면 같다고 해도 어쩔 수 없지만…… 우박사님은 생체실험을 당하고 있을 지도 몰라요. 만약 저에게 생체실험을 맡긴다면 관리가 쉬운 사람들을 대상으로 할 거예요. 혹시 문제가 생긴다면 손쉽게 처리할 수 있는 표본집단을 찾을 것 같아요."

"국정원이 표본집단일 수도 있다는 말이군요."

"확증이 없을 뿐이에요. 정황상 그럴 가능성이 있다고 보는 거죠."

"게슈타포를 테스트하려는 목적은 뭐라고 생각하십니까?"

"저는 두 가지가 있을 수 있다고 봐요. 바이러스와 백신 두 가지를 쥐고 막대한 돈을 벌겠다는 의도가 있을 수 있고요. 나쁘게 생각하면 생물학 무기를 테스트하는 거라고 봐야겠지요. 그게 왜 국정원에서 진행되고 있는가 하는 것이 미스터리예요. 제가 알기론 게슈타포의 병리적 기능이 무기로 만들 정도는 아니었어요. 주입량을 늘린다고 해서 증상이 심해지는 것도 아니니까요. 저희 손을 떠나 좋지 않은 방향으로 개량되었다면 모르죠."

초심의 설명이 그다지 놀랍지는 않았다. 확신이 없었을 뿐 그 역시 다각도로 추측하고 있었던 부분이었다.

"게슈타포의 감염 경로는 어떻게 됩니까? 호흡이나 신체적 접촉으로도 전염되거나 하는 건 아닙니까?"

"설마요. 그렇다면 제가 우박사님과 이렇게 있겠어요?"

우정의는 멍청한 질문을 한 것이 부끄러웠다.

"게슈타포에 변형이 없었다면 혈액에 주사하는 방법으로만 가능해요. 제가 아는 한, 게슈타포는 호흡이나 접촉으로 감염되지 않아요. 게슈타포가 혈액에 반응하면서 발병해요. 혈액이 있어야 바이러스로 변형되는 이상한 물질이었어요. 감염자에게서 수혈을 받지않는 이상 감염되지 않아요. 김재혁님과 우박사님 혈액 샘플에서는 게슈타포 양성 반응이 나왔어요. 다시 말해 기면증이 아니라는 거예요. 게슈타포로 인한 기면증세를 겪고 있는 거죠. 그동안 헌혈을 하신 적 있으세요? 있다면 역추적을 해야 돼요. 세상엔 아직 백신이 없으니까요."

"저는 없지만, 재혁이는 모르겠습니다. 제수씨가 알고 있으려나 모르겠습니다."

우정의가 기억하는 김재혁은 피보는 걸 싫어했다. 더군다나 총상으로 수혈을 받은 적은 있었지만 헌혈은 있을 수 없는 일이었다. 설사 김재혁이 헌혈을 하는 일이 있었다면 그에게 와서 자랑을 했을 지도 모를 일이다. 그의 기억속에 그들이 헌혈을 한 것은 특전사에 근무할 때가 마지막이었을 것 같았다.

“우박사님은 벌써 기억을 더듬고 있겠지만 두 분이 같이 주사를 맞았던 적이 있을 수도 있어요.”

초심의 말처럼 그들이 함께 주사를 맞은 기억은 너무 많았다. 작전 때도 그렇고 함께 영양주사를 맞은 적도 있었다. 그 부분에서 공통점을 찾아내기란 불가능에 가까웠다.

“이건 우려되는 게 있어서 하는 질문입니다. 난처한 질문인데요. 혹시 성관계로 인해 감염되는 경우도 있을 수 있나요?”

우려와는 달리 초심은 얼굴색 하나 변하지 않았다.

“혈액이 타고 넘어가면 그럴 수도 있겠지만 가능성은 희박해요. 그러고 보니 거기까지는 테스트하지 못했네요.”

초심의 설명에 우정의는 다행이라며 고개를 끄덕였다. 초심은 영문을 몰랐지만 굳이 캐묻지는 않았다. 우정의의 휴대폰으로 문자메세지가 수신됐다. 인천공항에 근무하는 깜둥이였다.

「오늘 저녁 7시. 사당역에 모임 잡혔습니다. 완전 번개입니다. 다들 나온답니다.」

우정의는 지난번 술자리에서 깜둥이에게 모임을 주선해 보라며 농담처럼 말했는데 그는 벌써 실천에 옮긴 것이다. 갑자기 잡힌 모임이지만 모처럼 반가운 얼굴을 보게 된다는 생각에 자리를 마무리하려 했다. 그런데 초심은 동석하고 싶다는 예상치 못한 제안을 했다. 마침 깜둥이가 괜찮은 여자를 소개해 달라며 떼를 쓰던 것이 기억났다. 우정의는 잘 됐다 싶은 생각에 초심을 동석시켰다. 초심은 처음 보는 사람들과의 자리를 그다지 부담스러워하지 않았다. 깜둥이는 신이 난듯 했지만 정작 초심은 그에게 관심이 없어보였다. 술자리에서는 상상도 하지 못할 사실 하나를 알게 됐다. 홍준희 대장과 한참동안 대화를 나누던 초심은 그도 비슷한 증세를 겪고 있음이 밝혀졌다. 우정의는 김미진에게서 홍준희 대장이 영양주사를 맞고 있었다는 이야기를 들었을 때 설마설마 했었던 것이 현실이 되고 있음을 받아들여야 했다. 이제는 홍준희, 김재혁, 우정의 세 사람이다. 밝혀지지 않은 누군가 더 있을 가능성도 있다. 우정의는 홍준희 대장에게 이 사실을 알려야 할지 판단이 서지 않았다.

초심은 홍준희 대장에게 개인적으로 의료상담을 해주겠다며 약속을 잡았다. 우정의는 그보다 늦게 나오기로 했다. 초심이 홍준희 대장에게 게슈타포와 관련된 내용을 충분히 전달해 놓겠다고 했다.

약속시간에 맞춰 도착한 우정의는 홍준희 대장의 표정을 살폈다. 예상과 달리 초월한 듯 보였다. 놀라운 멘탈이 아닐 수가 없다는 생각을 했다.

"미리 말씀드리지 못해 죄송합니다. 떠벌리고 다닐 상황이 아니었습니다."

"괜찮다. 나도 감추고 있었던 걸. 난 늙어서 그렇겠거니 했다. 그래서 은퇴시기를 앞당길 것인가 하는 고민을 하던 참이었다. 지금 생각해 보면 너무 우매했던 게 아닌가 하는 자책도 하게 된다. 너희 둘의 사고가 연관이 있으리라고는 상상도 못했다."

"지나간 건 어쩔 수 없지 않습니까? 알고 계셨다고 한들 대안이 있었던 것도 아닙니다. 문제는 우리 세 명의 공통분모를 찾는 겁니다."

"내 생각엔 서규도 감염된 것 같다. 마초심 박사의 설명이 없었다면 상상조차 못 했을 거다."

정서규는 2년 전 부상을 입고 팀에서 방출됐다. 그 후로 그는 매일 술을 달고 살았다. 오래 지나지 않아 알코올중독으로 가정까지 파탄나는 상황에 이르렀다. 지인들의 도움으로 알코올중독 재활치료를 시작해 요양원에 입원했다. 그가 치매증상으로 고생하고 있다는 건 우정의조차 모르고 있었다. 우정의는 그동안 정서규에게 관심을 주지 않았던 것이 미안했다.

홍준희 대장의 증세는 규칙적이다. 반면에 김재혁과 우정의는 불규칙적이다. 초심은 정서규의 증상도 파악했으면 했다. 정서규는 서귀포시 바닷가에 자리잡은 요양원에 있다. 우정의는 초심이 잠시 자리를 비운 사이에 반성문 부장의 팀원 정보 유출건에 대해 보고했다. 홍준희 대장은 국장에게 보고하겠다고 했지만 이제는 국정원에서 누굴 믿어야 할지 마음을 정하지 못했다.

홍준희 대장과 자리를 파했지만 초심은 자리를 떠나지 않았다. 친구를 만난다는 우정의를 따라 가겠다는 것이다. 초심은 우정의 주변 사람들을 만나는 데 재미가 들린 듯했다. 우정의 입장에서는 초심과 김창주 둘 다 자신을 도와주고 있으니 서로만 괜찮다면 환영할 일이었다. 김창주 역시 호기심을 보이며 만나기를 원했다. 초심은 그들이 설악산의 기인을 찾아갔던 이야기를 듣고 큰 관심을 보였다. 김창주는 우정의와 초심의 관계를 의심했지만 초심의 발랄한 성격에 금세 가까워졌다. 그들은 대화 속에 빠져 시간가는 줄 몰랐다. 김창주와 초심은 의학이라는 공감대가 형성됐다. 술이 들어가자 전문용어가 난무했다. 어려운 이야기에 적응하지 못한 우정의는 급기야 졸고 있었다. 새벽 1시가 다 되어 자리를 파하려 했지만 우정의는 깨어날 기색이 없었다. 기면증이 도진 것이다. 김창주는 택시를 잡아 뒷자리에 우정의를 밀어넣었다. 그런데 초심이 동승하더니 무릎을 우정의에게 내어주었다. 김창주는 접어 두었던 의심을 꺼내 들었다. 그들 사이에 무언가 있다고 생각했다. 조수석에 탄 김창주는 초심에게 행선지를 물었다. 서로 먼저 가네 마네 잠시 실랑이가 있었다. 초심은 우정의를 자기 집에서 재우겠다는 논리를 펼쳤다. 기면증 환자를 아무데나 재우면 안된다는 것이다. 김창주의 의심이 확신으로 바뀌었다. 어차피 그 역시 취기가 올라 혼자서는 호텔까지 부축할 수도 없을 것 같았다. 우정의를 일산까지 보낸다고 해도 집에는 아무도 없기 때문에 마땅한 대안도 없었다. 초심이 김창주를 먼저 보내고 가겠다고 할 만한 이유가 있었다. 빌라 앞에 도착하자 늦은 시간임에도 불구하고 경비 아저씨가 나와서 도와주는 것이다.

"여자 혼자 오피스텔에 사는 게 보기 싫어서 그냥 여기 살아요. 방은 많지만 두 개만 써요. 우박사님 눕혀놓은 침실도 지인이나 오면 쓰는 방이에요. 호텔보다는 낫겠다 싶어서요."

집안을 두리번거리는 김창주의 모습을 본 초심이 설명했다. 김창주는 굳이 설명이 필요없다는 제스처를 남기고 집을 나섰다.

제주

우정의는 점심 나절이 되서야 일어났다. 기면증이 있었다는 것을 인지했다. 다행인지 이번에는 병원이 아니다. 집도 아니고 호텔이나 모텔도 아니다. 날은 이미 밝아 있었다. 바지와 셔츠, 양말은 벗겨져 있었다. 다행히 속옷은 어제 입고 나온 그대로였다. 창밖으로는 커다란 나무가 잔바람에 춤을 추고 있다. 이층 정도 되는 집이다. 아파트는 아닌 것 같았다. 그는 침대에서 내려와 문을 열었다. 한눈에 펼쳐진 거실은 그의 아파트만큼 넓었다. 거실 한켠엔 벽난로도 보였다. 가구도 많지 않다. 곡이 진 대형화면의 텔레비전이 거실 벽면의 대부분을 차지하고 있다. 일반 가정집에 있을 만한 흔한 가족사진이나 유명 화가의 복사본 그림이 담긴 액자 하나 보이지 않았다. 세로로 길죽하게 세워진 오디오가 명품으로 보였다. 전체적으로 단조롭지만 고급스러운 인테리어다. 분명한 건 일반 가정집은 아니었다. 그는 혼란스러웠다. 생전 처음 와 본 집인데 누구 집인지도 알지 못했다. 아파트가 아니니 김창주의 집이 아니라는 건 알고 있다.

"누가 계십니까?"

우정의는 집 안의 누군가를 불러 보았다. 수차례 불러 보아도 돌아오는 대답은 없다. 집 안에는 아무도 없는 듯했다. 그는 다시 방으로 들어가 휴대폰을 찾아보았다. 지갑과 시계는 협탁 위에 놓여있지만 휴대폰의 행방은 알 수 없다. 침대 위에도 보이지 않는다. '또 분실인가?' 그는 작전중 기면증상이 왔을 때 분실한 휴대폰이 기억났다. 귀찮은 일이다. 다시 거실로 나오자 소파 앞 원목테이블 위에 놓인 휴대폰이 보였다. 조그만 LED램프가 '나 여깄소' 하는 식으로 점멸을 반복했다. 누군가 친절하게 충전케이블까지 연결해 둔 것이다. 휴대폰 배터리는 완전히 충전된 상태였다. 메시지가 3건 들어와 있었다.

「제주도 서귀포시 남원읍 OO리 O번지 OO요양원」

「일어나면 연락줘! 너 어제 또 기면증세 왔었다.」

「저 지금 퇴근하고 있어요. 장기 휴가 신청하고 나왔어요. 같이 점심해요.」

홍준희 대장, 김창주 그리고 초심이었다. 문자메세지를 보고서야 우정의는 초심의 집이라는 것을 알수 있었다. 그는 초심이 자기 옷을 벗겼을 것을 생각하고 얼굴이 빨개졌다. 초심의 집이라는 것을 알고나자 집을 살피는 게 오히려 부담스러웠다. 그는 침대에 누워 스마트폰에서 요양원을 검색했다. 알코올중독 전문요양원이었다. 면회시간도 제한되어 있고 예약이 되지 않으면 만날 수 없는 곳이다. 면회는 화요일로 잡혔다. 우정의는 김창주에게서 지난밤 있었던 일을 상세히 물었다. 그런데 김창주에게서 생각지 못한 이야기를 들었다. 아니라고 말해도 그는 믿으려 하지 않았다. 그저 불편하면 잠들어서 모른다는 변명을 할까 걱정이라고 놀리는 것이다. 우정의는 포기하고 전화를 끊었다. 그나저나 초심의 장기휴가 목적을 두고 걱정 아닌 걱정을 했다. 김창주마저 그들의 관계를 비꼬는 판이라 부담스럽지 않을 수 없었다. 초심에게 일이 있어서 나가보겠다고 문자를 보냈지만 득달같이 연락이 왔다. 집에 거의 다 왔으니 점심식사나 하자는 것이다. 인사만 하고 가겠다고 생각했지만 그의 계획은 수포로 돌아갔다. 아니나 다를까 초심의 목적은 우정의가 생각한 대로였다. 집으로 돌아온 초심은 방에 들어가더니 짐을 싸는 듯했다. 그러더니 하늘색 플라스틱 캐리어를 끌고 나왔다. 누가 봐도 여행을 가려는 모습이었다. 우정의는 어디 가느냐는 질문에 초심은 대꾸도 하지 않았다. 대신 스마트폰에서 대한항공 로고가 새겨진 페이지를 열어 보여주었다.

"죄송하지만 주민번호는 이미 제게 접수된 거라 임의로 예약했어요. 그런데 어제 제가 뭐라고 했는지 기억 안 나세요?"

우정의는 자신의 옷을 벗겼을 초심의 모습을 상상하니 당황스러웠다. 기억을 더듬느라 고민하는 사이 초심은 대꾸할 틈도 주지 않고 말을 이었다.

"기억을 못 하시네요. 이런 식으로 의사 말을 안 들으면 불안해서 살겠어요? 제가 항상 두 명 이상 같이 다니시라고 했죠? 제주도는 누구하고 가시게요? 어제처럼 또 아무데서나 주무시면 곤란해요."

"그건 그렇지만……."

"게다가 어제 홍대장님이 뭐라고 하셨죠? 아니, 우박사님이 말씀하셨죠. 오늘 제주도 내려 가신다고. 그래서 제가 대신 티켓팅도 했어요. 제가 이렇게 꼼꼼해요."

반론을 펼칠 사이도 없었다. 바로 홍준희 대장에게서 전화가 걸려온 것이다. 초심이 함께 움직이기로 했다는 것을 들었으며 개인적으로 돈을 조금 송금했다는 것이다. 초심은 이미 그들과 작전상 한 몸이 된 모양이었다. 우정의는 초심의 손아귀에서 벗어날 방법이 없을 것 같았다. 어쩔 수 없이 초심과 함께 행동을 해야 할 상황이 된 것이다.

우정의는 제주에서 다이빙 리조트를 운영하는 선배 이병빈에게 전화를 걸었다.

"어쩐 일이냐? 제주도에 오는 거지?"

"도사이십니다."

"네가 제주도 올 일 아니면 전화를 하겠냐?"

"이렇게라도 보는 거 아닙니까?"

"언제 오냐? 제수씨는 잘 있지?"

"오늘 갑니다. 형이 아시려나 모르겠는데 정서규라고……."

"글쎄, 잘 모르겠다. 누군데?"

"아네요. 5시 20분 비행기입니다. 한 잔 사 주고 재워 주십시오. 동행이 있습니다. 방은 두 개 필요해요."

제주공항에는 이병빈이 벌써 도착해 있었다. 그는 공항 출구까지 마중 나와 있었다. 이병빈은 새까맣게 탄 얼굴에 유독 하얀 치아를 드러내며 웃었다.

"형은 이제 동남아 사람 같아요. 필리핀 가면 현지인들이 현지 언어로 말을 걸겠는데?"

"그치. 많이 탔지? 먹고 살려면 별 수 있겠냐? 그나저나 인사는 시켜 줘야지?"

"제 보디가드에요. 감시자라고 해야 하나? 마초심입니다. 그냥 초심이라고 불러 주세요."

우정의가 입을 열려 하자 초심이 말을 가로챘다.

"이 자식 보디가드시라면 꽤 날아다니시겠습니다. 이 자식 군대 있을 때 특등급 군바리였죠. 그래서 청와대까지 갔는데."

이병빈은 국정원 소속이란 이야기는 하지 않았다. 그 역시 우정의가 어디서 근무하는지 알려 좋을 것이 없다는 것을 알고 있었다. 우정의에 대해 아는 것이 많지 않았던 초심은 이병빈의 설명에 그의 이력이 새롭게 다가왔다.

'군인 출신이었구나. 어쩐지…….'

초심은 역시 그래서 그랬구나 하는 눈치였다. 좀 답답하다 싶었던 우정의의 성격 때문이었다.

"제주도 오셨는데 어떤 걸 드시고 싶으세요? 혹시 말고기 어떠세요? 다들 제주도 오면 흑돼지, 올레국수, 회, 이런 것들만 생각하는데 말고기도 유명해요."

"말을 어떻게 먹어요? 징그럽게…… 불쌍하기도 하구요!"

하지만 이병빈은 이미 말고기 전문점으로 향하고 있었다. 초심의 결사반대로 이병빈은 피식 웃더니 평화로 쪽으로 방향을 틀었다.

"방어 한 마리 준비해 뒀습니다. 5킬로만 넘어도 맛있는 생선인데 15킬로짜리니까 기가 막힐 겁니다. 정말 흔치 않은 사이즈죠."

"그런데 방어가 뭐죠?"

"요즘이 제철인 생선입니다."

우정의가 대답을 가로챘다. 이병빈은 평화로에 차를 올

리고 속도를 높였다. 한라산 허리께까지 경사진 도로를 치고 올라가자 오른쪽으로 제주바다가 모습을 드러냈다. 앞쪽으로는 새별오름이 볼록 솟아오른 게 보였다. 구름이 살짝 걸친 바다 끝에는 붉은 태양이 수평선 부근으로 다가가고 있었다. 초심은 말을 잃고 말았다.

이병빈의 집은 바닷가에 자리잡은 자그만 펜션이었다. 그는 제주도 땅값이 오르기 전에 제주도민이 된 사람이다. 덕분에 생각지도 못한 자산가가 되어버렸다. 불과 5년 사이에 적게는 5배에서 20배까지 올랐으니 그렇게 되지 않은 게 이상한 것이다.

"저희 집하고 바꿀 생각 없으세요?"

바닷가 풍경에 반해버린 초심이 입을 열었다. 초심의 말은 농담이 아니었다. 이병빈 역시 그럴 생각은 없었다. 제주의 11월은 그다지 춥지 않다. 해가 지면 두꺼운 외투를 찾게되는 서울과는 사뭇 다른 환경이다. 밝게 빛나는 달이 둥실 떠있는 제주 바다가 연출한 경치는 발리 같은 유명 해외 휴양지에 못지 않다. 이병빈은 안주를 준비하겠다며 주방으로 사라졌다. 초심은 따라오길 잘했다며 제주 바다를 즐겼다. 초심은 한참을 조잘거렸다. 우정의는 초심이 제주 바다에 빠져 조용해지자 이병빈이 있는 주방으로 향했다.

"누구야? 설마 애인은 아니지?"

이병빈은 우정의가 주방에 들어서자 마자 다그쳤다. 15킬로그램이나 되는 방어는 뼈와 살이 따로 분리된 채 있었다.

"아닙니다. 업무상 동행한 겁니다."

"그래? 일단은 믿어주지. 아무튼 방어철은 잘 맞춰서 왔다. 이거 산 거 같냐? 잡은 거 같냐?"

"잡았다고 자랑하는거 아닙니까?"

"맞아. 배 타고 나갔다가 잡았는데 누구랑 먹게 될까 했더니."

"제가 먹을 복이 있긴 합니다."

우정의는 이병빈에게서 회칼 하나를 건네받아 방어 손질을 돕기 시작했다. 그들의 칼솜씨는 일식 주방장에 버금가는 수준이다. 모두 특전사에서 익힌 솜씨다. 우정의는 뼈를 바르며 김재혁의 사건부터 간단하게 설명했다. 비밀이 유지되어야 하는 부분은 발설하지 않았다. 이병빈 역시 눈치는 있었지만 물어본다 해도 답을 해줄 수 없는 부분이란 건 인지하고 있었다. 그는 추리소설 같은 사건이 벌어진 것 같다며 걱정했다. 정서규는 이병빈에게도 군대 후임이다. 얼굴은 모르는 사이지만 같은 부대원으로서 마음이 편치 않은 듯했다. 그들이 손질한 방어는 성인 한 팔 길이나 되는 접시에 놓였다. 이병빈의 솜씨는 수준급이었다. 특히 갈비뼈 사이를 발라낸 사잇살은 소고기보다 맛깔스러워 보인다. 대형 방어가 아니면 좀처럼 만날 수 없는 부위다. 이병빈의 술자리가 준비되자 우정의는 제주 바다에 넋을 놓고 있던 초심을 불러왔다. 바다가 훤히 보이는 거실에 차려진 술상은 어느 고급 호텔에도 견줄 수 있어 보였다. 차려진 거라고는 방어밖에 없었다. 그는 밥도 필요없다 했지만 실제 밥의 존재는 의미가 없었다. 이병빈은 호기심 많은 초심의 질문에 하나하나 친절하게 설명했다. 설명만 들어도 가히 전문가라고 해도 될 정도였다. 우정의가 알던 서울사람 이병빈은 어느새 제주사람이 되어 있었다. 초심의 입에서 감탄사가 줄어들 기미가 보이지 않았다. 입안의 향연은 끝날 줄을 몰랐다. 한 시간 가량 방어 내장과 대가리로 끓인 지리탕은 수저가 쉴 틈을 주지 않았다. 한라산 소주에 방어 쓸

개를 담아 만든 쓸개주는 별미주로 마무리했다. 이병빈은 술과 분위기에 취한 초심이 우정의에게 관심이 많다는 것을 눈치챘다. 우정의는 초심을 부담스럽게 느꼈다.

이병빈이 주방을 정리하는 동안 초심은 우정의의 손목을 잡아끌고 발코니로 나갔다.

바다 위에는 식사 전에 보았던 달이 좀 더 높게 떠 있었다. 달 주변을 밝히는 어둠과 달빛이 반사된 제주바다가 아름답다. 바다에 영혼을 내맡겼던 초심은 은근슬쩍 우정의의 손목을 잡았다. 우정의는 손을 빼려 했지만 초심의 악력이 더해졌다. 우정의는 저돌적인 초심이 부담스러웠다. 게다가 자신의 입장을 전혀 고려치 않는 것이 불편했다.

"저는 유부남입니다. 애도 셋이나 있구요."

우정의의 말에 초심은 거실로 들어가려 했다. 우정의는 모른 척 바다에 시선을 투척했다. 그런데 초심은 방향을 바꿔 우정의를 끌어안았다. 팔에 힘이 들어가 있었다. 우정의는 혼란스러웠다. 이성적으로 이겨낼 수 없었다. 등 뒤로 콩닥거리는 초심의 심장이 느껴졌다. 머리와 마음은 각기 따로 놀았다. 1분이 10초 같고, 10초가 1분 같은 시간. 별과 달이 눈을 퍼렇게 뜨고 지켜보고 있다. 이성과 감성의 줄다리기는 종국을 향해 달려가고 있었다. 우정의는 등의 신경들을 통해 초심의 마음을 읽어 들이고 있었다. 초심의 마음은 우정의의 신경세포에게 이성을 무너뜨리라는 주문을 걸었다. 초심의 왼손은 배꼽에 오른손은 가슴 언저리에서 뜨거운 온기를 전달했다. 우정의는 현기증이 일었다. 초심의 왼손이 아랫쪽으로 아주 조금씩 이동했다. 초심은 우정의의 근육에서 전해오는 긴장을 느꼈다. 우정의는 등 근육에서 초심의 뜨거운 숨을 받았다. 몽클한 초심의 가슴이 새근거리는 느낌을 무시하려 했지만 불가능한 일이었다. 고한에 고통이 밀려들었다. 의지가 어쨌든 몸은 반응하고 있었다. 우정의는 한참만에 간신히 이성을 찾았다. 그는 초심의 팔을 풀고 몸을 돌렸다. 팽창된 성기가 초심의 아랫배를 스치고 지나갔다. 초심이 아랫배를 밀착하며 우정의의 상체를 끌어안더니 가슴에 얼굴을 파묻었다. 우정의가 원했던 것은 이런 것이 아니었다. 초심을 떼어내고 대화를 하는 것이었다. 초심은 가쁜 숨을 몰아 쉬었다. 달아오른 우정의의 성기는 여전히 초심의 아랫배를 누르고 있었다. 초심은 더욱 강하게 당겨 안았다. 우정의가 다음 행동을 하기를 원했다. 우정의를 빤히 쳐다보는 초심은 눈물이 글썽거리는 듯 보였다. 뺨은 달빛에 상기된 듯 달아올랐다. 어떻게든 해달라는 듯한 표정이다. 우정의는 잠시 눈을 감았다 뜨며 입을 열었다.

"제 몸은 이미 초심씨 마음과 같습니다. 정말 견디기 힘든 순간입니다. 하지만 이 순간이 지나면 제가 앞으로 올바른 마음가짐으로 초심씨를 대할 수 있을지 생각해 봤습니다."

잠시 하던 말을 끌던 우정의는 초심의 이마에 가볍게 키스했다.

"이런 사이로는 서로 힘들 수도 있습니다. 저는 초심씨를 존경……."

초심은 우정의가 더 이상 말을 잇지 못하게 했다. 그의 마음을 아는지 모르는지 초심은 더욱 강하게 끌어안았다. 어디서 그런 힘이 나오는지 이해할 수 없었다.

"고마워요!"

초심은 그렁그렁했던 눈물을 쏟아내었다. 그리고 말을 이었다.

"저를 이해하기 어렵겠죠. 헤픈 여자로 보일지도 모르겠어요. 알게 된 지 얼마 되지도 않았는데 이렇게 말하면 믿어줄 지 모르겠어요. 하지만 제게는 처음으로, 진정으로 사랑하는 마음을 가진 남자에요. 그냥 기다릴 게요. 미안해요. 제가 힘들게 만들었네요."

초심은 두서없이 말을 쏟아내더니 우정의의 입술에 짧은 키스를 남기고 방으로 들어갔다. 대응할 틈이 없었던 것은 아니었다. 복잡해진 심경에 판단력이 둔해진 탓이었다. 우정의는 달빛에 출렁이는 수면을 응시했다. 영혼을 상실한 눈빛이다. 그는 짧은 한숨을 내쉬고 방으로 들어갔다. 초심은 욕실로 들어가 샤워기를 틀었다. 타일에 부딪히는 물방울 소리가 울음을 대신했다. 부끄럽고 자존심도 상했다. 그보다 거부 당한 상실감이 컸다. 한편으로는 다른 남자들처럼 몸을 탐하지 않은 그가 고마웠다.

우정의는 극도로 긴장한 성기를 주체할 수 없었다. 어쩔 수 없이 풀이 죽을 때까지 난간에 기대어 서 있었다. 몸은 허락하지 않았지만 마음은 상당히 기울어져 있었다. 미국으로 떠난 아내에게 미안했다. 방으로 돌아온 그는 초심을 받아주었어야 했나 싶은 생각도 들었다. 초심의 입장에서는 자신과 달리 수치스러울 거라는 생각이었다. 그런 마음과 달리 다시 성기가 부풀어 올랐다. 고환이 아프기도 했다. 가만히 있어도 불편했다. 이성과 육체는 전혀 다른 길을 걷고 있었다. 그는 하는 수 없이 자위로 부푼 녀석을 달래주었다. 사정 후 허탈감이 몰려들었다. 그는 자위를 하며 초심을 떠올렸다는 사실에 죄책감을 느꼈다. 긴 밤. 초심은 눈물로 우정의는 자위로 감정을 해소했다.

이른 아침부터 주방이 분주했다. 초심은 이병빈을 도와 아침식사를 준비하고 있었다. 우정의는 초심과 있으면 서로 불편할 것 같아 느즈막히 나왔지만 초심은 전혀 어색함이 없어보였다. 오히려 스스로가 소심하게 끌어간 것 아닌가 하는 생각마저 들었다.

"나가서 해장하려다가 초심씨가 내 요리 솜씨를 보고 싶다 해서 여기서 먹기로 했다. 섭섭해 하지 마라."

"집에 뭔가 또 괜찮은 먹거리가 있었겠죠. 초심씨! 냉장고 열어보시면 놀랄 거에요. 거긴 노량진 수산시장이나 다름 없어요."

우정의의 말에 냉장고를 열어 본 초심의 입이 떡 벌어졌다. 그의 표현이 틀리지 않았다.

우정의는 이병빈에게 승용차를 빌려 길을 나섰다. 둘은 어색함을 어쩌지 못했다. 우정의는 분위기 반전을 궁리하다 질문을 던졌다.

"게슈타포가 발견된 게 언제라고 하셨죠?"

"5년 전요."

"그렇다면 5년 전까지만 공통점을 확인하면 되겠군요."

"꼭 그렇게만 볼 수는 없어요. 그 전부터 있었을 수도 있잖아요. 연구소 입장에서는 게슈타포를 발견한 거지 발명한 게 아니었어요. 게슈타포가 어떻게 연구실까지 흘러 들어오게 되었는지 누구도 몰랐어요. 저희 연구진도 나중에 그런 생각을 했었어요. 기면증에 대한 연구를 하던 연구실에 기면증을 유발시키는 물질인 게슈타포가 갑자기 나타났다. 그렇다면 원인을 알고 답을 찾으라는 거다. 하지만 정작 문제를 해결하기도 전에 연구실이 폐쇄됐죠. 프로젝트는 해체되었구요."

우정의와 초심은 눈을 마주치는 것조차 부담스러웠다.

정서규가 입원해 있다는 요양병원은 풍광 좋은 곳에 자리잡고 있었다. 가만히 있어도 병이 나을 것 같은 곳이다. 정서규는 얼굴이 뽀얗게 변해 있었다. 영원히 특전사 출신 티를 벗지 못할 것만 같았던 그가 민간인이 된 것이다. 우정의는 정서규에게 그간의 사건을 설명하고 게슈타포와 관련된 정보를 공유했다. 그는 자신의 치매 증세가 게슈타포일 가능성이 있다는 설명에 빠른 속도로 흥분했다.

알 수 없는 적

서울로 돌아온 후 우정의와 초심의 관계는 빠르게 회복됐다. 우정의는 네 사람의 공통점을 찾아내기 위해 지난 자료들을 훑었다. 최근 5년 동안 네 사람이 함께 작전을 나간 적이 없다. 그렇다면 5년 전에 감염이 되었을 가능성도 있다. 공통점이 압축되지 않았다. 며칠 후 초심은 독일로 날아갔다. 게슈타포가 입수된 경로를 확인해 보겠다는 것이다. 정서규는 요양원을 나와 서울로 돌아왔다.

카이맨 보조석 시트 위에 위성전화가 굴러다니고 있었다. 설악산에서 던져둔 그대로였다. 우정의는 문득 설악산에서 만났던 도희가 기억났다. 위성전화 전원을 켜고 주소록을 살폈다. 친절하게도 도희의 전화번호가 입력되어 있었다. 통화버튼을 누르고 한참을 기다리자 자다 깬 듯한 부시시한 목소리가 들려왔다.

"통 연락이 없어서 걱정했잖아요. 반성문이라는 아저씨 이메일 해킹했는데 아저씨하고 어떤 아줌마하고 제주도에서 찍은 사진들이 있던데요."

도희의 말에 우정의는 곤혹스러웠다. 반성문 부장이 미행을 했다고 봐야 한다면 그가 게슈타포에 연관이 있다는 반증이었다.

"그리고 얼마 전에 외국 사람한테 메일을 보낸 게 있었어요. 누군지는 모르겠어요. 해킹으로 알아낼 수 있는 게 아닌 것 같아요. 그 아줌마는 누구예요? 설마 바람 피우시는 거? 하여튼 남자들이란…… 저도 이메일 해킹한 거 들통났어요. 문자메세지로 전용 계정 하나 드릴 게요. 거기로 자료 공유하면 될 것 같아요. 해킹이 감지되면 자동으로 데이터가 보호되도록 해 놨어요"

도희의 긴 설명이 끝나자 우정의의 머리는 복잡하게 돌기 시작했다. 독일로 건너간 초심이 위험할 수 있겠다는 생각이 들었다. 반성문 부장 누구의 사주를 받은 것인가? 도청이나 미행을 생각지도 않고 움직인 탓이다. 스스로 멍청하다고 자책했다. 큰 문제라고 생각하지 않은 것도 문제다. 초심의 설명대로 생물학 무기를 테스트하는 것이라면 감시당하고 있는 게 당연한 것이기 때문이다. 우정의는 도와줄 만한 사람을 떠올려 보았다.

"네가 언젠가 올 줄 알았다. 생각보다 많이 늦었지만……."

불법을 접고 재야 세력이 된 선영민이다. 재야 세력이 되었다 해도 그의 영향력은 어디에나 미쳤다. 그와는 국정원에 몸담기 전부터 알게 된 사이다. 그는 우정의에게 큰 빚이 생겼으니 기회가 되면 어떻게든 갚겠노라 다짐했었다. 그들은 빚을 만든 사건을 계기로 가까워졌다. 선영민은 불법적인 일에 있어서는 상상을 초월할 정도였다. 당시 우정의는 그에게서 도움까지 받을 만한 불법적인 일이 있겠나 싶었다. 그런데 막상 그럴 일이 생기자 가장 먼저 생각난 것이다.

"무슨 말씀이십니까?"

우정의는 선영민의 말에 영문을 알 수 없었다.

"정말 몰라서 그러는 거야?"

선영민은 한심하다는 듯한 표정을 지으며 말했다.

"네 프로필이 전국에 다 돌았다. 내가 널 알고 있었으니 다행인 줄 알아. 너한테 달려 들어간 애들이 한둘도 아니고 너 죽이겠다고 벼르고 있을 텐데. 우리 애들이야 내가 어떻게든 막으면 되겠지만 다른 조직은 내가 감당할 수 없지 않냐. 그래서 내가 너 하나 구하자고 다른 조직 보스들 데려다 술까지 사먹였다. 내가 임마, 술값도 많이 들었지만 그것들 설득하느라 고생 좀 했다."

"그랬군요. 반부장! 이 양아치 같은 새끼. 어떻게 잡지?"

"이놈아, 너 눈치가 없는 거냐? 반부장이 문제가 아니야."

"무슨 말씀이십니까? 알고 계신 거 있으면 설명 좀 해 주세요."

"너 국정원 직원 맞냐? 반부장이 무슨 힘이 있어? 그 윗놈들이 문제지."

"누군지는 아시고요?"

"내가 그걸 알면 내가 국정원 직원이지. 너도 모르는 걸 내가 어떻게 알아?"

우정의는 선영민이 자신보다 많이 알고 있다는 데 놀라

지 않을 수 없었다.

“놀라긴. 불법은 너희들이 우릴 따라올 수 없지! 걔들이 불법으로 뭔가를 한다면 우리도 불법으로 할 수 있다. 약점 잡히면 피곤해지는 법. 네가 이렇게 둔한 줄 몰랐다. 너 얼마 전에 너한테 여자 조심하라던 여직원 있지?”

“그걸 어떻게?”

“우리 애야. 넌 어떻게 국정원에 있는 놈이 그걸 모르고 있었냐? 답답하게……. 그래서 밥은 먹고 살겠냐? 걔가 왜 그런식으로 너한테 메시지를 보냈겠냐? 그런 생각은 못했어?”

“저는 그저 저하고 자고 싶다고 해서 또라이 같은 놈이라고만…….”

사람은 보고 싶은 것만 보인다 했던가? 우정의는 그 뜻을 그렇게 해석했던 자신이 우습기 그지 없었다. 그리고 미행이나 감시가 붙은 것도 눈치채지 못했던 것도…….

‘내가 이렇게 둔했던가?’

우정의는 게슈타포가 감각을 무뎌지게 하는 작용까지 하는 게 아닌가 하는 생각이 들었다. 그렇지 않다면 안전불감증이라고밖에 볼 수 없었다.

"그렇다면 조심하라는 여자는 누구죠?"

"니네 의료담당. 너무 친절하다는 생각이 든 적 없어? 그리고 이번에 제주도 가서 누구랑 즐거웠지? 누굴까? 누가 그 조심해야 될 여자일까? 맞춰 봐!"

"초심이겠군요!"

우정의는 이제서야 이상했던 점들이 해소되는 것을 알 수 있었다. 갑자기 쉽게 다가왔고 너무 적극적인 초심이 정상적이라고 할 수는 없었다.

"땡이다. 요녀석아! 국정원에서 너를 조지는 이유를 알겠다."

선영민은 한심하다는 듯 말했다. 우정의는 머리를 망치로 맞는 듯한 느낌이었다.

"이제서야 느낌이 왔습니다. 공통점이 그 여자군요."

"난 지금쯤 다 알고 있을 거라고 생각했는데, 역시 장기나 바둑은 훈수 두는 사람이 더 잘 보는 게야."

"그럼 왜 초심을 연결했을까요?"

"그걸 우리가 어떻게 아냐? 이놈아. 우리도 얼마 전에야 알았다. 반부장이 누군가와 거래를 한다는 걸 알게 됐지. 애들 시켜서 니들 사진 좀 찍었다. 그래서 거래를 했다. 반부장 그 새끼! 그거 아주 쓰레기야. 미국의 무기 브로커하고 거래하는 라인이었어. 국정원 끄나풀이 하나 끼어 있고, 우리가 알 수 없는 라인도 있었다."

우정의는 머리가 빠르게 회전했다. 그나저나 독일로 간 초심의 안전이 걱정되었다.

"너하고 이런 관계만 아니었으면 크게 한 탕 벌어들일 건이었어. 네가 여기 오는 길은 우리 애들이 중간에 작업해서 미행을 막아 두었다. 그놈들은 아직도 다른 차 졸졸 따라다니고 있을 거다."

"그럼, 우리가 연결된 건 아무도 모르는 건가요?"

"아마도 아직은."

우정의는 선영민의 거처를 빠져나와 도희에게 연락했다. 선영민이나 도희가 사건의 해결방법을 쥐고 있을 거라고 생각한 것이다.

"비용은 지불할 테니까 우리끼리만 쓸 수 있는 통신계정 하나 만들어 줄래?"

"돈은 필요 없어요. 지난번에 말씀드렸지만 불법행위는 이번이 마지막이예요."

"난 미행에다 도청까지 붙었다. 너도 조심해야 할 거야."

"걱정해 주셔서 고맙지만 국내에서는 저를 아는 사람이 몇 없어요. 걱정 마세요."

시동을 걸고 출발하려는데 선영민의 수행원 한 명이 상자를 들고 뛰어나왔다.

"회장님께서 전해 드리랍니다. 필요하다 싶은 건 다 챙겨 넣었다고 하십니다."

우정의는 영문을 알 수 없었지만 선영민의 선견이 있겠다 싶었다. 합법이든 불법이든 한 조직의 수장이 된 사람이고 우정의는 그런 그의 능력을 높이 사고 있었다. 상자 위에는 봉투 하나가 붙어 있었다.

「덕분에 늘그막에 철 들어서 누군가에게 도움이 되는 일을 하나 해보는구나. 네 주위에 애들 붙여 둘 거니까 신변걱정은 하지 말거라. 반부장은 아직 건드리지 마라. 아직 우리 손에 있으니까 정보를 뺄 수 있는데까지는 빼보려고 한다.」

우정의는 운전하는 내내 후방을 주시했다. 선영민의 말대로 멀리서 차량 두 대가 번갈아 가며 미행하는 것을 눈치챘다. 유심히 살피자 미행 뒤에 또다른 미행이 있다는 것도 알 수 있었다. 우정의는 지난 훈련과 경험들이 허무하게 느껴졌다. 선영민에게서 받은 상자는 납으로 제작되어 무게가 꽤 나갔다. 상자 안에는 눈에 익은 전화가 있었다. 오래된 아날로그 전화였다. 특수 작전을 진행해도 될 정도로 다양한 장비들이 있었다. 우정의는 선영민에게 이런 장비들이 있다는 사실에 허탈했다. 그중에는 도청 감지기도 있었다. 우정의는 혹시나 하는 생각에 도청감지기를 작동시켰지만 다행히 도청은 없었다. 선영민의 기민함은 연륜과 경험으로 쌓인 것이다. 오랜 경험이 없었다면 이런 움직임은 기대할 수 없을 것이었다. 우정의는 잠시나마 초심을 의심한 것이 미안했다. 초심에게 전화를 하려던 그는 멈칫했다. 모두가 감시당하고 있는 게 뻔한 상황이다. 그렇다고 해서 감시가 노출된 것을 눈치채게 해서는 안 된다. 우정의는 홍준희 대장에게 전화를 걸었다. 그 역시 감시되고 있을 터였다. 어떻게든 위기상황인 것은 알려야 했다. 고민하고 말고 할 것도 없었다. 그들만 공유한 사건을 빗대여 표현하면 된다고 판단한 그는 오랜 작전 중 비슷한 사례를 떠올렸다. 마땅한 작전이 하나 있었다. 홍준희 대장은 노련했다. 긴 대화가 필요 없었다. 그는 상황을 직감하고 일상적인 이야기를 전개했다.

"초심씨는 언제 돌아오나?"

"아직 모르겠습니다. 통화해 보려고 합니다."

"좋은 소식을 듣고 와야 할 텐데 말이다. 위험하거나 하지는 않겠지?"

"저도 그게 걱정입니다."

우정의는 전화를 끊고 집으로 향했다. 상자 안에 든 물건들 중 도청감지기만 챙겨 들어간 그는 집안 구석구석을 살폈다. 거실과 방에 도청기가 설치되어 있었다. 언제 설치된 것인지는 알 수 없다. 중요한 건 매우 오래 전에 설치됐다는 것이다. 그저 평소처럼 지내기가 생각보다 쉽지는 않았다. 우정의는 초심에게 전화를 걸었다.

"독일 간 건 어떻습니까? 연구원들은 만나 봤어요?"

"가깝게 지냈던 친구는 미국으로 갔답니다. 그쪽 연구소에서 스카우트했대요. 독일인 연구원 두 명 중 한 명은 지난 해 사망했다고 하고요. 지병이라는데 이젠 아무것도 믿지 못하겠어요. 아무튼 다른 한 명은 군부대 안에 있는 연구시설로 들어갔다고 해요. 군사 기밀 프로젝트라 외부인과 일제 단절이라네요. 무슨 감옥도 아니고 가족 아니면 만날 수도 없대요. 내일 넘어갈까요? 보고 싶으시다면 넘어 갈게요."

"가신 김에 일 다 보고 오세요."

"못 갈 수도 있어요. 안 갈 수도 있고요."

"무슨?"

"일단 한국에 저를 기다리는 사람이 없다면 갈 이유가 없으니 안 갈 수도 있구요. 여기서 ◯라는 연구소가 많아서 못 갈 수도 있어요. 당장 출근하래요."

"역시 능력자는 다르시군요. 제 병은 고치고 가셔야 합니다. 그럼 안 잡습니다."

도청하는 자들이 들으라는 메시지였다. 백신을 만들겠다는 강력한 의지를 보여줌으로서 다른 행동을 할 수 없게 할 의도였다.

"지금까지 확인한 바로는 최근 5년 안에 네 사람의 공통점은 없었습니다. 독일에서도 해법을 찾아내지 못한다면 초심씨가 백신을 개발하는 방법밖에 없을 것 같습니다."

우정의를 도청하는 자들을 위한 립서비스였다.

"귀국날짜 잡히면 연락주세요."

"벌써 보고 싶네요."

초심은 진심이었다. 우정의는 농담이 아니란 것을 알고 있었다. 다만 누군가 듣고 있다는 것이 불편했다.

지리산 도인 선배

쾅쾅쾅! 쾅쾅쾅! 꿈속이 매우 시끄럽다. 꿈이 아니라는 것을 알기까지 몇 분은 걸렸다. 다행히도 이번엔 거실 소파 위였다. 잠시였지만 불안에 떨었던 마음이 안도했다. 어떤 동작에서 잠이 들었는지 온 몸이 뻐근했다. 그의 마지막은 소파에서 TV를 보던 기억이다. 어떤 프로였는지는 기억나지 않았다. 쾅쾅쾅! 딩동! 딩동! 문 밖에 누군가 있다. 우정의는 조심스럽게 도어폰을 살폈다. 홍준희 대장이다. 문을 열자 얼굴이 상기된 홍준희 대장이 현관으로 들어왔다. 우정의는 좋지 않은 일이 생겼다는 것을 직감했다.

"왜 전화를 안 받아? 큰 일 생긴 줄 알고 뛰어왔다."

"지금 몇 시죠?"

"시간을 물을 게 아니고, 며칠이냐고 묻는 게 맞겠다.

3일 동안 연락이 끊겼었어."

우정의는 홍준희 대장의 말을 실감할 수 없었다. 스마트폰에 100여 통, 문자는 50여 개나 들어와 있었다.

"3일이나 그랬다는 겁니까? 여태 이런 적은 없었는데. 대장도 이런 적 있었습니까?"

"아니. 그나저나 초심씨한테 당장 전화해 봐라. 아직 비행기 안 탔으면 받을 수 있을 거야."

홍준희 대장의 말에 우정의는 당장 전화를 걸었다. 초심의 전화는 꺼져 있었다. 우정의는 비행 내내 걱정할 초심에게 미안했다. 우정의는 자신에 대한 초심과, 초심에 대한 자신의 감정이 상당히 진전된 것을 어렴풋이 알 수 있었다. 부재중 전화 내역을 확인해 보니 대부분이 대장과 초심이었다. 그는 김창주에게도 전화를 걸어 상황을 알려주었다. 다행히 아내는 이런 사실을 모르는 것 같았다.

"우박사. 서규가 일을 내고 말았다. 미처 알려주지 못한 사이에 말이야. 그날 자네랑 통화하고 나도 바로 기면 증세가 왔었다. 나도 평소보다는 좀 긴 듯하지만 자네만큼은 아니라 걱정할 정도는 아닌데, 정신 차리고 보니 서규에게서 전화와 문자가 와 있었다. 자결했다. 인생이 너무 힘들다고……. 그냥 요양센터에 둘 것을 그랬다. 서규는 우리가 아는 이상으로 매우 힘들었던 것 같더라. 더 신경을 써 줬어야 했는데. 우박사 너하고 나 둘 다 연락이 안되니까 술마시고 극단적인 판단을 한 것 같다. 아마 우리가 당했거나 한 줄 알았겠지 싶다. 문자만 남기고 사라졌다. 살아 있기를 기대하지만 문자 내용상 기대하기는 어려울 것 같다. 시신이라도 찾으면 좋으련만……. 그래서 아직 경찰에 신고는 못 했다."

「대장. 그 동안 신경 많이 써주셔서 고맙습니다. 다음 생에는 충성으로 모시겠습니다. 그동안 정말 감사했습니다. -필승-」

정서규가 홍대장에게 보낸 메세지다. 독사라는 별명을 갖고 있는 홍준희 대장이 유난히 늙어 보였다. 세월도 독사를 힘 빠지게 하는 듯했다. 홍준희 대장은 이혼 후에 쭉 혼자 살았다. 게다가 외로운 정년을 바라보고 있었다. 김재혁에 이어 정서규까지 기면증 문제로 죽게 되자 혼란스러워 보였다.

“우박사. 오늘 네 집에서 신세 좀 지자.”

“대장님만 좋다면 저야 환영입니다. 저도 외롭고 괴롭습니다.”

우정의와 홍준희 대장은 수년 만에 코가 삐뚤어지게 마셨지만 누워도 잠이 오지 않았다. 기면증은 실제 수면과 연관이 없는 듯했다.

이른 새벽 홍준희 대장이 출근한 후 우정의는 초심이 탄 비행기 도착 시간을 확인했다. 아직 여유가 있었다. 혼자 있으니 머리에는 잡념으로 차기 시작했다. 그러다 이번 기면 증세 문제로 흘러갔다. 심난했다. 3일간의 기면증세는 앞으로 얼마나 심해질 것인지 예고하는 것만 같았다. 고민에 빠져 허우적거리던 차에 홍준희 대장에게서 전화가 걸려왔다.

“서규가 문제를 하나 만들어 놓은 것 같다.”

“무슨 말씀이십니까?”

“팀에 내사 나왔다.”

“대체 무슨 문제입니까? 넘어가겠습니다.”

"어차피 휴직이니까 그냥 있어. 호출 있으면 나와라. 무슨 일인지 감사팀에서 서규 이름이 나온 걸 보면 뭔가 있겠지. 일단 기다려 보자."

"네. 고생하십시오!"

우정의는 평생을 목숨을 걸고 현장근무를 했던 홍준희 대장을 털어봐야 나올 게 없다는 것을 알고 있었다. 백날 두드려 봐야 허사겠지만 그들이 맘먹고 작업하면 없던 것도 튀어나오지 않겠나 싶었다.

우정의는 차에 올라 도청 감치기를 작동했다. 그 사이 도청 장치가 설치되지는 않았다. 그는 스마트폰을 선영민 회장이 준 납으로 된 상자에 넣었다. 스마트폰의 위치 추적은 불가능할 것이다. 자유로에 올라탄 카이맨은 최고 속도로 달렸다. 그런 속도라면 미행차량이 따라붙을 가능성은 전무했다. 위성으로 추적한다면 이야기가 다를 것이지만 그렇게까지 추적하고자 한다면 우정의가 피할 수 있는 방법은 거의 없다고 봐야 했다. 아무튼 우정의를 감시하는 자들이 위험을 무릅쓰면서까지 미행하면서 자신들을 노출하지는 않을 것이란 계산도 있었다. 우정의는 선영민 회장이 준 전화로 통신을 시도했다. 신호음이 한참을 울려서야 선영민의 목소리가 흘러나왔다.

“궁금한 게 있구나? 내 것을 먼저 줄까? 아니면 네가 먼저 말 할래?”

선영민회장이 또 뭔가 새로운 것을 찾아낸 듯했다.

“제가 먼저 하겠습니다. 동료가 자살을 시도했습니다. 혹시 회장님께서 확인 가능하신지 알고 싶습니다.”

“정서규 말하는 구나. 그 친구가 괜한 문제를 만든 것 같다. 청와대 민원에다가 국정원의 대외업무팀에서 팀원들이 병에 걸려 죽어가고 있다고 올린 모양이야. 아마 지금쯤 발칵 뒤집어졌을 걸? 조심하는 게 좋을 것 같다.”

선영민의 설명을 들은 우정의는 그의 정보력에 감탄했다.

“내 생각에는 어디 숨어 있으면 좋겠다. 마초심 박사는 4시 정도면 인천공항에 떨어질 거다. 애들 붙여서 미행을 떨궈줄 테니 알아서 피하고.”

“중심가에서 초심씨를 만나서 미행을 따돌려야겠습니다. 죄송하지만 추적되지 않을 만한 차 한 대 구해주시면 좋겠습니다. 지리산으로 가겠습니다. 4륜 구동이면 좋겠네요.”

"그럼 양재 오토갤러리로 가봐. 애들 시켜둘 테니."

우정의는 후미진 곳의 취약해 보이는 사설 주차장에 차를 맡기고 지하철을 탔다. 맨 뒷칸에 탄 그는 미행을 확인했다. 따르는 사람이 없다는 것을 확인하고서야 마음이 놓였다. 4시가 조금 지나자 선영민 회장이 준 전화로 초심의 전화가 걸려왔다. 선영민 회장은 초심에게도 아날로그 전화기를 보내주었다는 것이다. 우정의는 그의 지략과 준비에 다시 한번 탄복했다. 초심과는 신사동의 유명 성형외과 뒤 주차장에서 만나기로 정했다. 선영민 회장이 알려준 곳에 도착하자 생전 처음 보는 사람이 검정색 카이엔 차량을 건네주었다. 우정의는 눈에 띄는 차량이 신경쓰였다. 일반적으로 흔히 돌아다니는 차량이길 바랬는데 그가 왜 이런 조치를 취했는지 이해할 수 없었다. 곧장 전화를 걸어 물었지만 선영민 회장의 생각은 전혀 달랐다.

"서류정리 깨끗한 거야. 오히려 눈에 띄는 차가 의심을 덜 사는 거다. 내가 도주경력이 좀 있잖나. 믿어 봐라, 내 말이 맞는지. 아무튼 판단은 자네가 알아서 해. 난 그래도 자네가 포르쉐를 좋아하는 것 같아서 신경써서 카이엔으로 보냈는데 실망인가?"

"아닙니다. 여러 모로 고맙습니다."

"자네 차는 애들이 훔쳐갈 거다. 그렇게 해야 공평하지. 내가 손해 좀 본 거 알지? 아무튼 어디로 가든 조심해라. 내가 도와주는 건 여기까지 같다. 더 이상 끌면 냄새가 나서 잡힐 수 있어. 지리산 가면 칠성이네 애들 연결되니까, 필요하면 도움 요청해. 칠성이네 보스 전화번호 찍어주마."

"국정원 최고 요원이 이제 도망자 신세가 됐습니다."

신사동에 도착한 우정의는 주차장이 잘 보이는 어두운 위치를 찾아 주변을 감시했다. 선영민 회장의 말처럼 초심은 노출되어 있을 것이 분명했다. 예상했던 시간이 되자 성형외과에 차를 놓고 주차장을 벗어나는 초심이 보였다. 역시 초심을 미행하는 두 명을 확인할 수 있었다. 그들이 어디서부터 따라 붙었을 지는 알 수 없었다. 우정의는 선영민 회장에게 전화를 걸었다.

"강남구청 쪽으로 가다보면 카페가 있다. 마초심씨를 만나서 잠시 대기하고 있으면 입구로 매장으로 치고 들어오는 차가 있을 거다. 곧장 뒷문으로 나가면 네 차가 거기 있을 거야. 벌써 애들 시켜서 옮겨 놓았다. CCTV는 고장냈으니까 드러날 일은 없을 거다. 이제 걸리면 네 책임이다."

선영민 회장은 생각 이상으로 철두철미했다. 도주경험이 많다더니 그럴 만도 했다.

모든 계획은 순리대로 진행됐다. 서울을 벗어나 고속도로에 차를 올리고 미행이 따라붙었는지 체크했지만 의심가는 차량은 한 대도 없었다. 우정의는 지리산으로 향했다. 마땅히 갈 만한 곳이 떠오르지 않았는데 마침 설악산 도인의 집 문에 붙었던 방이 생가난 것이다. 지리산이라면 숨을 만한 곳도 많을 것 같았다. 차량에 설치된 하이패스에 꽂힌 카드는 선불카드였다. 그들의 이동경로를 파악할 수 있는 건 아무 것도 없다. 미행하던 자들은 우정의와 초심의 행방을 찾지 못해 갈팡질팡하고 있을 것이 분명했다.

'지리산 아래 하동군 악양면. 과연 그 곳에서 박영관씨를 찾을 수 있을까?'

우정의는 어찌 됐건 지리산에만 가면 될 것 같은 희망

은 있었지만 자신이 없었다. 박영관이라는 사람을 찾는다고 해서 딱히 해법이 있는 것도 아니었다. 갈 곳도 없었다. 그는 네비게이션에 악양이라는 지명을 눌렀다. 우정의의 손가락을 지켜보던 초심은 악양에 가는 거냐며 물었다. 그 곳에 가 본 적이 있다는 것이다. 초심의 오래 전긴 추억이 펼쳐지기 시작했다.

"대학 때 선도사상에 미친 선배가 있었어요. 미쳐도 어쩜 그렇게 미치나 했었어요. 말이 선도사상이지 무협소설을 너무 많이 봐서 정신이 나간 게 아닐까 생각했어요. 물론 저만 그렇게 생각했던 건 아니예요. 그 선배는 언젠가 자기 손에서 장풍이 나갈 수 있다면서. 지금 생각해도 웃겨 죽겠어요. 아무튼 선배 증세는 극에 달했어요. 어느 날, 갑자기 자퇴를 하더니 지리산에 들어갔어요. 도를 닦겠다고 말이죠. 이유는 간단했어요. 학교 공부는 선도에 도움이 안 된다는 거죠. 그런데 가깝게 지냈던 오빠가 지리산으로 그 선배를 만나러 가자는 거예요. 혼자 가기는 싫으니까 후배들을 꼬셨던 거죠. 오빠가 했던 말을 기억해 보니 정말 웃기네요. 지금쯤은 장풍을 쏠 수 있을 거라고 했어요. 너무 웃기기도 했지만 호기심도 생겨서 어찌 하다보니 몇몇이 같이 가게 되었어요. 오빠가 차를 빌려서 갔는데 8시간은 걸린 것 같아요. 요즘엔 얼마나 걸리려나 모르겠지만요. 아무튼 선배가 사는 집은 칠불사 가는 길에 있었어요. 가는 길이라고 하기엔 좀 그래요. 차가 못 가는 곳이었으니까. 차가 갈 수 있는 데까지는 갔죠. 거기서부터 한 10분 정도를 걸어서 들어갔어요. 논두렁길을 따라서 가는데 밤이라서 그랬는지 어떻게 간 건지 지금 생각해도 신기해요. 정말 허름한 한옥이었어요. 대문도 한 짝은 떨어져 나가고 없었어요. 귀신이 우리 집에 왜 왔냐고 할 정도였으니까요. 정말 황당한 것은 전기가 안 들어온다는 거예요. 도를 닦겠다고 지리산에 간 선배는 지리산 도사가 되긴 했더라구요. 긴 수염에 흰색 무명삼베옷 같은 걸 입고 있었어요. 전기가 들어오지 않아서 호롱불을 켜 놓고 살더라구요. 아마 선배가 마중 나오지 않았으면 찾아갈 수도 없었을 거예요. 웃기는 건 도사님인데도 휴대폰은 있더라구요. 생각해 보세요. 휴대폰 들고 장풍 쏘는 도사님이요. 그래도 손님 온다고 구해 둔 건지 술항아리 하나를 들고 오더라구요. 직접 담근 매실주였어요. 매실주 맛은 천상 최고의 맛이었어요. 매일 화학소주만 마시던 저희는 새로운 세계를 만난거죠. 아침에 보니까 매실 액기스까지 전부 퍼 마셨더라구요. 어쩐지 나중에 꺼내 먹은 매실주는 좀 더 달고 진득하다 했었어요. 다들 술에 취해서 맛도 모르고 마셔버린 거죠. 선배가 말하길 1년 먹을 매실 액기스를 그날 다 마셨다고 하더라구요. 다음날은 6시도 안 됐는데 모두 다 일어났어요. 공기가 좋아서인지 개운하다고 말이죠. 술을 그렇게 많이 마셨는데……. 도사님은 아궁이에 장작을 지피더니 가마솥에 물을 끓였어요. 거기다 밥을 짓는 거였어요. 그리고 조그만 아궁이에도 불을 지피고 된장찌개를 끓이는데 정말 웃기는 게 바구니 하나를 들고 들로 간지 10분도 안되서 풀을 잔뜩 뜯어 온거에요. 우리가 보기에는 들에서 아무 풀이나 다 뜯어온 것 같은데 다 이름이 있는 나물이래요. 서울 토박이가 지리산 도사님이 되어 있는 걸 상상해 보세요. 그렇게 밥상을 차렸는데 밥상이 백퍼센트 풀밭이었어요. 된장찌게에는 그 흔한 두부도 없었어요. 그래도 김치는 주더군요. 다행히요. 밥을 다 먹고는 또 바구니에 그릇을 담고 어딘가로 가더니 그새 다 설거지를 해 오더라구요. 어디서 했냐 하니 아래쪽 개울에 가서 설거지를 했대요. 황당했죠. 그런데 정말 어이가 없는 게요. 또 가마솥에 물을 끓이는 거에요. 밥 먹은 지 얼마나 됐다고……. 그러더니 어디선가 차 먹는 다기를 꺼내왔어요. 선배는 가부좌를 틀고 앉더니 소매를 걷어 올리고는 양반 거드름 피듯 '에헴!' 소리를 내면서 찻물을 내리더라구요. 그러곤 첫 물을 내려 마시는 듯싶더니 양치질 할 때처럼 입을 헹구는 거 있죠? 그걸 하고 바닥에 퉤, 하고 뱉어 버리는 거에요. 첫 물 내린 것은 그렇게 버린 후에야 차를 마시자는 거에요. 우리도 그 선배처럼 가부좌를 하고 앉아서 찻잔에 담아주는 차를 마셨어요. 차 맛이 씁슬하면서 구수한 게 맛이 기가 막히긴 했어요. 아! 참고로 저는 집이 전주예요. 어릴 적부터 다도를 공부했어요. 차 맛도 좀 아는 편이구요. 그 순간만큼은 선배가 정말 도인 같았어요. 근데 차 마시는 시간이 한 30분은 되더라구요. 차 한 모금 마시고 먼 산 한번 바라보고 으음, 하더니 또 한 모금 뭐 그런식으로요. 손님이 많아 찻물 우리는 게 귀찮았을 텐데 아무런 불평도 없이 꾸준히 손을 놀려 찻물을 우려주더라구요. 우린 모두 처음 겪는 도인의 라이프 스타일을 몸소 체험하면서 이게 도인의 삶이구나, 생각했었어요. 찻상을 치운 후에 선배는 방에 들어가더니 연장 같은 게 들어 있는 자루를 꺼냈어요. 대나무를 잘라서 뭔가를 만드는 거예요. 정체를 물어보니 다기를 만든대요. 시커먼 대나무가 생소해서 물어보니까 오죽이라고 하더라구요. 오죽으로 만들면 훨씬 비싸게 팔린다고 말이죠. 밖에서 풀 뜯어다 밥해 먹는 도인도 돈은 필요한가 봐요. 하긴, 휴대폰 이용요금은 내야겠죠. 주변을 보니 오죽은 보이지 않았어요. 지리산에는 대나무가 지천이었거든요. 오죽은 어디 있냐고 물으니까 그저 저기 있다고 손짓을 하는데 우리 눈에는 그냥 숲만 보였어요. 대체 거기가 어디냐고 물어보니까 두어 시간 정도 걸어가면 된대요. 오죽은 주인 몰래 밤에 가서 훔쳐 온대요. 도인이 아니고 도둑인 거죠. 차에서 물건을 꺼내려고 내려가는데 도무지 올라왔던 길이 기억나지 않았어요. 분명 아래쪽에 차는 보이는데 갈 길이 보이지 않는 거죠. 알고 보니 원래 길은 따로 없고 밭두렁을 따라 걸어다녀야 한다더라고요. 도인의 집다웠어요. 점심때가 되자 또 밥을 주더군요. 다 똑 같은 반찬인데 국만 김치국이었어요. 그리고는 또 차를 마셨죠. 우린 그래도 저녁에는 맛있는 걸 주겠지 생각했어요. 확실히 저녁상은 달랐어요. 도인 선배가 산에 가더니 곰취하고 더덕 그런 걸 잔뜩 가져왔어요. 우린 고기반찬이 나올 줄 알았죠. 우리가 쓸데없는 기대를 한 거라는 걸 아는 건 오래 걸리지 않았지만. 전기도 안 들어오는 집에 무슨 냉장고가 있겠어요. 그 풀들의 정체는 된장 쌈이었어요. 그리곤 뭐했게요? 맞춰보세요."

초심의 표정은 매우 밝았다. 이야기를 하는 것 자체가 즐거운 듯했다. 우정의는 뒷 이야기들이 정말 궁금했다.

"모르겠습니다."

"차 마시고 잤어요."

"하하하. 그럼 저녁에 술도 안 했어요?"

"다들 기가 막하서 그냥 잤어요. 달도 밝고 별도 참 많긴 하더라구요."

"재미있는 경험이었네요."

"그런데 그 선배가 장풍을 쐈을까요?"

"글쎄요."

"그런 건 없더래요. 그런데 지리산이 좋아서 그냥 그러고 살겠대요. 아무튼 다음 날에도 같은 패턴이었어요. 우린 미칠 것 같았어요. 집에 가자는 분위기가 형성되고 있는데 도인 선배한테 전화가 걸려 왔어요. 정말 짧은 통화였어요. 이웃집 형님이 술 한잔 하러 놀러오라는 거였어요. 다들 신난다며 난리가 났어요. 지리산의 지리한 생활 이틀만에 새로운 재미를 찾은 거죠. 어디냐 물었더니 근처라더군요. 차를 가져가냐 했더니 근처라서 걸어가면 된다고 했어요. 한 시간을 걸었어요. 아직 멀었냐 했더니 거의 다 왔다고 하는데 거의 두 시간은 그렇게 걸었던 것 같아요. 가까워서 두 시간이지 멀었으면 큰일날 뻔했어요. 거기가 악양이었어요. 그렇게 도착한 악양에 뭐 대단한 게 있을까 기대했었는데 그 분의 집은 딱 도인선배 집보다 조금 더 도인이 사는 집 같아 보였어요. 선배 집과 다른 건, 거긴 그래도 전기는 들어온다는 거였어요. 우리가 늦은 건지 방에는 10명 정도 모여 있었어요. 대부분 도인스러웠는데 두 분만 평범해 보이더라구요. 또 두 분의 도인스러운 분이 오셨는데 어디서 본 듯한 항아리를 한 병씩 안고 있었죠. 우린 동물적인 감각으로 그게 술이라는 것을 알았어요. 도인 아저씨들은 술도 그냥 안 주더라구요. 술에 대해 설명하는 게 가관이었어요. 지금도 기억나는 구절이 있어요. 지난 경술년 몇 일 자시에 달이 밝아 마당을 거니는데 학이 한 마리 날아와 마당에 심어 놓은 오미자 열매를 따 먹길래 학에게 조금 나눠주고 나니 오미자는 학이 좋아하는 열매니 보약이라는 생각이 들어 달 기운을 받아 오미자 열매를 따서 산신령께 제를 지내고 술을 담아 백 년 이슬을 맞추어 겨우내 농 안에 고이 모셔 이 자리에 가지고 왔소. 뭐 이런 식이었어요. 제가 긴 문장을 한 숨에 표현한 게 우스꽝스럽겠지만 그 때 설명이 딱 그랬어요. 그 분이 술을 짓게 된 과정을 이야기하니까 집주인 도사님이 농에서 항아리를 하나 꺼내왔어요. 손님들이 그런 귀한 술을 가져오셨으니 주인된 자 손님께 제대로 대접을 해야겠고, 하면서 백사주를 꺼내더라구요. 그러면서 백사를 잡은 이야기를 하는데 그것도 아주 웃겨 죽는 줄 알았어요. 산신령이 꿈에 나와 마당을 두 바퀴 돌아보면 백사가 있으니 잡아서 술을 담그라 했대요. 그래서 그 분은 자다 말고 나와서 마당을 두 바퀴째 도는데 백사가 인사를 꾸벅 하더래요. 백사는 도망도 가질 않더래요. 이 도사님도 산신령께 제사를 지내고 술을 담궜대나. 아주 코메디였어요."

"재밌는데요! 초심 씨는 어떻게 이런 황당무계하면서도 재미있는 경험을 다 했어요?"

"그런가요?"

초심은 다시 이야기를 이어갔다.

"그러면서 술자리가 이어졌는데 우리 빼고는 모두들 술이며 안주를 준비해 오셨더라구요. 거저 얻어먹기 미안하다는 생각이 들었는데 우리 도인선배가 애기 주먹 만한 종이뭉치를 꺼냈어요. 집주인은 열어보지도 않고 이런 귀한 걸. 고맙네, 하는데 너무 궁금해서 물어봤어요. 이게 50년 묵은 차입니다, 그러더라구요. 도인 선배가 지리산 내려온 지 2년 됐는데, 왠 50년? 더 웃긴 건 술자리 시작하면서에요. 동편제라고 들어보셨나요? 서편제 같은……."

"서편제는 익히 들었지요."

우정의는 도인처럼 대답했다. 초심은 웃으면서 이야기를 이어갔다.

"집주인 도인은 동편제 마지막 전수자래요. 진짜인 것 같더라구요. 그 자리엔 진짜 도사님도 계시고 스님도 계셨는데 말발이 예술이셨죠. 전문적으로 굿을 하시는 분도 있었어요. 그 사람들 중에 제일 멀쩡해 보이던 두 분은 부부였어요. 서울에서 교직원으로 살다가 건강이 안 좋아서 요양차 내려왔다더군요. 그들은 악양이 너무 좋아서 살게 되었다고 했어요. 그림 그리는 화가와 작가도 있었어요. 자기 말로는 범죄를 짓고 도망다니는 중이라는 분도 있었어요. 참! 그 때 처음이자 마지막으로 동편제를 듣고 감명받았어요. 특히 그 분이 부르는 뽕짝 메들리가 제일 인상적이었던 것 같아요. 부업으로 청학동에서 아이들을 가르치는데 아이들도 뽕짝 메들리를 제일 좋아한다더라구요."

우정의는 초심의 이야기에 빠져들었다. 정말 도인의 마을같은 악양이 그려지는 듯했다. 악양에 가면 박영관씨가 기다리고 있을 것 같은 느낌이었다. 우정의는 수정이 걱정되어 선영민 회장에게 부탁을 해두었다. 어차피 수정은 우정의가 영국에 교육을 간 것으로 알고 있기도 했지만 간혹 교육을 핑계 대고 작전을 나가면 한동안 연락이 되지 않기도 했었기 때문에 관심을 돌릴 방법은 충분히 있었다.

"이런 일로 초심씨까지 위험에 빠지게 만들게 돼서 미

안합니다."

"저는 괜찮아요. 나름 재미있어요. 스릴도 있고, 우박사님하고 있어서 그냥 좋네요."

우정의는 미안하면서도 고맙다는 생각을 했다.

우정의는 초심에게서 지리산의 경험담을 들은 후 악양에는 실제로 도인들이 모여 살고 있을 것 같았다. 무려 15년이나 지난 이야기다. 초심은 악양이 얼마나 변했을지 궁금했다. 우정의로서는 악양에서 겨울을 숨어 지내야 할 수도 있다고 생각으로 답답했다. 숨어서 시간만 보낸다고 일이 해결되는 것도 아니다. 딱히 대안이 나올 것도 없다. 언제까지 그런 생활을 이어가야 할지도 알 수 없다. 우정의는 혹시 모를 노출을 우려해 휴게소를 모두 지나쳤다. 주행 역시 불필요한 움직임을 피했다. 예상치 못한 상황을 만들지 않기 위해서였다. 지금 상황으로는 그들이 어떤 일을 벌일지 알 수 없다. 체포 영장이 발부될 수도 있다. 그렇다면 검문검색도 주의해야 한다. 그들은 인터체인지를 빠져나와 악양 이정표를 확인했다. 네비게이션에 의하면 거의 도착한 셈이다. 이제 한양에서 김서방 찾기를 해야 할 판이다. 우정의는 도희가 박영관 씨에 대해 해 준 말이 기억났다. 성격이 좋지 않으니 조심하라. 그는 도희의 위성전화를 들었다.

"악양이시네요?"

우정의는 도희 손바닥에서 놀고 있다는 생각에 놀라지 않을 수 없었다. 어떤 방법을 썼는지 알 수 없지만 도희는 그들의 행적을 모두 살피고 있었던 것이다.

"그 할아버지 어디 있는지 찾아달라는 거죠? 설악산 가셨대요."

"정말?"

"농담이에요. 세상에 첨단기기라고는 눈꼽만치도 모르고, 차도 없는 분을 제가 무슨 수로 찾아요?"

둘은 긴 한숨을 내쉬었다.

"그러면 도희양도 모르는 거네?"

"아쉽지만 그렇네요. 그런데 재밌는 소식이 있어요. 조만간 배후세력 꼬리가 잡힐 것 같아요. 요즘 국정원이 해킹당한 걸 눈치챘는지 보안이 강화됐어요. 거의 알 뻔했던 정보를 놓친 것 같아요. 배후는 한국에 있구요. 문제는 국정원 사람이 아니라는 거예요. 제 생각엔 민간인이거나 어떤 조직일 수도 있어요. 박영관 할아버지 찾으시면 연락 주세요. 저도 거기로 갈게요. 저도 그 분이 어떤 분인지 궁금해 죽겠어요."

"그런데 도희양는 그 분을 어떻게 알고 있었지?"

"기면증 환자 몇 분을 할아버지가 고쳐 주셨대요. 만나기가 힘들어서 그렇지 실력이 있다나 봐요. 괴팍한 분은 아닌데 성격이 그닥 안 좋다고 누가 올려놓은 글이 있더라구요. 혹시나 싶어서 인터넷에 있는 할아버지 관련된 글을 삭제하거나 블러킹 했어요. 혹시라도 그들이 봤다면 악양도 안전한 곳이 아닐 수 있어요. 항상 경계하셔야겠어요. 그리고 두 분 조심하세요. 정 들어요. 그럼 곤란해요."

지리산 자락에는 벌써 눈이 쌓였다. 산 위에는 달빛에 반짝이는 눈이 보였다.

"혹시 그 선배님 아직 지리산에 살지 않을까요?"

"아뇨. 장풍이란 건 없다고 하산했어요. 지금은 결혼해서 잘 살고 있어요. 저희가 다녀간 이듬해 가을에 서울로 돌아왔어요. 이번 겨울은 너무 추울 것 같아서, 라면서 말이죠. 선배는 다시 공부해서 다른 대학으로 갔어요. 한의대로 갔죠. 지리산에서 깨우친 게 있다면서 말이죠. 하여튼 괴짜는 괴짜였어요. 칠팔 년 전인가 독일에서 딱 한번 만난 적이 있었어요. 제가 미국에서 넘어간 지 얼마 안 됐을 때였는데 선배도 독일에서 공부를 더 하고 싶다고 왔댔어요. 그게 마지막이었죠."

시간은 벌써 새벽 1시를 넘기고 있었다. 우정의는 차 한 대 다니지 않는 2차선 국도 위에 차를 세웠다. 몇 시간만에 차에서 내린 그는 기지개를 폈다. 제법 추운 날씨였지만 머리속이 개운해졌다. 순간 그는 여태 자기 생각만 했던 것 같아 미안하다 생각이 들었다. 연락이 두절된 자신 때문에 놀라서 한달음에 날아온 초심에게 아무런 표현조차 못했던 것이다. 게다가 운전하는 동안에도 힘들지 않게 신경쓰고 있던 것도 알고 있었다.

그새 초심은 잠들어 있었다. 우정의는 조심스럽게 문을 닫고 네비게이션에서 적당한 숙소를 검색했다. 제일 가까운 모텔이 30분 거리에 있었다. 우정의는 화개장터가 있는 곳으로 이동했다. 새벽이라 모텔도 거의 한산했지만 남은 객실은 하나뿐이었다. 우정의는 초심을 깨웠다.

어쩔 수 없이 한 방을 써야 하는 상황이다. 고민의 여지도 없었지만 피곤했던 그들은 씻지도 못하고 곯아 떨어졌다.

7시가 넘어서야 햇빛에 눈이 부셔 일어난 초심은 우정의를 깨워주었다. 허름한 모텔의 낙후된 시설인데다 불투명한 유리로 격벽처리된 화장실을 사용하는 게 불편했던 우정의는 얼굴만 문지르고 밖으로 나왔다.

박영관씨가 설악산으로 돌아가는 날까지는 이제 일주일도 채 남지 않았다. 남은 시간은 기껏 5일 정도다. 그것도 오늘을 빼면 4일 이내에 박영관씨를 찾아내야 한다. 그들을 도와줄 사람은 도희 외엔 아무도 없다. 정보력도 부족하고 이동하는 것도 위험할 수 있다. 선영민 회장의 생각과는 달리 그에게는 눈에 띄는 차량도 신경쓰였다. 지리산과 인근의 화개장터, 칠불사, 드라마 토지 촬영장 등 관광지가 제법 있어서 외지인들이 많이 드나드는 건 다행이다. 뒷자리에는 5만원권 지폐가 제법 들은 가방이 있었다. 약 3천만 원 정도 되어 보였다. 선영민 회장의 도주경험이 풍부하다는 것이 다시 검증됐다.

악양에서 도인 찾기

이른 아침의 초심은 나이답지 않게 제법 청순한 모습이다. 화장기 없는 얼굴이 핑크빛으로 상기되어 보였다. 우정의는 초심을 여자로 느끼고 있는 자신을 발견했다. 아내에게 배신을 하는 것 같아 마음이 불편했다. 초심은 호칭을 바꿔 부르기를 원했다. 우박사님에서 정의씨로 변하는 거다. 그는 좋지도 싫지도 않았다. 초심은 생각지도 못한 제안을 했다. 마을 이장님들을 찾아가 보자는 것이다. 우정의도 동감했다. 그들은 화개장터에서 관광지도를 구해 식당으로 들어갔다. 아침식사로 재첩국을 주문하고 지도를 펼쳤다. 악양은 번화한 지역이 아니다. 지도위에 마을이 띄엄띄엄 보였다. 식당 주인은 그들의 대화에 관심이 있었는지 도둑귀를 하고 있었다. 테이블 위에 음식을 내려놓던 식당 주인은 무심한 투로 말했다.

"단골 중에 이장님 한 분 계시는데 소개해 드려요?"

식당 주인은 전화번호가 적힌 쪽지 하나를 건넸다. 이장님 번호였다. 그들은 식당 주인에게 부탁해서 콜택시 한 대를 불렀다. 식당 주인은 대체 누굴 찾는 거냐고 물었다. 외지인에게서 호기심을 자극받은 것이다. 초심은 오래전 지리산으로 이주한 선배를 만나고 싶다며 사실을 기반으로 간략히 설명했다. 불과 10분도 채 지나지 않아 콜택시가 도착했다. 생각지도 못한 소득이 있었다. 콜택시 기사는 동네 이장님들을 거의 다 알고 있었다. 기대 이상으로 일이 수월하게 진행됐다. 결과는 기대와 달랐다. 오후 4시가 넘도록 이장님들을 만나 보았지만 누구도 박영관을 알지 못했다. 박영관에 대한 정보라고는 칠팔십 대 노인이며 설악산에 산다는 정도밖에 알지 못했기에 설명하기도 어려웠다. 기껏 동네 아이들 중 두 명이 박영관이라는 이름을 쓰고 있을 뿐이었다. 5시가 되지 않아 해가 뉘엿뉘엿 저물어 갔다. 동계로 접어든 데다 지리산 자락에 위치한 탓이다. 화개장터로 돌아온 그들은 벌써 희망을 잃어가고 있었다. 식당에 들어선 둘은 풀이 죽어 버렸다.

"밥 먹고 고민해요."

초심의 발랄함이 살아났다. 우정의는 힘을 냈다. 무너질 상황이 아니다. 그는 여자의 존재감에 대해 새롭게 느꼈다. 혼자였다면 더욱 심난했을 것 같았다. 그들의 허기진 느낌은 창자만이 아니었다. 정신적 허기짐에 힘이 빠진 것이다. 우정의는 초심의 술자리 제안에 고민도 없이 응하고 말았다.

"이곳 하동. 멋지지 않나요? 선배들과 왔을 때는 이런 곳인지 전혀 몰랐어요. 그런데 대체 악양이 대한민국이 어디쯤 붙어있는 거죠? 내일 딱히 방법이 안 나오면 섬진강 구경가요. 머리를 식히면 방법이 생기지 않겠어요? 〈청소부 밥〉이라는 책에 이런 구절이 있었어요. 〈1장-지친 머리로는 일할 수 없다〉일에 집착한다고 해답이 나오지 않는다는 거죠. 충전이 필요해요. 머리도 쉬어야죠. 머리가 쉰다는 건 재미있는 거, 신나는 것을 하라는 거 아닐까요?"

"지금 상황에 그럴 여유가 어딨습니까? 4일도 안 남았습니다. 내일이면 3일밖에 없고."

우정의의 대답에 초심은 입을 쭉 내밀더니 말했다.

"지금 개기시는 겁니까? 그 책에 이런 문구도 있었어요. 〈투덜대지 말고 기도하라〉"

초심의 말이 틀린 것은 아니라는 것은 그도 알고있다. 하지만 이런 상황에도 불구하고 초심은 마음이 참 편한 듯 보였다.

"초심씨가 도인 이야기를 해주셨으니 저도 비슷한 거 하나 말씀드리죠. 고등학교 때 속리산 수학여행을 갔었습니다. 미친듯이 뛰어 올라갔습니다. 에너지가 넘쳐나는 나이였죠. 절반 이상 올라갔나? 가파른 경사에 바위로 된 계단길이었는데 위쪽에 누군가 지게를 지고 올라가는게 보였습니다. 굵은 통나무를 지게에 지고 있었습니다. 남자 두 명이 힘을 합쳐야 안을 수 있을 정도였습니다. 백발의 비쩍 마른 할아버지였어요. 감히 말도 걸기 어려울 정도의 분위기가 느껴졌습니다. 한창 무협소설을 읽던 시절이라 도인으로 생각할 수밖에 없는 거죠. 통나무는 100 킬로그램은 될 것 같았습니다. 문제는 앞쪽에 비슷한 크기의 통나무가 하나 더 있었다는 겁니다. 정말 신기했죠. 친구들과 세 명이 붙어서야 간신히 들었습니다. 실제로는 200 킬로그램 정도는 됐다고 봐야 됩니다.

정상에서 사진을 찍고 내려오는데 한두 시간 정도 걸렸을 겁니다. 그런데 할아버지가 사라지고 없었습니다. 중간엔 샛길도 없었습니다. 더군다나 젊은 애들 셋이 들기도 힘든 통나무를, 그것도 두 개나 옮겼으니 신기한 일이었습니다. 그런 게 일반인과 도인의 알 수 없는 경계 같습니다. 절대 이해할 수 없는. 아마 초심씨의 장풍을 쏘겠다던 선배가 산을 내려온 것도 그 선을 넘지 못했던 것 아닐까요?"

"또 다른 재밌는 거 없어요? 정의씨는 재미있는 이야기도 재미없게 하는 재주가 있는 것 같아요. 좀 더 진지하게, 혹은 살도 붙여서 이야기하면 여자들이 좋아할 것 같은데……."

소주 한 잔과 함께 이런 저런 인생 이야기를 나누다 보니 시간은 강물처럼 흘러갔다. 그들은 소화시킬 겸 산책하자는 데 의기투합하고 섬진강변으로 나섰다. 자전거도로까지 조성된 섬진강은 잔잔한 물결 위에 하늘을 담아내었다. 밤하늘의 아름다운 모습을 수면에 복사한 것 같았다. 그들은 대자연을 통째로 임대한 분위기를 만끽했다.

“한강변과는 하늘과 땅 차이에요. 그냥 여기 살고 싶다는 생각이 들어요.”

“초심씨는 제주도에서도 그 말을 했었는데 기억 나세요?”

우정의의 질문에 초심의 얼굴이 발그레해졌다. 초심은 말없이 우정의의 손을 잡았다. 그 역시 손에 힘을 주었다. 초심은 박영관씨를 찾을 수 있는 기발한 아이디어가 떠올랐지만 분위기를 깨고싶지 않았다. 가슴이 뛰는 순간을 그냥 느끼고 싶었던 것이다.

초심은 아침식사 자리에서 아이디어를 풀어 놓았다.

“예전에 지리산 왔을 때 장풍선배가 해줬던 이야기가 생각났어요. 좀 웃긴다고 해야 하나? 그땐 별 의미가 없었던 말이었는데 지금 우리에게는 중요한 말이 되었어요. 선배 말로는 지리산 사람들이 두 그룹으로 나뉘어져 있다고 했어요. 하나는 토속 현지인이구요. 다른 하나는 외지인 그룹이에요. 절대적이라고는 할 수 없겠지만 잘 어울리지 않는다고 했었던 것 같아요. 그런 기준을 두고 본다면 우리는 여태 현지인들 그룹만 파고 다닌 것 같아요. 마지막 동편제 도사님 집과 선배가 살던 집 그리고 거의 기억이 없지만 그 교직원 부부를 찾아보면 어떨까 싶어요. 부부가 매입하려고 고민한다던 집을 구경한 적 있었어요. 위치는 정확히 모르겠지만 돌담이 너무 이색적이어서 지금도 그대로 있다면 찾을 수 있을 것 같거든요. 벌써 십수 년 전이라 변했거나 없어졌을 수도 있지만……."

우정의는 새로운 희망이 솟아났다. 하지만 막막하기는 마찬가지였다. 먼저 칠불사 근처의 장풍도인 선배가 살던 집을 찾고 그곳에서 다시 수색하기로 했다. 초심은 어두운 기억 속에 실낱 같은 희망을 가지고 있었지만 동네 어느 모습도 기억에 없었다. 시간이 갈수록 희망의 불씨는 작아졌다. 희망이 사라져 갈 무렵이었다. 하늘이 도왔는지 드디어 기억 속의 집을 찾을 수 있었다. 십수 년의 세월이 지났건만 그대로였다. 단지 다른 것이라면 선배가 살던 집은 폐허가 되어 있었다.

"그 때도 이런 상태는 아니었겠죠?"

"거의 비슷해요. 거미줄하고 선배가 없다는 거 빼고는요. 기억이 새롭네요. 이런 걸 추억이라고 하는 건가 봐요. 동편제 도사님 집은 걸어서 갔었지만 아무 생각없이 따라 갔던 거라서 방향만 기억나요. 선배가 오죽을 훔치는 숲을 가리켰던 방향 때문에 기억할 수 있거든요. 돌아올 때는 술 한잔 한데다 한밤중이라 기억이 가물가물하고요."

우정의는 초심이 예상하는 방향으로 차를 몰았다. 초심의 관심을 끌어낸 집은 그리 멀지 않은 곳에 있었다.

"이상하네요. 분명 지형은 여기가 맞는데, 분명한데……."

그들은 근처 구석구석을 뒤지고 다녔다. 한 시간 정도 다녔을까 초심은 고개를 갸웃거렸다.

"여기가 확실해요. 그런데 집이 바뀐 것 같아요. 다시 지은 집이에요. 분명해요. 이 도로 바로 옆이었거든요."

"그럼, 집주인에게 물어보죠."

"뭐라고 물어보죠? 혹시 도사님이나 도인이신가요? 그렇게요?"

초심의 얼굴에 장난기가 묻어났다.

아쉽게도 그 집엔 다른 사람이 살고 있었다. 이미 오래전에 매입했다는 것이다. 별다른 정보조차 얻을 수 없었다. 벌써 3시를 넘기고 있었다.

"제 기억에는 여기서 멀지 않았어요. 그때 차를 타고 구경을 갔어요. 거기서 차로 10분이 안 걸렸으니까 한두 시간 정도 고생하면 찾을 수 있지 않을까요? 분명한 건 도로변에 있었다는 거예요."

초심은 주변을 두리번거리며 십수 년 전의 기억을 더듬었다. 도인이 살던 집에서 연결되는 도로는 모두 훑기 시작했다.

"저 집이예요. 확실해요. 저 돌담 그대로예요!"

초심이 황급히 소리쳤다. 초심의 예상대로 집을 찾는 건 한 시간이 채 걸리지 않았다. 돌담집은 불과 1킬로미터도 떨어져 있지 않았다. 초심이 말한 10분이라는 기억은 오래되어 정확하지 않은 것 같았다. 초심이 말한 것처럼 독특한 돌담은 이색적이어서 작품이라고 해도 무방했다. 오래된 한옥이다. 책에서도 본 적 없는 아름다운 고택이다. 나즈막한 돌담 너머로 집 안이 들여다 보였다. 대문도 이색적이었다. 대문에서부터 한옥까지는 이끼 낀 돌이 편평하게 박혀있다. 정원에는 작은 연못과 구름다리가 고풍스럽다. 고택은 당장이라도 초심이 말했던 도인이 나올 듯한 분위기다. 고택 뒤에는 대나무 숲이 이어져 있다. 겨울바람에 대나무가 한들한들 춤을 추는 듯했다. 해가 질 무렵이 되자 바람이 세게 불었다. 마당에는 빨래가 널려있다. 사람이 사는 건 확실하다. 대문에는 초인종 같은 것도 없었다. 우정의가 돌담 밖에서 주인을 불러 보았지만 대청마루에는 누구도 보이지 않았다. 그들은 차에서 주인을 기다리기로 했다. 저녁 9시가 넘도록 집 주인은 돌아오지 않았다. 빨래를 널어 놓은 것을 봐선 곧 돌아올 것 같았다. 11시가 넘었지만 아직이다. 당장은 철수하는 게 낫겠다는 데 합의하고 모텔로 돌아왔다. 오늘 하루도 피곤이 극에 달했던지 쉽게 곯아 떨어지고 말았다.

다음날 아침 8시에도 돌담집엔 주인이 돌아오지 않았다. 둘 다 애가 탔다. 하루가 지나면 박영관씨는 지리산을 떠날 것이다. 아침부터 흐릿하던 하늘은 점점 어두워지더니 슬슬 눈발이 날리기 시작했다. 눈발이 굵어지며 제법 많이 내린다. 불안한 마음은 내리는 눈 만큼이나 고조되기 시작했다. 11시쯤 되자 눈이 5센치미터 정도 쌓였다. 그 무렵 검정색 차가 다가오고 있었다. 도로는 제설

되지 않아 속도를 줄인 채 달려왔다. 집주인을 기다리는 내내 도로를 지나는 차량이 많지 않았었다. 모처럼 차가 보여 기대감에 가슴이 뛰었다. 차가 집 앞에 섰고 초심이 예상했던 부부가 내렸다.

"아! 그 부부가 맞는 것 같아요!"

초심이 환호했다. 초심은 급한 마음에 차에서 내려 뛰어 가다가 앞으로 넘어져 버렸다. 초심은 그래도 상관없다는 듯 벌떡 일어나 뛰어갔다. 부부는 눈이 동그래져 초심을 쳐다보고 있었다.

"안녕하세요! 아마 십수 년만이네요. 아마 저를 기억하지 못하시겠지만 예전에 동편제 아저씨하고 저쪽 집에서……."

부부는 어렴풋이 기억이 나는 듯했다. 오랜 지인을 만난 것마냥 부부의 표정이 환하게 변했다. 그들은 부부의 초대로 집 안에 들어섰다. 눈 쌓인 돌담집의 운치는 전과 달랐다. 포근함이 더해 보였다. 대청마루를 지나 방 안에 들어서자 고택의 운치가 기대 이상이었다. 우정의와 초심은 박영관을 찾아오게 된 경위를 설명했다. 소망이 깊으면 하늘이 길을 열어준다더니 그들은 박영관을 잘 알고 있었다. 악양에 이사오면서부터 서로 알게 되었다는 것이다. 게다가 이 지역에서는 그를 모르는 사람이 없다고 했다. 우정의와 초심이 박영관을 찾지 못한 이유가 있었다.

"그런데 왜 선배를 안 찾아가시고 이렇게 사서 고생하셨어요? 내려온 지 5년은 된 거 같은데……."

남편의 말에 초심은 어이가 없었다. 장풍도인 선배가 다시 지리산으로 왔을 것이라고는 생각지도 못했던 것이다. 좀체 어디로 튈지 알수 없는 사람이라고 생각했다. 초심은 벌써부터 장풍도인 선배가 반가웠다.

"오늘 송풍석님 송별회가 있어요. 거기서 보시죠. 저희가 대구에서 내려온 것도 송별회 때문이거든요."

"근데 저 빨래는?"

"요즘 시골도 각박해져서 좀도둑이 많아요. 외출할 땐 그러고 다녀요. 가져갈 것도 없지만 저 빨래가 저희 보안시설이나 마찬가지입니다."

지리산 일대에서 박영관은 송풍석으로 알려져 있었다. 부부와 이런 저런 이야기를 나누던 초심은 지리산이란 곳이 주는 선물은 여유가 아닐가 하는 생각을 했다. 장풍도인 선배가 보내준 시간의 개념이라든가, 느림의 미학이랄까……. 그동안 너무 급하고 바쁘게만 살아온 것 같았다. 도심의 인스턴트가 싫어 악양에 자리잡은 이들 부부처럼 말이다. 남편의 건강 때문에 교편을 놓고 이주했지만 이미 병은 완치되었음에도 악양을 떠나지 않았다. 부부가 차려준 점심식사는 십수 년 전 장풍도인 선배가 주던 밥상과 다르지 않았다. 자연을 옮긴 상차림이었다.

포럼

점심을 얻어먹은 후 이것저것 구경도 하고 그 동안 지리산에서 살아온 이야기도 듣다보니 시간이 많이 흘렀다. 부부는 가까운 곳이라고 했지만 초심은 궁금했다. 선배와의 경험 때문이었다.

"혹시 몇 시간이나 걸리죠? 걸어 가나요?"

"차로 10분 정도 걸려요."

초심은 피식 웃고 말았다. 오래 전 기억 때문이었다. 어쨌거나 이번엔 차로 이동한다니 다행이었다. 선배였으면 또 걸어가자 했을 것 같았다. 정말 10분도 안 되어 도착한 곳은 신식 주택이었다. 뭔가 더 멋진 고택을 기대했던 초심에게는 아쉬움이 있었다. 집 앞에는 여섯 대의 차량이 주차되어 있었다.

거실에는 열두 명 정도의 사람들이 있었다. 평범해 보

이는 사람들과 범상치 않은 몇몇이 섞여 있었다. 그리고 초심이 아는 남자가 한 명 있었다. 평범해 보이는 사람 중 한 명이다. 바로 장풍도인 선배다. 선배는 초심을 알아보지 못했다. 알아보았다 하더라도 비슷한 사람이겠거니 했을 것이다.

"뉘신가? 이 두 분은 처음 뵙는 분들인데."

눈빛이 깊고 왜소한 노인이 입을 열었다. 우정의는 그가 박영관이라고 생각했다. 돌담집 부부가 우정의와 초심을 간단히 소개했다.

"그 초심이구나. 어쩐지 닮은 듯해서 설마 했는데."

사람들이 장풍도인 선배를 쳐다보았다.

"대학 후배인데 제가 악양에 내려온 지 얼마 안 되었을 때 놀러왔었습니다. 그런데 여긴 어떻게?"

초심은 그들에게 어떤 경유로 찾아온 것인지 간단하게 설명했다.

"대단들 하네. 이 양반 실명은 이 동네에서도 몇 명밖에 모르네. 아마 이 방에 있는 사람이 전부일 것인데……."

아까 눈빛이 깊고 왜소한 노인이었다. 송별회 자리는

우정의와 초심에 관계없이 진행됐다. 장풍도인 선배와 초심의 추억도 나중으로 미루었다. 그들의 대화 내용은 대체로 의학에 대한 내용이다. 내과의사, 외과의사가 있었고 장풍도인 선배는 한의사임을 알수 있었다. 한의대를 졸업하고 독일에 유학까지 다녀와서 이런 곳에 와 있을 줄은 생각지도 못했다. 약사도 있었다. 한 사람은 한약재료를 취급하는 사람인 듯했다. 초심은 호기심이 끓어올라 귀를 기울여 집중했다. 의학에 문외한이나 다름없는 우정의는 시선을 돌려 집안 구석구석을 살폈다. 설악산의 집도 그랬지만 이집 역시 도인의 집과는 거리가 멀었다. 상당히 오랜 시간을 두고 꾸며진 듯 세월이 느껴지는 소품들이 많았다. 한쪽 벽에는 담근술이 가득했다. 우정의는 엉덩이가 아파왔다. 이들의 이야기는 끝을 낼 줄을 몰랐다. 한참이 지나 한 노인이 대화를 종결지었다.

"아무래도 저들의 기운이 내일 내 갈길을 막을 것 같습니다. 그러니 남은 이야기는 내일도 할 수 있을 것 같습니다."

"송풍석께서 그렇게 말씀하시는데 여부가 있겠습니까? 편하신대로 하십시오."

우정의와 초심이 찾던 그 박영관이었다. 이미 찾은 것이나 다름없었지만 누가 송풍석 박영관인지 알고 나니 마음이 편안했다. 그런데 박영관은 상상했던 도인의 풍모나 풍채가 아니었다. 조금은 실망스러웠다.

"두 분 표정을 보니 어렵게 찾은 내가 그다지 맘에 들지 않는 듯하구만."

박영관은 너털웃음과 함께 말했다. 나이에 비해 힘이 들어있는 호탕한 웃음이었다. 지리산의 집은 박영관의 지인이 거주하는 곳이었다. 매년 한두 번씩 지리산에서 의학포럼을 열어 그간의 공부를 나누고 있다고 했다. 초심은 잠깐의 도강을 통해 새로운 것을 알게 되었다. 우정의는 초심의 눈에 총기가 살아있음을 느꼈다. 무언가 그녀에게 큰 충격을 안겨준 듯했다. 우정의는 인간은 죽을 때까지 공부를 해야 한다던 말을 실감했다. 집주인은 원래 스님이었다. 오래 전에 파계하고 절을 떠나 이 곳으로 내려왔다. 그는 자신의 아호를 파계라고 지었다. 그의 지론은 〈도는 내 안에 있다〉라고 했다. 그는 종교가 무엇이든 상관없고 어디에 있든 어느 시대에 살았든 의미가 없다는 〈시공간 무용론〉을 십여 분 간 강의했다. 우정의와 초심은 이들의 모임 자체가 도인들 세상이라고 느끼고 있었다. 그저 신기하기만 했다.

“자! 우리 이야기는 대충 들었을 것이고, 자네들이 이곳을 찾은 이유를 솔직히 말해 보게. 아까처럼 또 거짓이 있으면 그냥 돌려보낼 생각이네.”

송풍석은 그들의 거짓을 파악하고 있었던 것이다. 우정의와 초심은 누군가 외부에 말을 전달할까 걱정됐다. 파계 스님은 그럴 사람이 없으니 털어 놓아도 된다며 안심시켰다. 파계 스님은 우정의나 초심의 마음 속을 훤히 읽고 있는 듯했다. 그들의 눈빛은 강한 신뢰를 보내고 있었다. 우정의는 자기도 모르게 술술 이야기하고 있었다. 속이 시원해지는 듯했다. ‘임금님 귀는 당나귀 귀’라고 소리질렀던 이발사의 마음을 공감했다.

“기면 증세가 있지만 기면증은 아니란 것이로군. 마초심 박사 자네는 게슈타포라는 물질과 그로 인해 발생하는 백신을 개발하는 것이 목적이고?”

“네. 그렇지만 원래 게슈타포는 기면증을 연구하던 중 기면증과 비슷한 증상을 유발하는 성분을 발견하게 된 것이구요. 누군가 저희 연구진에게 게슈타포의 백신을 개발하도록 유도한 거라고 생각합니다. 지금도 그들은 제가 그 백신을 만들도록 하려는 것 같아요. 같은 연구실에 있던 동료는 군부대 안에서 뭔가 연구를 하고 있는데 저처럼 게슈타포 백신을 연구하도록 강요받고 있는 게 아닌가 싶어요."

"우리 그거나 한번 만들어 보시지요."

송풍석이 사람들에게 갑작스런 제안을 했다. 그런데 다들 관심이 있었는지 흔쾌히 응했다. 한 주 뒤 수요일로 모임날짜가 정해지자 모두 자리를 떠났다.

"기연아 풍석주에게 '6월까지 팔봉산에서 수도 중'이라고 방을 바꿔 붙여놓고 내려오라고 일러라. 뒤를 조심하라고도 전하고."

우정의는 송풍석이 지리산이 아닌 팔봉산으로 바꿔 혼선을 주려 한 것으로 이해했다. 누군가 거기까지 감시하고 있다면 그것도 의미가 없는 일이다. 김기연은 장풍도인 선배의 이름이다. 초심은 김기연이 왜 이곳에 있는지 너무 궁금했다. 그리고 어떻게 인연이 되었는지 궁금했다. 반가움과 놀라움이 겹쳐 가슴이 뛸 정도였다. 풍석주라는 사람은 송풍석의 제자다. 호가 풍석주고 이름은 강라임이다. 우정의는 언젠가 들어본 듯한 이름이었다.

우정의는 약속대로 도희에게 소식을 전했다. 송풍석은 도희가 합류하는 것을 허락했다. 우정의는 두 차례 기면증상이 있었다. 기면증세는 조금 더 길어졌다. 그가 잠에서 깨어난 날은 포럼이 한 차례 열린 후였다. 다음날 풍석주 강라임이 내려왔다. 놀랍게도 강라임은 우정의가 알고 있는 사람이었다. 이름이 익숙한 이유는 그가 왕년의 야구선수 유망주였던 강라임이기 때문이다. 우정의는 그의 팬이기도 했다. 강라임은 부상을 입고 은퇴한 것으로 알고 있었지만 2군에서 뛰고 있었기 때문에 세간에 드러나지 않았던 것뿐이었다. 그간의 소식을 묻자 강라임이 설명했다. 강라임은 상무에서 부상을 당했고 먹고 살 길이 막막해서 야구를 하고 있다고 했다. 우정의는 강라임도 도인과는 거리가 먼 사람으로 보였다. 야구선수와 도인의 모습이 일치되지 않았고 직업도 도인과는 거리가 멀다고 생각했다. 강라임의 할아버지는 송풍석의 친구다. 할아버지는 불의의 사고로 돌아가셨다. 그 후 20년 정도 지나 송풍석이 강라임의 아버지를 찾아왔고 집안

뒷바라지를 해줬다. 강라임이 어려운 형편에서도 야구를 할 수 있었던 건 송풍석 덕분이었다. 중학생 시절부터 송풍석에게 호흡법을 배웠고 남들이 가지지 못한 능력이 생겼음을 알게 됐다. 원래 오른손잡이인 그는 송풍석의 명으로 왼팔만 사용하게 되었다. 오른팔은 사용치 않게 해서 왼손잡이처럼 되었다고 한다. 사부의 깊은 뜻이 있었음은 프로선수 시절에 알게 되었다. 왼팔만으로도 프로야구에서 인정받는 선수로 활약할 수 있었다. 강라임은 체육학 박사과정에 있고 은퇴 후 강단에 설 준비를 하고 있다. 강라임은 송풍석의 첫 번째 제자다. 다른 제자들과는 달리 무예를 배웠으나 의학은 배우지 못했다. 사문의 전통이다. 현재 의술을 전수받은 제자는 둘이 있다. 한 명은 사부의 명에 따라 어딘가에 머물고 있다는 것만 알고 있다. 한 명은 바로 초심의 선배인 김기연이다. 김기연은 십수 년 전 이 곳에서 송풍석을 우연히 만나 사제간을 맺게 되었다. 그는 송풍석의 명으로 뜻을 품고 한의학을 전공했다. 포럼에서 보았던 한약재 취급하는 노인은 대학교수이며 송풍석과는 40년 지기다. 다른 의사들은 모두 유명한 병원의 원장들이다. 이들 역시 수십 년

간 송풍석과 의학포럼을 진행하고 있다. 그들은 송풍석을 만나 불치병이라고 생각했던 병을 치료했다. 포럼 회원에는 아직 만나지 못한 세 명이 더 있다. 정형외과, 신경외과 그리고 한의사가 한 명 더 있다. 의외로 한의사는 미국인이다. 자리에 있었던 젊은 약사는 돌담집 남편의 친구다. 지난해 우연히 왔다가 초대됐다. 그는 먼 거리임에도 불구하고 빠짐없이 참석하고 있다. 우정의는 강라임이 말이 많다고 생각했다. 언론을 통해 보았던 그의 이미지와는 상당히 다르게 느껴졌다.

우정의는 초심이 며칠째 집중하고 있는 것이 궁금했다. 송풍석과 진지한 대화를 나누고 있었다. 초심은 새로운 공부에 열혈적이다. 우정의는 초심과 함께 하지 못함에 아쉬움을 느끼자 마음이 또 복잡해졌다. 아내와 아이들도 걱정되는 마당에 다른 여자 생각을 하고 있는 것이, 죄를 짓는 듯한 기분을 떨쳐낼 수 없었다. 수심에 고민하던 우정의 옆에 뒷짐을 지고 선 파계 스님이 한 마디 던졌다.

"걱정해서 해결된다면 걱정만 하고 살겠네!"

우정의는 생뚱맞은 소리에 그저 멍청하게 서 있었다.

"네팔에 이런 비슷한 속담이 있다네. 고민해서 해결되는 일인가? 지금 하는 고민이 말일세. 뭔지는 모르겠지만 무엇이 되었든 마음이 가는 대로 하게. 내 마음을 거스르면 언젠가 후회를 하지. 후회를 한들 과거는 돌아오지 않는다네. 내세에나 가능할 지는 모르지만 내세까지 기다릴 거 있나? 지금 이 순간, 이 공간에 내 마음이 원하는 그것이 있는데."

파계 스님은 지리산 자락에 가득 쌓인 세상을 바라보며 명상을 하는 것 같았다. 눈 덮인 악양은 우정의의 답답한 마음을 씻어내려는지 더욱 하얗게만 보였다.

송풍석의 사연

송풍석과 초심은 저녁식사 시간이 되어서야 나타났다. 초심은 뿌듯한 느낌으로 가득한 표정이었다. 우정의는 초심이 송풍석과의 대화에 매우 만족하고 있음을 알수 있었다.

"요즘 얼굴 보기도 힘드네요. 지난 주만 해도 완전히 붙어 살았었는데 말이죠. 송풍석 사부님과 있으면 하루가 어떻게 가는지 모르겠어요. 저를 제자로 삼으면 좋겠다는 말씀을 하시던데 농담이시겠죠? 저는 요즘 넘을 수 없을 것 같았던 한계를 넘어서는 기분이에요. 이런 상태면 인생의 큰 획을 그을 수 있을 것 같아요. 하지만 아무리 좋은 말씀도 정의씨하고 같이 있는 것과는 비교할 수는 없더라구요. 내일 아침 식사하고 산책이나 갈래요? 요 뒤에 조금만 올라가면 기가 막힌 절경이 펼쳐진대요."

초심은 우정의를 살짝 들었다 놨다.

식사를 마치고 집 앞 마당에서 먼 산을 바라보던 우정의와 초심의 곁에 강라임이 섰다. 그 역시 먼 곳 어딘가에 시선을 던져 두었다. 우정의는 강라임에게 송풍석의 이야기를 부탁했다. 초심도 궁금하긴 마찬가지였다. 강라임은 잠시 고민하는가 싶더니 이야기를 시작했다. 우정의와 초심은 귀를 쫑긋 세웠다.

"제가 아는 사부님은 젊을 때도 정말 대단한 분이셨어요. 유년시절 이야기는 저 역시 듣지 못했습니다. 그저 추측컨대 광복과 전쟁 이후 누구나 먹고 사는 게 어려운 시절이었으니 남들과 비슷하지 않으셨나 생각합니다. 사부님은 전쟁 전에 대학에서 법학을 전공하고 있었답니다. 아마도 수재셨을 것 같아요. 그런 말씀은 안 하시지만요. 학교에서 등산반 활동을 했었답니다. 그 당시에 요즘 말하는 암벽등반을 하셨대요. 그러다 전쟁이 났고 군에 입대를 하셨어요. 학력도 좋고 암벽등반도 하는 보기 드문 이력을 가지고 있어서 그랬는지 미군부대에 차출되셨답니다. 그런데 그곳이 일반 부대가 아니었던 모양입니다. 휴전 후에는 북파 임무를 맡은 부대로 옮겼는데 북한에 백 번도 넘게 다녀오셨대요. 한번은 다른 소대가 북한군에 모두 생포됐답니다. 그래서 사부님의 소대가 급파됐고, 우여곡절 끝에 포로로 잡힌 부대원 대부분을 탈출시켰답니다. 이 부분에서 사부님의 활약이 있었을 것이라고 생각하시겠죠?"

우정의는 자신의 특전사 시절을 떠올리며 고개를 끄덕였다. 강라임은 다시 이야기를 이어갔다.

"그렇지 않아요. 당시 사부님은 무술이라곤 태권도 조금 할 줄 아는 게 전부였습니다. 그 때 공로를 인정받아 미군에서 은성무공훈장을 받으셨답니다. 잘 아시리라 생각해요. 은성무공훈장은 미군 최고의 훈장입니다. 살인의 면죄부를 가졌던 건 아실까요? 요즘엔 모르겠지만 그 당시는 그랬답니다. 사부님의 고향은 서울 마포입니다. 제대하고 다시 돌아가보니 예전 모습은 온데 간데 없었대요. 다시 대학에 복학한다는 건 어리석은 일이라는 생각이 들었답니다. 군 생활을 하면서 돈은 벌 만큼 벌어놓은 상황이었답니다. 아무튼 돈 걱정은 없었지만 전쟁으로 부모님을 잃었고 친척도 없어서 외톨이나 마찬가지였구요. 사부님은 대학 등산반에서 같이 활동했던 선후배와 동기들을 찾아 다녔답니다. 대부분 전쟁통에 죽거나 실종됐더랍니다. 몇 명을 수소문해서 찾았는데 다리를 절단한 선배와 팔을 절단한 후배가 남아 있었답니다. 등산반은 유명무실한 상황이었대요. 먹고 살기 힘든 세상에 그냥 등산도 아니고 벽을 타러 다니기가 쉽지 않은 시기였겠죠. 사지가 멀쩡하고 먹고 살만한 사람 중에 같이 등산을 갈 만한 여유가 있는 사람도 없었답니다. 그래도 어떻게든 찾아낸 사람이 두 명 있었어요. 그들은 그나마 장사도 하고 해서 여유가 있었던 듯해요. 그 중 한 분이 저희 할아버지에요. 그 분들은 팀을 꾸려 인왕산 등반을 했더랍니다. 일반 사람들 눈에 비친 그들은 정상이 아니었겠죠. 손가락질하는 사람들이 많았다고 합니다. 제가 생각해도 그럴 것 같습니다. 주중에는 일하고 주말에만 등반을 했대요. 어떻게 보면 주 5일 근무제를 가장 먼저 도입하신 분들이죠. 지금부터가 제가 하는 이야기의 중요한 부분입니다. 하산을 하고 종로 어딘가에서 대포 한 잔 하고 있는데 동네 건달들이 웬 여자를 희롱하더랍니다. 세 분은 그런 모습을 그냥 지켜보고 있을 수는 없었답니다. 당연히 말리려고 하던 중에 건달들과 싸움이 났습니다. 살인 병기라고 해도 과언이 아닌 북파부대 출신의 사부님과 깡다구라면 첫째라도 모자란 등산반 출신 두 명은 건달들과의 싸움에 밀리지 않았대요. 싸움에서 밀린 건달들이 패거리들을 불러왔고 칼부림까지 하게 되었답니다. 저희 할아버지는 건달의 칼에 맞아 즉사하셨습니다. 현장에 도착한 경찰은 건달들과 유착이 되어 있었습니다. 경찰은 사부님과 다른 한 분을 잡아 가두었습니다. 건달들은 풀어주더랍니다. 건달들은 사부님에게 살인 누명을 씌워 버렸어요. 그런데 그들은 몰랐던 거죠. 사부님이 면죄부를 가지고 있었다는 것을. 풀려나온 사부님은 복수를 고민했지만 그럴 수는 없었답니다. 사부님은 돌아가신 저희 할아버지를 잊을 수 없어 베낭을 꾸려 떠났습니다. 끝까지 싸움을 참지 못한 죄를 자책하셨답니다. 사부님은 홀로 전국의 이 산, 저 산을 다니던 중 길을 잃어 암벽을 타게 되었는데 실족해서 수십 미터를 추락하셨답니다. 정신을 차리고 보니 온 몸의 고통이 죽을 정도였답니다. 차라리 죽는 게 낫겠다 싶을 정도로 고통이 심했답니다. 다리가 둘 다 부러져 있었대요. 머리와 팔은 살이 잘리고 패인 상처들로 어디가 얼마나 다친 건지 확인하기도 어려웠답니다. 문제는 걸을 수가 없었던 겁니다. 주변은 혼자 힘으로는 빠져나갈 수 없는 지형이었습니다. 부러진 두 다리로는 조금도 이동할 수가 없었습니다. 사부님은 자신의 죄를 벌하는 하늘의 뜻인가 하셨답니다. 그 곳이 당신의 무덤이 될 거라고 생각하셨습니다. 베낭에는 식량도 없고 물도 부족해 며칠 버티지 못할 상황이었습니다. 사부님은 북파부대에서 극한을 경험해 보신 분이라 정신력이 강한 분이셨던 것 같습니다. 해가 뜨고 지고 십 일 정도 지나면서 생명만 간신히 유지되고 있었답니다. 부러지고 찢어진 상처에는 벌레가 잔뜩 기어다니고 아무리 파내도 구더기가 늘어났답니다. 이제 죽는구나 싶어서 삶을 포기하려는데 눈 앞에 어떤 스님이 보이더랍니다. 처음에는 헛것이 보이나 해서 눈을 비비고 다시 봐도 스님이 있더랍니다. 스님이 그러시더래요. 지금부터는 웃지 마세요. 사실 저도 웃긴 했지만. 〈너 거기 누워서 뭐하냐?〉 그러시더랍니다. 사부님은 웬 땡중이 죽을 놈 앞에서 염장질인가 했대요. 그래도 사람을 만나니 얼마나 반가웠겠어요. 사부님이 살려달라고 했는데 스님이 〈그럼 넌 나한테 뭘 해줄 건데?〉 그러시더랍니다다. 그래서 〈스님 수발하겠습니다.〉 그랬대요. 생명과 맞바꾼 거죠. 인생을요. 그럴만한 가치가 있는 좋은 선택이었죠. 결과적으로는 말입니다. 저도 중학생때 처음 사부님을 만나 이 이야기를 들었을 때는 거짓말인 줄 알았어요."

강라임은 미소를 지으며 말에 뜸을 들였다. 초심의 재촉이 이어지자 강라임이 다시 말을 이었다.

"스님은 당시 체중이 70 킬로그램 이상 나가는 사부님을 번쩍 들어서 어깨에 메고 그 가파른 산길을 걸어서 두 시간을 가시더랍니다. 50 킬로그램이 넘는 베낭을 한 손에 들고 말입니다. 한 번도 쉬지 않고 가셨답니다. 사부님은 직접 체험하고서도 믿을 수가 없었답니다. 스님의 키는 160 정도의 작은 키에 비쩍 마른 체구를 가진 72세의 노인이었답니다. 그 분이 바로 제 태사부님이시죠. 아쉽지만 저도 뵙지는 못했습니다."

"무협소설에나 나오는 이야기인 줄 알았는데 진짜 그런 분이 있었군요. 멋져요!"

얼마나 신기한지 초심은 박수까지 치며 좋아라 했다.

"다음 이야기는 사부님께 직접 여쭤보세요. 뒷이야기도

정말 재미있어요."

강라임은 여기서 이야기를 끊었다. 우정의와 초심은 그 뒷 이야기가 벌써부터 기대가 되는지 가슴이 뛰었다.

"정의씨. 영화 한 편 본 것 같지 않아요? 그런데 그 건달 정말 나쁘네요. 종로라면~"

초심은 머릿속을 굴리며 상상했다.

"아마 초심씨가 생각하시는 그들이겠지요. 그 당시라면."

이를 듣던 강라임이 한 마디 거들었다.

"거짓을 미디어로 포장하면 그들이 되지요. 세상의 진실은 어제도 그랬고 지금도 그렇게 애곡되고 있어요. 내 일을 만드는 건 우리의 몫입니다."

우정의와 초심은 강라임의 말에 동의하며 고개를 끄덕였다.

아침 일찍 도희가 도착했다. 도희의 명랑함은 악양에서도 여전했다. 도희는 송풍석의 사랑을 독차지했다. 그는 도희가 손녀 마냥 예쁜 모양이었다. 강라임은 송풍석이 최근 들어 점점 더 아이들을 좋아하는 것 같다고 했다.

강라임은 도희와 인사를 나누자마자 서울로 떠났다. 초심은 모처럼 우정의와 데이트를 즐길 수 있나 했더니 도희가 따라 붙는 바람에 계획이 무산되었다. 아침부터 툴툴대기 시작한 그녀의 기분을 알 턱이 없는 도희는 멋진 풍경을 보러 간다는 즐거움에 신이 난 모양이었다. 눈이 제법 쌓여 등산하기에 쉽지 않은 편이었지만 설산의 아름다움이 등산길의 고된 시간을 잊게 했다. 정상에서는 지리산 자락과 섬진강변이 한눈에 들어왔다. 청량한 하늘과 능선이 만드는 산세는 지리산의 아름다움을 극대화 했다. 하산하고 보니 파계 스님은 참선 중이었다. 파계 스님은 오랜만에 그만의 자유를 누리고 있었던 것이다. 우정의 일행이 느낀 자유와는 또 다른 자유였다. 도희는 언제 올라갈 지 기약도 없이 내려왔다. 다들 도희는 세상에서 가장 마음 편하게 사는 녀석이라고 생각했다. 저녁식사 시간은 도희의 희망 중 하나가 산산조각나는 순간이었다. 풀밭이라고 해도 될 정도의 저녁상에 실망하는 표정이 역력했다.

"도희가 우리 상차림에 실망을 한 것 같구나. 뭐가 먹고 싶니?"

발랄한 도희는 이미 송풍석의 사랑을 독차지했다. 초심은 다행이라는 생각과 함께 아쉬움이 밀려왔다. 도희가 오기 전까지만 해도 송풍석의 사랑은 초심이었기 때문이다.

"저녁 먹고 도희 떼어놓고 시내 구경가요."

초심은 우정의에게 귓속말을 했다.

"그래요. 나도 좀 놀다 오고 싶네요. 초심씨랑 단 둘이요."

초심의 얼굴이 활짝 펴졌다. 우정의의 이런 표현은 처음이었기 때문이다. 그들의 계획은 수포로 돌아갔다. 눈치 빠른 도희가 달라붙었고 어쩔 수 없이 함께 회게장디로 향했다.

이튿날 아침 일찍부터 포럼 회원들이 모이기 시작했다. 지난 포럼에서는 만나지 못했던 세 명의 전문의도 참석했다. 오랜만에 모두 모인 자리다. 전국 각지에서 지리산까지 매주 모인다는 건 목적성이 뚜렷하지 않으면 어려운 일이다. 전문가들에게조차 영양가 있는 자리인 것이다. 이번에는 정형외과 전문의도 있었다. 그 역시 10년 이상

모임을 함께 했다는 말에 초심은 기대가 컸다.

"혹시 포럼이름은 정해졌나요? 없으면 제가 지어볼게요."

도희는 포럼에 관심을 보였으나 자신이 낄 자리는 아니란 걸 알고는 제안을 던졌다.

"도희가 이름을 짓겠다면 이름이 있어도 없다 해야겠지? 한 번 멋지게 지어보려무나."

송풍석 사부가 흔쾌히 허락했다. 도희에게도 할 일이 생겼다. 도희는 이 포럼에도 한 발 담근 셈이 되었다.

"필요하신 것 있으면 알려주세요. 외국 문헌 등은 여기 계시는 분들보다는 제가 더 잘 찾아낼 자신이 있어요."

도희는 스스로 제 할 일도 찾아내었다.

"그래? 요녀석 우리가 못하는 걸 잘하는 능력이 있었구나. 그럼 도희도 우리 포럼의 조력자가 되겠네. 환영한다."

도희는 송풍석 사부가 자신을 받아주자 벌써부터 신이 났다. 송풍석은 포럼을 초심에게 맡기고 우정의를 끌고 나왔다. 그를 따라간 곳은 집에서 약 백여 미터 정도 떨어진 조그만 암자였다. 우정의는 파계 스님이 가끔 다녀가는 것을 목격한지라 그 곳이 수련하는 곳임을 직감했다. 방해가 될 것 같아서 근처에도 가지 않았었던 곳이다. 그는 송풍석 사부가 직접 우정의를 데리고 가는 의도를 알 수가 없었다.

"포럼을 하는 동안 파계는 이곳을 이용하지 않으니 그 동안 네가 수련을 해야겠다. 내 너를 그 동안 쭈욱 지켜보았는데 기가 순하더구나. 언제 호흡법을 배운 적이 있는지 모르겠다?"

"그런 적은 없습니다. 부끄럽지만 고등학교 때 잠시 선도사상에 심취했던 적이 있었습니다. 당시에는 제 또래 애들이 다 그랬습니다. 잠시였지만 무협소설에도 빠져 지내면서 학업도 게을리 한적이 있구요. 당시 한단고기 같은 책을 읽으면서 어찌 보면 국수주의에 빠져들기도 했습니다. 사부님께서 들으시면 언짢으실 수도 있는데, 사부님 뵙기 전에 상상했던 모습은 긴 도포자락을 날리고 백발의 긴 머리에 호탕한 웃음을 지으며 백발 수염을 쓰다듬는 모습이었습니다. 사실 기대했던 모습이 아니라 실망도 했습니다. 제 상상 속의 도인은 꼭 그런 모습이었습니다. 산속 깊숙한 곳에 칩거하는 모습을 기대했는데 어찌 보면 상당히 세속적이십니다. 단지 운전을 하지 않으신다는 것만 빼곤 겉모습만으로는 일반인과 다른 것이 하나도 없어 보입니다."

송풍석은 그가 하는 말이 재미있는 듯 껄껄 웃었다. 그는 우정의의 어깨를 툭툭 치며 이야기했다.

"이놈아! 니들은 영화나, 드라마, 만화책을 너무 많이 봤어. 그런 걸 보고 뭐라 하는지 아냐? 편견이라는 것이다. 과학자나 의사들이 피해야 할 가장 큰 덕목이라고 할 수 있지. 사람은 편견을 깨야 새로운 것을 볼 수 있고, 알고 있던 상식이 깨어지는 것이다. 생각처럼 쉬운 일은 아니다. 훈련이 되어야만 하지. 서양에서는 과학자라면 WHY라는 단어를 항상 머릿속에 두어야 한다고들 말한다. 그 말은 결국 편견을 깨야 한다는 말과 일맥상통한다. 우리 포럼의 근원이라고 봐도 될 것이다. 그건 그렇고 네 기를 보아하니 호흡법에 조금만 정진이 있다면 기면 증세에 도움이 될 것 같다. 지금 네가 건강한 이유도 네 순한 기 때문일 수도 있다. 이 암자는 파계가 참선이라고 이름을 지었지. 여기는 수련하는 곳이다. 도인들이 무예를 하고 장풍을 쏘고 그런 건 무협소설에서나 찾아

보거라. 기를 운용하는 것은 가능하지만 너희 세대 아이들이 알고 있는 그런 건 적어도 이 시대에는 없다. 내가 몇 가지 알려줄 테니 하루 네 시간씩 호흡 수련을 해 봐라. 머릿속도 비워야 한다. 그러다 보면 도를 깨우치기도 하지. 하지만 뭔가를 이루겠다는 그런 목적도 버려라. 모든 욕심도 버리는 무아지경을 만들고 오로지 호흡에만 집중해라. 네 단전에 너의 모든 것을 집중한다고 생각하면 도움이 될 것이다. 단전은 여기다!"

송풍석은 손 끝으로 우정의의 배꼽 아랫부분을 꾸욱 눌렀다. 우정의는 뱃속에서 따끈한 것이 느껴졌다. 송풍석의 손 끝에서 나온 따스함이 아닌 내장 어딘가에서 느껴지는 것이 있었다.

"뭔가 오지?"

"네. 뜨겁습니다."

"거기가 단전인데 이미 너의 단전에 작게나마 기가 응축되어 있어. 스스로 몰랐을 뿐이다. 그럼 다시 느껴보거라."

송풍석은 우정의의 미간에 손끝을 갖다 대니 단전의 기가 미간으로 이동하는 것을 느낄 수 있었다. 기의 흐름이 어떤 것인지 알 것 같았다. 이번에는 명치 부위에 손끝을 대니 명치로 기가 움직이는 것을 느낄 수 있었다.

"단전에는 상단전, 중단전, 하단전이 있다. 네 몸은 벌써 이 세 단전을 흐르는 기혈이 뚫린 것이다. 방금 너는 한 단계를 넘어섰다. 어떠냐? 기분이 상쾌하지? 이제는 당장엔 내가 가르칠 것이 없다. 지금부터는 네 스스로 깨우쳐야 한다. 이 곳에서!"

송풍석은 우정의에게 손짓을 했다. 우정의는 몸도 마음도 새로운 느낌이었다. 몸의 기운이 달라짐을 느낄 수 있었다. 참선의 내부에는 아무것도 없었다. 조명도 없었다. 벽지 같은 것도 없고 그저 황토가 발라진 벽에 한지가 발라져 있었다. 문을 닫으니 은은한 빛만 느낄 수 있을 정도였다. 문 밖에서 송풍석이 몇 마디를 말을 남기고 떠났다.

"춥지? 네가 기를 잘 운용한다면 몸에 열이 날 것이다. 스스로 깨우쳐라. 기를 온 몸에 돌릴 수 있다면 다음 단계를 깨우친 것이겠지. 이따 보자꾸나."

우정의를 데리고 나갔던 송풍석이 혼자 돌아오자 초심

과 도희는 의아했다.

“왜 혼자 오세요?”

“정의는 도 닦으라고 보냈다. 때가 되면 오겠지. 우리는 우리 일이나 하러 가자.”

둘은 영문도 모른 채 송풍석에게 이끌려 포럼을 준비하러 들어갔다.

“아시다시피 저는 한국에 온지 십 년 정도 되었습니다. 송풍석님을 만나기 전까지는 한의학을 그저 음양오행, 사상의학에 기반한 침술이나 혈, 체질, 한약 정도에만 그친 수준의 학업이었는데 그간 많은 변화를 이뤄냈습니다. 채식주의자가 어떻게 살 수 있을까 하는 의구심도 있었는데 지금은 생각이 많이 바뀌었습니다. 음식이 우리 생활에 얼마나 중요한지 그리고 음식으로 병을 고친다는 건 말도 안 되는 소리라고 생각해 왔습니다. 아시다시피 제 아들은 이제 거의 정상을 찾아가고 있습니다. 그저 한의학만이었더라면 절대적으로 불가능한 일이었을 것입니다.”

미국인 한의사인 제이슨은 한국 이름으로 이재순이라고 했다. 처음 만난 사람이 제이슨을 잘못 알아들어 재순이라고 불렀는데 그는 그것이 그냥 맘에 들어 제일 흔한 성인 이씨의 재순이라고 이름을 지었다. 그의 아들은 자폐증을 앓고 있었는데 이재순은 그것이 백신에 의한 부작용이라고 믿고 있었다. 미국에서 내과의사였던 그는 서양의학으로는 아들의 병을 고칠 수 없음을 깨닫고 자산을 정리하고 한국으로 넘어와 한의학을 공부한 사람이다. 그는 한국 사회의 있으나마나한 파벌과 쓸데없는 자존심을 세우는 행태에 혀를 찼다. 미국인으로서 이해할 수 없는 문화였다. 한국 사회에서 한의학이 인정받지 못하고 인재들을 서양의학에 빼앗기는 데 한탄을 금치 못했다.

포럼의 열기가 얼마나 뜨거웠는지 그들은 점심식사도 앉은 자리에서 해결했다. 초심은 어떤 의학포럼에서도 이런 열의를 느낀 적이 없었다. 귀가 열리고 머리가 복잡해지며 새로운 정보와 학문으로 인해 가슴이 뛴 적도 없었다. 그녀가 느끼기에 이 자리는 세기의 포럼이었다. 이들은 자신의 지식이 완벽하다거나 정확하다는 생각을 하지 않았다. 학계에 발표되어 정설화 된 이론조차 가정이라는 전제로 바꿔 두었다. 타인의 이론을 가감 없이 받아들여 접목했다. 이것을 다시 대입해 새로운 가설을 세우고 이론을 재정립하는 식이었다. 모든 가능성을 열었다. 편견으로 인해 그릇된 결과를 도출시키는 일이 없도록 하기 위함이었다. 그러니 초심으로서는 처음 들어보는 가정과 결과들이 나올 수밖에 없었던 것이다. 초심은 그들의 대화에 낄 틈이 없었다. 자신의 이론적 배경을 깨지 않으면 그들 속으로 들어가기란 불가능할 것 같았다. 초심은 점점 자신감을 잃어갔다. 대신 상실감이 커지며 허무함이 밀려왔다. 그 동안의 공부가 다 헛되어 보인 것이다. 초심의 낯빛을 읽은 풍석천이 흐뭇한 미소를 띠고 있었다. 그 역시 그랬었기 때문이다. 자리에 있는 모두 초심과 같은 과정을 겪었기 때문이다.

기

저녁식사 시간이 되어도 우정의는 참선에서 나오지 않았다. 포럼 회원들은 첫 날의 열띤 토론을 마치고 식사와 술자리를 겸한 자리로 연장되었다.

“이미 알고 계신 분들도 있지만 이번 포럼은 특별한 목적이 있습니다. 이번 포럼의 주 목적은 우정의 저 친구가 몸에 품은 비전염성 바이러스와 백신을 개발하고자 합입니다. 마초심 박사는 생물학과 약학을 전공했습니다. 우정의 몸에 있는 바이러스를 발견한 사람이라고 할 수 있습니다. 그런데…….”

“제가 할게요.”

초심은 송풍석 대신 설명을 이었다. 그간의 있었던 일과 바이러스를 일부러 주입해 임상테스트 중인 국정원의 알 수 없는 배후 그리고 초심을 이용해서 백신을 제작하려 했다는 사실 등을 모두 이야기했다. 다들 초심의 설명에 큰 관심을 가지기 시작했다.

"그런데 저희는 아직도 이해할 수 없는 것들이 있습니다. 이들의 진정한 목적은 무엇일까요? 생물학 무기일까요? 아니면 모 바이러스처럼 조작극일까요? 물론 조작극이라는 증거는 없습니다. 많은 학자들이 의심을 품고 있지만 그런 부분들은 미디어에 의해 왜곡되거나 삭제되어 우리 같은 사람들조차 진실을 알 수가 없습니다. 진실은 포장된 거짓으로 가려져 있으니까요. 잘 아시겠지만 미디어는 그들에게 장악되어 있습니다. 정부는 세금을 무기로 정계, 재계는 물론 폭력조직까지 장악한 지 오래입니다. 저희는 이 사건을 철저하게 파헤쳐 보려고 합니다."

초심은 말을 마치고 크게 허리를 숙여 인사를 했다. 이제껏 볼 수 없었던 진지한 모습이었다.

저녁 8시가 넘어 우정의는 생기 넘치는 얼굴로 들어왔다.

"뭐 좋은 일 있어요? 얼굴이 좋아졌네요?"

도희가 말했다. 우정의는 아직 아무것도 깨우친 것은 없었지만 상, 중, 하 단전으로 기를 운용해서 모을 수 있게 된 것만으로도 충분히 만족했다. 추운 겨울에 난방도 되지 않는 골방에서 아무런 추위도 느끼지 않았을 만큼 기를 운용했다. 고교시절 그토록 원했던 기의 존재를 이제서야 알게 된 것이다. 그는 만족스런 성취감을 느끼고 있었다.

다음날, 또 다음날까지 포럼은 이어졌다. 우정의는 참선에서 기 운용법을 수련했지만 진전이 없었다. 포럼도 크게 보이는 성과가 없었지만 초심에게만큼은 큰 성과가 있었다. 그녀가 평생을 배웠던 이론이 재정립되었다. 편견을 깨자 새로운 가설들이 넘쳐났다. 새로운 가설이란 새로운 결과를 도출시키는 밑거름이다. 그것들은 과학계, 의학계에 큰 변화를 일으킬 것이 당연하다. 포럼을 마치고 모두가 떠나자 송풍석은 일주일간 단식 수행에 들어간다고 했다. 파계 스님은 송풍석이 백 일마다 하는 정해진 수련이라고 설명했다. 초심은 파계 스님을 통해 기가 막힌 이야기를 들을 수 있었다. 강라임에게서 들었던 송풍석의 뒷 이야기였다.

"송풍석 사부는 이제 제자를 받지 않으실 줄 알았는데, 약조를 깰 지도 모르겠네. 아마도 우정의 그 친구를 맘에 두고 계신 것 같아. 동질감 같은 게 있어. 아마도 내 생각이 맞는다면 딱 그거밖에 없네."

파계 스님은 이야기를 이어갔다. 초심은 송풍석이 우정의에게서 어떤 동질감을 느끼고 있을지 추측해 보았지만 떠오르는 것이 전혀 없었다. 파계 스님이 자신의 호기심을 풀어줄 거라는 생각에 귀를 기울였다.

*

박영관은 스님의 어깨에 들린 채였다. 스님은 숲 속 깊숙이 들어가는 듯싶더니 조그마한 암자 앞 대청마루 위에 박영관을 조심스럽게 내려놨다. 박영관은 스님에게 들려오면서 부러진 다리의 고통으로 몇 번을 기절하고 깨어났다. 이를 꽉 악물고 고통을 참았던 박영관은 이제서야 살 것 같았다. 스님은 그런 그를 보고 한 마디 했다.

"애야. 네 다리는 이제 못쓸 것 같은데 잘라야겠다."

박영관은 어찌나 놀랐던지 눈물을 흘렸다. 스님은 전혀 아랑곳하지 않았다. 그는 어디론가 사라지더니 한참만에 돌아왔다. 손에는 이것저것 잔뜩 들려 있었다. 박영관에게 스님의 손에 들린 칼이 보였다. 그는 곧 잘려나갈 다리를 보았다. 어디까지 잘려 나갈지 생각했다. 그는 스님이 칼을 다리에 대는 순간 정신을 잃었다. 암자까지 오면서 이미 기진맥진 한 터라 스님의 칼을 본 것만으로도 충격이 큰 듯했다.

"이 녀석 생각보다 심이 약하네. 장난이 심했나?"

스님은 다리를 자를 생각이 없었다. 단지 이미 썩어든 살점을 잘라내고 소독을 하기 위함이었던 것이다. 부러진 뼈도 접골하고 지지대도 이어 붙여야 하는 것이라 장난을 친 것이었다.

"차라리 잘 됐네. 아프다고 낑낑거리는 소리는 안 들어도 되겠군."

스님은 정신을 잃은 박영관의 다리와 온 몸의 상처를 치료했다. 박영관은 삼 일 동안 잠을 잤다. 잠을 잤다기보다는 정신이 돌아오지 않았다고 봐야 했다.

박영관의 다리는 빠른 속도로 호전됐다. 뼈가 붙고 살

이 돋는 게 신기하다 생각할 정도로 매우 빨랐다. 그는 스님의 약초들이 효과를 보이는 것을 알수 있었다. 그렇지만 그것은 상식적인 호전 속도가 아니었다. 박영관은 불과 한 달만에 뼈와 살이 전부 재생된 것을 믿을 수가 없었다. 게다가 몸이 훨훨 나는 듯한 것이 오히려 다치기 전보다 더 가뿐해진 느낌이었다. 스님은 약속한 것을 지키라며 박영관의 키슬링 베낭을 던져주었다. 그때부터 박영관은 스님의 뒤를 그림자처럼 따랐다. 스님은 숲속을 헤치며 이것 저것 뜯고 파내서 박영관에게 던져주었다. 베낭에 넣으란 것이었다. 스님은 그에게 주먹밥 하나를 박영관에게 건네주고 본인은 아무것도 먹지 않았다. 스님은 박영관이 식사를 마치기 바쁘게 다시 산 속을 헤집기 시작했다. 그러던 중 스님은 박영관을 가까이 오게 하더니 풀을 가리키며 말했다.

“이 풀, 생긴 것을 잘 익혀둬라. 이건 나한테 꼭 필요한 거야.”

그렇게 해가 질 무렵까지 온 산을 헤집고 다닌 그들은 다시 암자로 돌아왔다. 스님은 박영관을 대청에 앉혀 놓고 베낭에 들어있는 나물과 약초를 꺼내 늘어 놓았다. 그리고는 박영관에게 약초를 가르치기 시작했다.

그렇게 십여 일이 지나고, 한 달이 지났다. 박영관은 우연히 스님에게 지병이 있다는 것을 알게 됐다. 박영관이 스님에게 병이 무엇인지 물어보았으나 때가 되면 알 것이니 굳이 알 필요가 없다고 했다. 박영관은 스님이 알려주었던 풀이 스님의 약이라는 것을 직감적으로 알 수 있었다. 박영관은 스님의 내면에 깊은 슬픔이 있다는 것을 알았다. 외향적으로는 스님답지 않은 해박함, 소탈함, 재치, 지식을 가졌지만 누구에게도 말하지 않는 비밀이 있음을 알게 되었던 것이다. 반 년 정도 흘러 겨울이 될 무렵 스님은 몇 달간 떠나 있을 것이라면서 호흡법을 가르쳐 주었다. 영민한 박영관이 몇 달간 배움이 있을 것을 예측하였는지 두 번째 단계는 종이에다 써 주고 떠났다. 그 글이 걸작이었다. 박영관은 스님의 말씀이라면 돌도 깨서 먹을 정도로 충심을 가지고 있었다. 그는 스님이 시킨 대로 열심히 2차 호흡법 수련에 정진했다. 스님의 기대 이상이었다. 첫 번째 단계를 마친 박영관은 글만 보고 두 번째 단계를 깨우쳤다. 불과 사십여 일이 걸렸다. 고집스럽고 미련하다 싶을 정도의 뚝심 때문이기도 했다.

스님은 약속한 날짜가 되어 어린 아이를 데리고 왔다. 박영관은 아이를 동생으로 여기고 키웠다. 두 단계까지 수련한 박영관을 기특하게 여긴 스님은 그 후 6년간 각종 수련을 시켰다. 그러나 박영관은 스님의 수준에 미치지 못했다. 어릴 때부터 수련을 시작했더라면 스님 이상의 성과를 기대할 수 있었을 것이다. 스님은 아이에게 잔심부름만 시킬 뿐 아무것도 가르치지 않았다. 아이는 자기 이름이 뭔지도 모른다 했다. 그리하여 아이 이름은 박영관이 지어 주게 되었다. 다섯 살 박대원은 그렇게 새롭게 태어났다. 박영관은 박대원을 동생이라고 생각하며 자신의 성을 붙여 주었다. 스님은 박대원이 암자로 오던 해부터 건강이 급격히 나빠졌다. 스님은 본인의 수명을 대충 알고 있었던 듯했다. 스님은 매년 한 번씩 한두 달 정도 어딘가에 다녀왔다. 어디에 다녀 오는지는 알려주지 않았다. 박대원이 11세가 되던 해 스님이 쓰러졌다. 84세의 나이였다. 3개월 가까이 누워서 지냈다. 쓰러지기 1년 전의 여행 때는 전과 달리 화색이 돈은 얼굴로 돌아왔다. 스님은 병환으로 쓰러져 몸을 가누지 못하게 되자 박영관에게 사연을 털어놓았다.

스님은 그의 스승에게 죄를 지어 사제지간이 끊어졌다. 스님은 매년 스승의 생신 때마다 암자를 떠난 것이다. 스님의 스승께서 돌아가신 후 10년 째 되던 해, 스님의 사제에게서 스승의 유언장을 받았다. 유언장의 내용엔 그 동안 모질게 대한 것은 스님의 모진 운명을 다스리기 위한 방편이었다고 쓰여 있었다. 스승은 스님이 10년간 계속 찾아오면 유언장을 건네주라고 했던 것이었다. 스님의 호는 덕송풍이다. 스님은 유언처럼 박영관의 호를 사사했다. 송풍석. 돌과 같이 변하지 말고 무디어라, 는 뜻이다. 어떤 유혹에도 변치 말기를 바라는 스승의 마음을 담아 지어준 호였다. 송풍석 박영관은 이 때 새로 태어났다. 송풍석 박영관은 박대원이 스승 덕송풍의 손자라는 것을 알게 되었다. 그의 스승 덕송풍의 전언이 있었다. 스승 덕송풍은 자신의 부덕이 손자에게로 이어지는 것을 원치 않았다. 그래서 송풍석은 스승의 유언에 따라 박대원에게 무예를 전수하지 않았다. 박대원은 기와 무예는 배우지 못하고 의술만 배운 셈이다. 무예와는 달리 의술은 타인에게 베풀 수 있다. 자신의 부덕을 손자를 통해 해소했으면 하는 바램이었던 것이다. '나의 업보는 여기까지다.' 이것이 스승 덕송풍이 남긴 마지막 유언이다. 송풍석 역시 그의 뜻을 따라 지금의 길을 걷고 있다.

*

"스승님이 돌아가시기 전에 남긴 말씀이 몇 가지 있었어. 지금 송풍석 사부가 겪고 있는 뇌수암을 스승 덕송풍도 겪고 있었지. 그 암을 이겨낸 약이 그 풀이었다네. 지금 송풍석 사부도 그 풀로 생을 연장하고 있다고 해도 과언이 아니지. 저 양반이 표현을 안 해서 그렇지 자신의 수명을 이미 감지하셨을 지도 몰라. 당시 덕송풍 스님의 스승께서는 지금의 북한에 남아계셨고 사제는 거기서 사문을 이어가고 있어."

파계 스님은 말을 마치고 또 하늘을 멍하니 바라보고 있었다. 초심은 파계 스님이 바로 박대원임을 어렴풋이 알 수 있었다. 그의 고뇌에 쌓인 눈은 그렇게 말을 하고 있었다. 파계 스님의 인생이 궁금해진 초심은 조심스럽게 질문을 했다.

"그럼 박대원이라는 분은 그 뒤에 어떻게 되었나요?"

파계 스님의 눈동자가 흔들리는 것을 초심은 목격했다. 뭔가 사연이 있는 것은 확실했다.

"눈치 챘겠지만 자네 옆에 있는 땡중이 바로 그라네. 내 이야기는 나중에 해 줌세. 나도 때가 되었나보구나. 추억에 흔들리고 마음을 다스리지 못하는 것을 보니. 아직도 멀었어."

초심은 더 이상 질문을 하지 않았다. 파계 스님에게서 깊은 외로움이 느껴졌다. 여자의 촉으로만 느낄 수 있는 그 무언가가 있었다.

다음날 참선에서 우정의가 나오자 송풍석이 참선을 차지했다. 우정의는 초심에게서 파계 스님에게 들었던 이야기를 전해 들었다. 우정의는 초심과 도희를 불러 앞으로의 방향에 대해 협의했다. 초심은 방어만 할 게 아니라 공격을 해볼 수 있으면 좋겠다는 의견을 제시했다. 적극적이었다. 도희는 친구들에게 게슈타포에 관한 정보를 수집해 달라고 부탁해 두었다고 했다. 우정의는 걱정이 되었다. 도희는 한동안 포럼에 푹 빠져서 신경조차 쓰지 못하고 살았다며 방으로 들어가더니 노트북을 들고 나왔다. 하지만 아직까지 딱히 소득이 없었다.

그들은 국정원에서 초심과 우정의를 감시하고 있다고 가정하고 테스트를 하기로 했다. 도희가 재미있는 제안을 했다. 미끼를 던져 중간에 정보를 가로채는 사람을 찾아보자는 것이다. 모두 가능성이 있다고 의견을 모았다. 초심의 독일연구소 동료들에게 이메일을 발송하는 것을 미끼로 삼았다. 곧 백신을 개발할 수 있을 것 같다는 내용이면 충분할 듯했다. 초심은 한 수 더 보탰다. 샘플이 될 만한 가짜 백신 분자식을 첨부하기로 한 것이다. 우정의는 홍준희 대장과 연락을 취할 수 있는 방법을 찾아보기로 했지만 뾰족한 방법이 떠오르지 않았다.

우정의는 스스로 할 수 있는 일이 없다고 자책하며 마당을 거닐고 있었다. 초심과 도희가 노트북을 들고 나왔다.

"도희 친구들이 뭔가를 찾았대요. 국정원만 이걸 노리고 있는 게 아니예요."

"독일?"

"땡! 틀렸습니다. 북한입니다."

도희가 웃으며 말했다.

"친구들이 방금 하나 더 보냈네요. 이상한데요? 북한만이 아닌데요? 왜 미국과 독일에서도 찾는 거죠?"

"미국은 게슈타포를 구하지 못한 것 같아요. 백신만 찾고 있어요."

"게슈타포 테러에 대응하기 위해 백신을 보유하려는 의도가 아닐까 싶습니다. 북한을 경계하는 것일 수도 있습니다. 북한이 직접 테러에 가담하지는 않겠지만 테러범과 거래를 하는 상황이 벌어지면 분명히 미국은 긴장을 할 겁니다."

"혹시 페스트, 천연두 같은 전염병에 대해 들어본신 적 있나요?"

"지겹게 교육받았죠."

우정의가 말했다.

"저는 잘 몰라요. 학교에서 배운 적은 있지만 자세히 듣고 싶어요."

도희는 눈을 말똥거리며 초심의 설명을 기대했다.

"그럼 두 가지 사례를 이야기 해 드릴게요. 칭기스칸은 세계 정복을 할 뻔했던 몽골의 영웅이었어요. 넘지 못할 것이라 했던 우랄 알타이 산맥도 넘고 유럽까지 진출했던 그들의 계획이 수포로 돌아갔어요. 그 이유가 뭔지 아세요? 그게 페스트, 잘 알고 계시는 흑사병이에요. 1347년부터 1350년까지 약 4년 동안, 당시 유럽에는 이 페스트가 유행을 했었는데 그때 마침 칭기스칸이 총공격을 한 거에요. 시기만 잘 맞췄다면 당시 몽골이 전 세계를 정복했을 거라는 이야기도 있어요. 당시 유럽 인구의 30 퍼센트가 사망했다고 해요. 당시의 유럽인구가 12억 명 정도였다는데 30 퍼센트니까 4억 명 정도가 사망했다고 봐야겠죠. 아무리 훌륭한 장수와 호랑이 같은 병사들이 있다고 하더라도 전염병에는 속수무책이었어요. 산맥을 넘어오면서 체력이 떨어져 면역력이 저조한 상황이었던 칭기스칸의 부대는 페스트에 대항할 힘이 없었어요. 그들은 싸워보지도 못하고 거의 전멸하다시피 했답니다. 당연히 백신이라는 것은 존재조차 없었어요.

또 하나의 엄청난 사례가 있어요. 이건 스페인의 비도덕적인 생물학 무기사용의 한 예인데요. 스페인은 남미의 파타고니아 일대를 공격하면서 천연두를 풀어 버렸어요. 남미 지역의 원주민 중 70 퍼센트가 사망했어요. 싸울 수 있는 사람이 없었대요. 결국 스페인은 무혈입성해서 남미를 정벌한 거죠. 상상해 보세요. 우리가 아는 사람의 대부분이 다 죽어버렸다고 상상을 해 보세요. 이 얼마나 끔찍해요?

게슈타포로 인해 대한민국 국민이 전부 감염되어 여기저기서 갑자기 죽어버린다고 생각해 보세요. 아무리 흔들어 깨워도 일어나지 않고 몇 시간 혹은 몇 달씩 불규칙적으로 잠들어 버린다면 그 한 사람의 문제가 아닐 거예요. 온갖 사고가 발생하고 사고 처리도 안 될 것이고 공장이며 서비스업이며 모든 산업체계가 무너진다고 상상해 보세요. 어떻게 보면 직접적인 살인은 없지만 한 국가를 패망하게 만드는 건 시간문제일 거예요. 스페인의 페스트 문제는 고의적이 아니었다는 주장도 있어요. 남미의 원주민들에게는 페스트의 면역력이 없었기 때문이었다는 이론이예요. 팩트가 어찌 됐건 생물학 무기는 우리가 생각하는 것 이상으로 심각한데 대수롭지 않게 생각하는 사람들이 많아요."

초심의 설명에 도희의 표정은 심각하게 굳어갔다. 초심은 다시 말을 이었다.

"그나저나 게슈타포와 백신을 원하는 자가 누군지 파악하는 게 가장 중요해요."

초심은 도희에게 연구소 동료들의 신상정보를 알려주고 그들의 행방을 찾아달라고 부탁했다. 도희가 검색에 빠져들자 초심은 우정의의 손을 잡아 끌고 밖으로 나가더니 갑자기 입술을 덮쳤다.

"오늘 생일이에요. 선물을 받고 싶은데 엎드려 절받기는 싫었어요. 제가 지금 정의씨한테서 선물을 받은 거에요. 고마워요. 이 선물 잊지 않을 게요."

우정의는 초심에게 기습 공격을 당하긴 했지만 초심의 키스가 싫지 않았다. 우정의가 우물쭈물 하는 사이 초심은 집안으로 들어가 버렸다. 우정의는 초심의 키스 때문에 여러 생각에 잠겨 있었다. 잠시 후 초심은 도희를 데리고 나왔다. 초심은 우정의와 도희를 끌고 돌탑 쪽으로 갔다. 타임캡슐을 묻고 일이 정리되면 열어보자고 제안했다. 소원을 써도 된다는 초심의 말에 우정의는 멈칫했다. '내게 소원이란 게 있었던가?' 그는 소원이나 소망을 생각해 봤지만 딱히 떠오르는 것이 없었다. 소원이나 소망같은 것이 없이 살아왔던 것이 신기하다는 생각이 들었다. 우정의는 고민 끝에 〈백신과 의학계의 별이 되어 주세요〉 이건 초심에게 쓴 것이다. 〈도희의 그 대단한 능력을 좋은 일에만 쓰자〉 이건 도희에게 썼다. 그는 초심이 건네준 대나무 통에 메모지를 넣었다. 그들은 주변의 돌들을 주워모아 자그만 돌탑을 쌓았다. 돌아오는 길에 초심은 우정의를 지나치며 한 마디 건냈다.

"제 소원 안 들어주면 많이 섭섭할 것 같아요!"

도희도 지나가면서 초심과 같은 말을 던지고 후다닥 초심 곁으로 돌아갔다.

'여자들은 알 수가 없어. 무슨 꿍꿍인지…….'

우정의는 알 수 없는 그녀들의 작당에 호기심을 느꼈다. 저녁 식사는 초심의 생일파티를 기념하여 조촐하게 차려졌다. 도희의 소원이라던 삼겹살을 구웠는데 모두들 파계 스님의 눈치를 보지 않을 수가 없었다. 파계 스님은 그들을 아랑곳하지 않았다.

우정의는 다음날 아침 참선에서 나온 송풍석에게 그간 있었던 내용을 전달했다. 송풍석은 우정의를 제자로 삼기로 마음을 굳혔다며 〈풍석류〉라는 호를 하사했다. 류는 '지혜로울 류'다. 지혜롭기를 바라는 그의 마음이라고 했다. 송풍석은 다들 궁금했던 세 글자로 된 호의 비밀을 알려 주었다. 사문에서는 대대로 세 자의 호를 이어왔다. 언제부터인지는 알려지지 않았다. 태사부의 의지와 마음까지는 꼭 잊지 말자는 의미다. 그래서 송풍석 사부의 태사부는 '송', 사부는 '풍', 박영관 사부는 '석', 강라임 사형은 '주' 이렇게 된 것이라고 했다. 송풍석의 제자는 풍석주, 풍석천, 풍석류 이렇게 세 사람이 되었다. 다른 한 사람의 이름과 정체는 아무도 알지 못했다. 송풍석은 숨겨진 제자에 대해서는 단 한번도 입에 담은 적이 없었다. 송풍석은 더 이상 제자를 받지 않겠다던 약속을 깨고 우정의를 받은 것이다. 강라임과 우정의는 무예, 장풍도인 선배 박기연은 뜻했던 무예 대신 의술을 이어받게 되었다. 송풍석 사부는 우정의와 함께 참선으로 들어갔다. 저녁시간이 한참 지나서야 돌아온 우정의의 얼굴은 지난번보다 더 상기된 모습이었다.

"북한에 다녀와야 할 지도 모르겠습니다. 사문의 전통이라고 하십니다. 돌아가신 역대 스승님들과 사숙과 사형, 사제들과도 인사를 해야 한다고 하셨습니다. 풍석주 사형은 북한으로 가셨답니다. 어떻게 북한을 자유롭게 드나들 수 있는지 이해할 수 없지만 궁금하기도 합니다. 좀 황당하죠. 이제는 제 소속은 국정원이 아니라 동이라고 하는게 맞는 것 같네요."

우정의의 이야기에 초심과 도희는 황당함을 감추지 못했다.

"동이가 뭐죠?"

"동이는 사문의 이름입니다. 우리 민족의 원 명칭이기도 합니다. 저 역시 오래 전부터 알고 있었지만 실제로 존재할 것이라고는 생각해 본 적이 없었습니다. 이미 그 맥이 끊겼다고 생각했었는데 말입니다. 아무튼 우리 사문은 동이족에서부터 이어져 왔다고 하십니다. 조선 후기부터 세력이 약해져서 이제는 맥만 이어가는 중이고 세력을 키우지 말라는 선대 스승님의 지시가 있었답니다."

"혹시 송풍석 사부님이신 덕송풍 스님 이야기는 들어보신 적 있어요? 너무 궁금해요."

도희는 지난 번 파계 스님에게서 들었던 숨은 이야기가 너무도 궁금했던 모양이었다.

북에서 온 남자

송풍석과 풍석류 우정의는 참선에서 수련에 열심이다.

“기가 귀로 모이는 게 느껴지냐?”

“아직은……. 무엇이 부족한지 모르겠습니다.”

“아직 네가 기혈을 모르고, 기를 운용하는 방법이 서툴러서 그럴 것이다. 내가 손 끝으로 간헐적으로 기를 전달할 테니 잡아보거라. 기를 감싸 안는 느낌이 있어야 한다.”

두 사람은 다시 한참을 그대로 있었다. 송풍석의 표정이 밝아졌다.

“잡아냈구나. 하지만 순성이 부족해. 네가 잡념을 털어낼 수만 있다면 라임이 녀석만큼 큰 성장이 가능할 거다. 너를 처음 보았을 때 네 기를 알아보았다. 분명 라임이가 스무 살 정도 되었을 때의 기가 느껴졌었다. 문제는 잡념이다. 털어낼 수 있겠느냐?"

"다시 해보겠습니다."

"그럼 이곳의 기를 감싸보거라. 우선 기를 느껴야 한다."

사부는 태양혈을 짚었다. 주요 급소 중 하나였다. 사부의 기는 금방 느껴졌지만 기를 감쌀 수 없었다. 기가 기를 감싼다는 것을 느끼려는 찰라 우정의의 기가 사라졌다. 다시 모아서 시도하면 흩어져 버렸다.

"조급하면 그르친다."

우정의는 사부의 말을 듣고 느끼는 바가 있었다. 마침내 우정의는 기의 운용을 정확하게 짚은 것 같았다. 사부는 그에게서 손을 떼고 이번에는 발가락 끝을 가리키며 말했다.

"이번에는 내 도움 없이 엄지발가락으로 기를 모아 보거라."

우정의는 침착하게 시도했다. 잠시 후 원하는 대로 기를 운용하는 것을 이해했다.

"네 수행이 빨라졌구나. 초심에게서 덕송풍 스님과 파계에 대한 이야기를 들어보았을 것이다. 그렇지 않아도 네게 전해주려 했었다."

우정의는 도희가 물어보던 이야기라는 것을 직감했다.

"마음이 움직이는 대로 사는 게 얼마나 중요한 지 알았으면 한다. 아프고, 슬프고, 두렵고, 후회되는 모든 것들은 네 마음에 달렸다. 덕송풍 스님의 전언이니 잘 듣거라. 지금 보니 너를 위한 말씀이셨던 게 아닐까 하는 생각도 든다. 나도 스승께 들었던 이야기다. 잘 듣거라. 태사부는 어릴 적부터 부모님에게서 사문의 교육을 받으며 자랐다. 명문대가의 자손으로 태어나 불편함 없이 살았지만 1919년 일제에 의해 가문이 해체되었다. 그분은 의지와는 달리 가문 간에 조혼을 한 상태였다. 그로부터 십수 년 후 가족을 이끌고 만주로 가려고 하셨다. 문제는 처가의 집안이 일제의 밑에서 부를 쌓았던 것을 알게 되신 거다. 그분은 처자식을 버리고 떠날 수밖에 없었다. 태사부는 만주에서 독립군으로 활약을 하셨다. 그러던 어느 날 갑자기 사문의 명을 어기고 출가를 하셨다. 스승이신 기덕송께서는 태사부를 파문하셨지만 사제였던 덕송화께서는 태사부님과 연락을 지속해 오셨다고 한다. 파계는 덕송화 태사숙과 덕송풍 태사부의 손자다. 어찌 보면 덕송풍 태사부의 잘못이지만 남녀간의 정을 무엇이 막을 수 있을까. 사문의 규칙 때문이기도 했다. 네게 전해 주었던 사문의 규칙에는 그런 조항이 없다. 내가 바꿔버린 것이다. 파계의 아버님은 한덕성, 〈덕을 가진 별〉이라는 뜻이다. 덕송화 태사숙의 오라비가 키우셨다고 들었다. 전쟁 후 파계는 할아버지인 덕송풍 스님에게 보내지게 되었다. 태사부님은 파계에게 무예를 전수하지 않으셨다. 본인의 업보를 본인 대에서 종결지었으면 했지만 파계는 아직 그 업보를 짊어지고 있는 것이다."

우정의는 파계 스님의 깊은 눈망울이 떠올랐다.

"우리는 형제처럼 살아왔다. 파계는 사실을 알게된 후 삭발하고 산에 들어갔지만 십 년이 못되어 내려왔다. 파계는 자신의 업보가 나눠주는 데서 풀릴 것 같다 했지."

우정의는 말없이 고개를 끄덕였다.

"내가 괜한 말을 했는지 모르겠지만 너에게 마음 가는 대로 하라는 이유를 알 것이다. 지나간 것은 후회해도 돌아오지 않는다. 결정을 했으면 절대 후회하지 마라. 행여 후회할 것 같은 길이라면 애당초 가려고 하지 마라. 이게 네 태사부님의 전언이시다. 딱! 널 두고 하신 말씀 같아서 이렇게 알려주는 게야. 밖으로 나가자꾸나. 벌써 밤이 깊었어. 다행히 월광도 없어서 좋다. 내가 내일 이곳에 없더라도 혼자 익히거라. 난 라임이 녀석에게 다녀올 것이다. 이번에 너를 데리고 가려 했지만 아직 멀은 것 같구나."

송풍석은 월광 아래서 기를 운용하여 주변을 감지하는 훈련을 시켰다. 사문에 전해오던 무예는 이런 것이었다. 우정의는 흔히 알고 있던 것들은 소설, 영화, 드라마, 만화책 등을 통해 각색된 허구라는 것을 알수 있었다. 기를 운용한다는 것은 오로지 내면 속에서의 싸움이었다. 지금까지의 우정의 수준에서는 그랬었다. 그가 집중해 있는 동안 송풍석 사부는 떠나고 없었다. 밤이 새도록 우정의는 자리를 떠날 수 없었다. 조금씩 자연의 기를 읽을 수 있었다. 나무도, 풀도, 토끼도, 고라니도, 멧돼지도 마음의 눈으로 볼 수 있었다. 모든 생명이 기를 가지고 있다는 것을 알아버린 우정의는 그 자리에서 움직이고 싶지 않았다. 기 운용이 시작된 후로는 기면 증상이 전혀 없었다.

몇 시간째 노트북과 씨름하던 도희가 드디어 입을 열었다.

"홍준희 대장님 신변에 문제가 생긴 것 같아요. 인터폴에 올라가 있대요. 인터폴만이 아니고요. 게다가 우박사님도 같이요. 그리고 친구 하나가 잡혔대요. 제가 그렇게 조심하라고 했는데. 게다가 저를 만나고 싶다는 사람이 나타났어요. 어떻게 저를 알고 있는지 모르겠어요. 제 국적도 모를 텐데. 어떻게 해야 할까요?"

"만나긴 뭘 만나? 우리는 여기를 벗어나서는……."

우정의가 반색을 하며 말하려는데 도희가 말을 끊었다.

"아뇨! 우리에게 오겠대요."

"우리 정보가 전부 노출된 거야?"

"그거야 저도 알수 없죠. 어디서 보낸 메일인지조차 모르겠어요. 전혀 흔적이 없어요. 이 바닥에서 이 정도면 세계에서 손가락에 꼽혀요."

도희의 목소리는 상기되어 있었다.

"위험하니까 도희보다는 내가 만나보는 게 낫겠다. 어차피 누가 누군지 서로 모를거 아니야?"

"그건 그렇지만 우박사님 신상은 다 털린 상태라 의미

가 없어요."

도희의 눈동자는 노트북에 꽂혀들었다. 표정이 급하게 변했다.

"그럴 필요 없겠어요. 벌써 오는 중이래요. 우리가 어디에 있는지 알고 있대요."

도희의 말에 모두들 어처구니가 없었다. 지금까지 완벽하게 숨었다고 생각하고 있었지만 실제로는 알 수 없는 누군가의 손바닥에 놀아난 것 같은 허탈함이 자리잡았다.

"죄송해요."

도희는 자만에 빠져 일을 그르친 것이 부끄러웠다. 자존심도 상처를 입은 듯했다.

"정확한 위치는 모른대요. 근처와서 전화한대요. 어떻게 된 일인지 우박사님이 가지고 있는 전화번호도 알고 있어요. 권영탁이라는 사람이래요. 북한에서 온대요."

한국인이다. 초심과 우정의는 얼굴을 마주보았다. 초심이 파계 스님에게 이 사실을 알려드렸지만 그는 그저 웃기만 할 뿐 다른 말이 없었다. 도희는 북한 정부가 운영하는 해킹집단 소속일 가능성이 높다고 봤다. 이제 그에게서 연락이 오기를 기다리는 수밖에 없었다. 도희는 권영탁에 대한 정보를 캐내기 위해 노트북 앞에 앉았다. 우정의는 수련을, 초심은 백신 개발을 위해 새로운 가설을 하나씩 만들어 추려가기 시작했다. 편견을 버린 초심은 그동안 연구에 쏟았던 시간들이 허무했다. 생각지도 못했던 가설들이 마구 쏟아졌다.

딱 3일째 되던 날. 권영탁에게서 연락이 왔다. 그는 하동에 도착해 있었다. 혼자였다. 우정의는 하동으로 가서 그를 데려왔다. 그가 작정하고 위치를 노출하려면 어떤 식으로든 가능하리란 생각에 미행조차 신경쓰고 싶지 않았다. 어차피 이제는 의미가 없다는 생각이 들었다. 자포자기한 생각을 하면서도 온 신경은 미행을 의식했다. 악양에 도착할 때까지 그는 아무런 말도 하지 않았다. 파계스님에게 부탁드려 함께 자리하도록 했다. 완벽한 한국 표준어를 구사하는 권영탁은 어느 구석도 북한 사람 같지 않았다. 170센티가 간신히 넘는 키에 비쩍 말랐다. 군인으로는 보이지 않았다. 게다가 뽀얀 피부가 북한에서도 군사훈련조차 받은 적이 없어 보였다. 그는 유학시절

사귄 한국 친구도 여럿 있다고 했다. 권영탁은 상부의 지시로 내려왔으며 오는 길에 어떤 감시도 느끼지 못했다고 했다. 그는 서로 의심하지 말자며 안심시켰다. 우정의는 기를 운용하여 주변의 기를 살폈다. 주변에 낯선 인적이 느껴지지 않았다. 권영탁은 게슈타포가 북한과 한국에 동시에 팔려나갔다고 했다. 그때부터 북한의 해킹부대가 이를 예의주시했고 공작원들이 따라붙었다는 것이다. 권영탁의 말대로라면 독일에서는 이미 백신을 개발 중이다. 초심과 함께 연구하던 동료일 가능성이 높다. 한국으로 들여온 게슈타포는 국정원의 각본대로 움직이는 것이라 했다. 북한에서도 배후를 파악하지 못했다. 권영탁이 말하는 상부가 무엇인지 알 수 없지만 초심을 보호하라는 지시를 내렸다고 했다. 북한에서 함께 연구하자는 제안을 전해달라는 이야기도 있었다. 권영탁은 도희가 해커들을 풀어 국정원을 해킹한 사실도 모두 알고 있었다. 오히려 국정원이 일부러 정보를 흘렸고 초심이 백신을 개발하도록 하기 위한 압박이었다고 했다. 도희는 국정원에 놀아난 것이 부끄러워 고개를 푹 숙였다. 권영탁은 대단한 일을 한 것이라고 다독였다. 엉뚱하게도 도희는 노출되지 않았다고 했다. 북에서 가짜 정보를 흘려 엉뚱한 곳을 추적하게 만들었다는 것이다. 도희가 이렇게까지 움직여주지 않았다면 절대 이런 자리도 만들 수 없었을 거라며 칭찬했다.

"마초심 박사님. 백신은 혹시 어느 정도의 성과가 있는지 여쭤봐도 될까요? 만약 여기서 더 이상의 진전이 없다면 올라가시죠. 모든 연구시설이 준비되어 있고 저희 쪽도 상당부분 성과가 있습니다."

권영탁은 초심을 움직이려고 했다. 우정의와 초심은 파계 스님을 바라보았다. 파계 스님은 미소를 지으며 고개를 끄덕였다. 그 뜻은 아마도 '이 자가 진실되어 보인다'라고 말하는 것 같았다.

"제가 알기로 이 프로젝트는 위원장님과 전혀 관계가 없습니다. 보고 체계도 다릅니다. 외부에서는 모르는 사실이지만 사실 북한에는 두 세력이 존재합니다."

권영탁이 설명하는 내용은 가히 충격적이었다. 우정의는 권영탁에게 송풍석이 돌아올 때까지 기다려 달라고 부탁했다. 그동안 권영탁은 도희에게 몇가지 최신 해킹법을 알려주었다. 도희는 새로운 배움의 세계에 빠져들었다.

4일 후 송풍석과 강라임이 돌아왔다. 송풍석은 굳이 북에 들어갈 필요는 없을 것 같다며 손사래를 쳤다. 강라임 역시 동의했다. 권영탁은 당황했다.

"자네 이름이 권영탁이라고 했던가?"

"네. 맞습니다."

"혹시 자네 위에 이광복이라고 있지 않은가?"

"그걸 어떻게……."

권영탁은 다시 한번 당황스러웠다. 북한에서 비밀스럽게 움직이는 조직의 상부인사를 남한의 시골에 사는 일개 노인이 알고 있다는 것을 믿을 수 없었다. 이광복은 북한에서도 알려지지 않은 인물이다. 해킹으로도 절대 알 수 없는 북한의 비밀 계보인 것이다.

"놀라지 말게. 광복이는 내 사제의 제자라네."

송풍석이 미소지으며 말했다. 권영탁은 아무리 그렇다 하더라도 납득하기 어려웠다. 다른 사람들 역시 놀라기는 마찬가지였다. 오직 파계 스님만이 평정심을 유지하고 있었다. 그는 이미 모든 것을 알고 있었던 듯했다. 파계 스님은 이광복이라는 이름을 듣는 순간 무엇이 어떻게 돌아가는지 이해한 것이다.

덕송풍은 무예와 의술을 배웠지만 덕송화는 의술만 전수받았다. 전쟁 이전부터 덕송화는 조선의 화타로 명성이 자자했었다. 덕송화의 제자들은 북한에서 최고의 대우를 받고 있었다. 적어도 서양의학에 점령당한 대한민국에 비해 전통의학을 중시했던 북한에서는 그들의 입지가 굳었던 것이다.

"저를 보낸 사람이 바로 그 분입니다. 대체 어떻게 된 겁니까?"

"라임아. 광복이가 준 거 보여 드려라."

강라임은 가방에서 조그만 상자를 하나 꺼냈다.

"이 훈장을 보여주면 믿을 거라더군."

권영탁은 믿을 않을 수 없었다. 그 훈장은 이광복과 함께 받은 것이었다.

"지난번에 라임이가 먼저 광복이를 만났다네. 나는 십일 전에 넘어갔지. 광복이 말로는 북한에서 전세계 의술자료를 수집하고 있다고 들었네. 해킹으로 말이야. 나 같은 늙은이야 해킹이 뭔지도 모르지만. 이런저런 이야기를 하다보니 도희 이야기를 하는 것 같더군. 그녀석들 일을 내가 돕고 있다고 하니까 자네를 보내주었네. 도희 혼자는 역부족일 거라고 하면서 말이지. 마초심 박사가 당신들이 찾던 그 사람이라는 건 이미 알고있지 않은가? 북으로 데려갈까 생각해 봤지만 아무래도 그건 너무 위험하다고 생각했어. 자네가 여기서 광복이와의 통신을 도와주면 좋겠네."

송풍석은 강라임에게 가방에 들은 것들을 꺼내라고 지시했다.

"이것들을 좀 보게나. 많이 보던 것들이지? 광복이가 챙겨주었네. 자네가 들고 나올 수는 없었을 물건들이라는 것은 알고 있을 것이고."

송풍석의 이야기를 듣던 권영탁은 호기심이 생겼다.

"어르신. 그렇다면 궁금한 게 있습니다. 두 분은 평양까지 어떻게 다녀오신 겁니까?"

그 부분은 권영탁뿐 아니라 우정의, 초심, 도희 역시 궁금한 사항이었다.

"별로 어렵지 않다네. 나는 원래 미8군 북파부대에서 근무했었지. 비공식적으로 다닌 거지만 군인 신분으로는 백 번 넘게 다녀왔다네. 물론 휴전선에 철책을 세우면서 그 길은 없어졌지만 그 길 말고도 사부님 때부터 다니던 경로가 있다네. 그건 알려 줄 수 없고, 아무튼 항상 그 경로로 다녀온다네. 요즘엔 예전보다 오히려 더 쉬워. 군인 아이들이 너무 군기가 빠져서 말이야. 초소를 들여다보고 있으면 대부분 잠이나 자고 있더구만. 그래서야 누굴 잡겠어? 오죽하면 라임이 녀석이 골탕을 먹이곤 했을 정도니까 말이야. 다음엔 저 녀석도 데리고 갈거야."

송풍석은 우정의를 가리켰다.

권영탁은 연구에 박차를 가할 수 있는 매개체가 되었다. 덕분에 초심의 연구는 속도가 붙었다. 게다가 실험실이 필요한 상황이었지만 방법을 찾지 못해 고민만 하던 차였다. 초심은 권영탁을 통해 북한의 연구실을 이용했다. 초심이 실험할 가설은 절반 정도밖에 남지 않았다. 운이 따르면 한 달 안에 결과를 볼 수 있다. 초심은 고민이 하나 더 생겼다. 백신이 개발되면 권영탁이나 북한이 배신하는 게 아닐까 하는 생각이었다. 이광복이야 송풍석의 신뢰 하에 있지만 권영탁은 알수 없는 인물이다. 더군다나 국정원도 어디까지 알고 있는 지도 모를 일이다. 초심은 송풍석을 찾아가 고민을 이야기했다. 송풍석은 잠시 고민을 하더니 초심을 밖으로 데리고 나갔다. 그들은 동네 어귀를 한 바퀴 돌며 이야기를 나누었다.

"네 연구의 진전은 어느 정도인지 내가 알 수가 없으니……."

"제 생각에는 95퍼센트 이상 온 거 같아요. 노트는 이제 태워도 돼요. 제 머리속에 있거든요."

"잘됐다. 그럼 권영탁과 재미있는 놀이를 좀 해보자. 정의에게는 내가 말하겠다. 이녀석 전음을 터득했는지 봐야겠어."

초심은 무슨 소린지 알 수 없었다. 그동안 그들은 기로 소리를 전하는 전음법을 연습했던 것이다.

"초심아. 우리 이제 그들을 어지럽혀야겠다. 혹시 손자병법을 읽어본 적이 있느냐?"

"손자병법이라는 책이 뭔지는 대충 알아요. 어떻게 하실거죠?"

"손자병법을 응용해보자. 가짜 정보를 흘리되 우리가 필요한 것을 얻어보는 거야. 초심이 네가 가장 의심되는 것은 무엇이냐? 그것을 한번 끄집어 내보자."

초심은 아직도 권영탁이 가장 의심스러웠다. 특히 북한이 게슈타포를 구입한 이유를 알고 싶었다. 국정원의 배후도 궁금했다. 작전은 송풍석, 우정의, 초심만 아는 사실로 했다. 집으로 돌아온 초심은 몰래 노트를 태워버렸다. 누군가 노트를 촬영해 갔다면 어쩔 수 없겠지만 그렇다 하더라도 도움될 일도 없다고 판단한 것이다. 초심은 우정의를 밖으로 불러냈다. 도희에게는 방해하지 말라고 귀띔해 두었다.

"정의씨. 어차피……. 아녜요. 우리 드라이브나 해요."

우정의는 송풍석에게서 전음으로 설명을 들어서 초심의 용건을 알고 있었다. 그는 오랜만에 도청감지기를 작동시켰다. 설마 했던 것인데 차 안에 도청장치가 설치되어 있었다. 그들의 위치가 노출되었다는 건 설명할 필요도 없었다. 우정의와 초심은 얼굴을 마주보며 눈을 맞췄고 엉뚱한 이야기를 하기 시작했다. 우정의는 노트에 메모를 해서 초심에게 보여주었다.

〈좀 멀리 가죠. 인적 드문 곳으로 가면 미행 여부를 알

수 있어요. 오랜만에 산책해요. 좀 춥기는 하지만요.〉

초심의 얼굴에 화색이 돌았다. 번득이는 생각이 있음이 분명했다. 우정의 역시 초심의 마음을 읽었다.

"오랜만에 정의씨랑 드라이브 나오니까 좋네요. 그런데 권영탁씨는 북한에서 어떤 일을 하는 사람일까요? 성실하고 능력도 좋은데 정의씨가 보기엔 어때요? 저는 해킹이나 뭐 그런 건 잘 모르니까 부럽기도 해요."

"그나저나 권영탁씨는 북한사람이라 아쉽네요. 좀 더 친해질 수 있는데."

"오늘 나오자고 한 이유가 있어요. 아무에게도 말 안 했어요. 백신은 이미 개발했어요. 권영탁씨를 믿긴 하지만 혹시 몰라서 그냥 계속 연구하는 척하고 있어요."

초심이 자랑스럽게 말했다. 우정의는 송풍석이 말했던 가짜 정보라는 것을 알 수 있었다. 그는 엄지손가락을 치켜 세웠다. 그들은 강변으로 향했다. 우정의는 미행이 없다는 것을 감지했다. 그들은 차에서 내려 흘러가는 검은 밤 두꺼운 얼음 아래로 흐르는 강물 소리에 집중했다. 초심은 갑자기 그의 겨드랑이 사이로 두 팔을 껴 넣고 입술을 덮었다. 우정의는 모든 것을 잊기로 했다. 그는 초심의 키스에 적극적으로 답했다. 초심의 허리를 감싸 안자 오른손에 그녀의 벨트에 걸친 엉덩이 윗부분이 느껴졌다. 운동으로 다져진 엉덩이 위로 부드러운 촉감이 느껴졌다. 그의 손끝에 온 몸의 신경이 전해지는 듯했다. 둘 다 호흡이 가빠졌다. 그를 끌어안은 초심의 두 팔에 힘이 들어갔다. 부풀어 올라 팽팽해진 초심의 가슴이 그의 복근 위에 눌렸다. 초심은 유두 끝에 온 신경이 집중됐다. 온 몸이 불에 닿은 것처럼 달아올랐다. 끌어 올린 뒤꿈치와 종아리가 무너질 듯 힘이 달아났다. 그런 그녀의 뜻을 아는지 우정의는 더욱 힘을 주어 초심을 끌어안았다. 초심은 두 다리를 벌려 우정의에게 매달리듯 안겼다. 그녀는 모든 것을 내맡긴 듯했다. 정신마저 몽롱했다. 우정의의 깊은 숨이 초심의 목에 느껴졌다. 초심은 목을 뒤로 젖히고 애무를 기다렸다. 그는 기다렸다는 듯 초심의 목과 윗가슴에 잇달아 키스했다. 이미 영혼은 붕 떠 있고 몸은 풀어졌다. 그들은 차 안에 도청장치가 설치돼 있다는 것도 잊은 상태였다. 우정의는 초심을 뒷자리에 눕히고 바지를 벗겼다. 초심의 다리에 차가운 겨울 공기가 닿자 가느다란 솜털이 바짝 일어섰다. 피부가 오들도들하게 변했지만 곧 그의 온기로 무뎌졌다. 초심은 엉덩이를 들어 그의 애무를 도왔다. 우정의는 터질 듯 부풀어 오른 초심의 가슴을 부드러움과 강함으로 번갈아 쥐었다. 그리곤 침이 가득한 입술로 유두를 촉촉하게 빨았다. 이빨로 자근자근 깨물자 초심이 자지러졌다. 고통스러운 듯, 행복에 겨운 듯했다. 우정의는 검지손가락으로 초심의 도드라진 꽃잎을 쓸어 올렸다. 초심은 가늘고 긴 신음을 냈다. 평소엔 초심에게서 들을 수 없었던 환청의 소리다. 초심은 우정의를 간절히 원했다. 헐떡이다 못해 더 이상은 버티지 못할 절정에 이르자 그가 들어오기 시작했다. 꽉 다문 입술은 저도 모르게 힘이 들어갔다. 그의 성기를 받고자 했지만 입술은 벌어지지 않았다. 짧은 비명이 울리고서야 뜨겁고 깊숙한 곳에 다달았다. 깊은 밤, 지리산의 어느 깊은 곳으로 뜨거움이 밀려 들었다.

의문사

동이 트는 지리산의 실루엣이 아름답다. 붉은 빛은 끈적이듯 세상을 물들이며 올라선다. 얼마 지나지 않아 태양이 치켜올랐다. 이미 한참 늦은 시간을 보채듯 했다. 섬진강의 꽁꽁 얼어붙은 얼음이 반짝이듯 빛을 발했다. 우정의와 초심의 모습은 피곤해 보였지만 충만한 무언가 묻어났다. 초심은 우정의의 다리 사이로 얼굴을 파묻었다. 아직도 모자라는 듯했다. 그의 손 역시 초심 안에 머물었다.

섬진강에서 늦은 사랑을 나누는 사이 도희는 국정원 반성문 부장의 사망사고를 접하고 있었다. 도희의 친구들이 보내준 자료였다. 혈액응고로 인한 사망으로 기술되어 있었다. 예감이 좋지 않았다. 밤새 들어오지 않은 그들의 밤은 충분히 예상할 수 있었다. 우정의에게는 불륜이 분명하지만 초심의 마음을 모르는 바가 아니었다. 도희는 한 남자가 두 여자를 사랑하는 것이 어떤 문제가 되는지 고민했다. 도희 자신에게 벌어졌으면 어땠을까 하는 생각에 이르자 고개를 흔들었다. 생각하고 싶지 않았다.

반성문 부장의 사망에 관련된 내용은 더 이상 구할 수 없었다. 단순사고 정도로 수사를 마무리 한 듯싶었다. 자료의 출처는 예상대로 국정원이었다. 국정원에서 일부러 흘린 정보가 분명했다. 도희는 이 사실을 감추고 우정의와 초심에게만 알리기로 마음을 먹었다. 점심시간이 다 되어서야 우정의와 초심이 돌아왔다. 반성문 부장의 사망소식에 우정의의 표정이 심하게 굳어졌다. 모두 아는 듯, 모르는 듯 평소처럼 식사를 하고 차를 마셨다. 도희는 초심을 방으로 끌고 들어가 불륜을 이어갈 것인지 따지고 들었다. 뜨거운 밤이 있던 날 강라임은 설악산으로 넘어갔다. 우정의는 송풍석에게 백신개발에 관한 가짜 정보를 흘렸다고 전했다. 전음을 통해서다. 그들을 감시하는 자들은 백신이 개발되었다는 사실을 알고도 아직까지 조치가 없는 것이 이상했다. 권영탁은 아무런 낌새가 없었다. 초심의 연구는 사실 제자리 걸음을 하고 있었다. 권영탁은 초조해 하는 초심의 모습을 안타깝다며 다독였다.

"사부님! 큰일 났습니다."

풍석천 김기연이 뛰어들어오며 급히 송풍석 사부를 찾았다. 송풍석 사부를 보자마자 풍석천은 오열을 터뜨렸다.

"형님이 사망한 것 같습니다."

그는 말을 잇지 못했다. 그의 손에는 신문이 한 장 들려 있었다. 신문을 펼쳐 본 우정의는 놀라움을 금치 못했다.

「설악산 벼락바위. 야구선수 강라임 사망.」

조그만 기사였지만 뉴스에도 짧게 보도되었다. 프로야구 2군 선수 강라임이라고 정확하게 명시되어 있었다. 사인은 화재였지만 모두들 타살을 확신했다. 강라임이 단순한 화재를 벗어나지 못해 사망한다는 건 불가능한 일이다. 강라임이 설악산에 간 사실을 아는 사람이라고는 송풍석, 우정의뿐이었다. 굳이 초심에게 전달할 필요가 없었기 때문에 알리지 않았다. 설악산 집까지 감시 당하고 있었다는 것이다. 파계 스님은 슬픔을 참으려 염불을 외었다. 그의 감정은 불심보다 위에 있는지 어느새 눈물을 흘렸다. 초심과 도희 역시 감정이 복받쳐 울음바다를 만들었다. 송풍석도 눈물을 보이고 말았다. 한참을 지켜보던 권영탁은 분위기를 버티기 힘들었는지 밖으로 나가버렸다. 얼마나 지났을까 송풍석은 참선으로 들어갔다. 우정의는 송풍석의 전음을 들었다.

〈나를 깨우지 마라. 평온을 찾으면 바로 나올 것이니까!〉

풍석천은 깊이를 측정할 수 없는 한숨을 내쉬었다. 우정의의 슬픔도 그렇지만 이 상황을 어떻게 해석해야 할지가 더욱 고민이었다. 파계 스님은 뭔가를 정리하기 시작했다. 그의 몸짓이 여느 때보다 더 느릿느릿 했다.

암울한 분위기는 한 시간이 하루처럼, 하루가 일주일처럼 지나갔다. 언제 사고가 터질지 모르는 불안함과 어디로도 도피할 수 없는 현실이 그들을 지치게 했다. 도청을 당하고 있다는 사실을 아는 우정의와 초심은 강박증이 극에 달했다. 연구는 이미 뒷전이 되어 버린 상황이다. 권영탁은 조금씩 정체성을 잃어갔다.

크리스마스. 그런 날을 챙길 리가 없는 곳이다. 크리스마스의 즐거움을 느낄 여유도 없었다. 그런데 의문의 손님이 반가운 선물을 보냈다. 도희의 계정으로 〈게슈타포〉라는 제목의 이메일이 도착해 있었다. 도희의 노출을 확인할 수 있는 증거였다. 도희는 의외로 전투적인 의지를 보여 주었다. 이메일의 내용은 락이 걸려 있었다. 암호를 해제해야 볼 수 있게 만들어진 것이다. 도희는 짜증을 냈다. 전혀 이해할 수 없는 질문에 대한 답을 요구하는 것이었다.

「β(베타)가 삼킨 것은?」

우정의는 메일을 보낸 사람이 누군지 알 수 있을 것 같았다. 물론 정답도 알고 있었다. 정답을 알고 있는 사람은 이제 몇 명 살아남지 않은 상황이다. 〈무전기〉라는 암호를 입력하자 화면이 바뀌며 파일을 다운로드했다. 도희는 외부파일이 접근하지 못하도록 막아 두었지만 대책 없이 뚫리자 한숨을 푹 쉬었다. 우정의는 집 안에 도청장치가 없다는 것을 알고 있었지만 도청감지기를 다시 작동시켰다. 도희의 노트북 화면에 홍준희 대장의 모습이 플레이됐다.

“우박사. 놀랐지? 나는 간신히 탈출해서 홍콩에 있다. 국정원은 그저 사냥개 역할이었다. 수년 전에 국장이 이상한 흐름을 눈치채고 별정임무팀을 세팅했다. 꼬리를 잡기 위해서는 어쩔 수 없었다고 한다. 구체적인 이유는 밝혀지지 않았지만 야당 대표와 황석연이 관련되어 있다. 며칠 있으면 서울에서 우리측 사람이 한 명 내려갈 거다. 자유롭게 외부로 드나들 수 있는 인물이 필요할 것 같아서 보내는 것이니 오해 없기 바란다. 백신개발은 시간을 끄는 게 좋겠다. 그들은 확실해져야 덮칠 거다. 반부장 사고는 그를 이용한 누군가가 증거인멸을 하기 위해서였던 것 같다. 독일에서는 개발이 어려울 것 같다고 한다. 북한에서 온 친구는 우리도 검토했다. 북한이 우리 정보력을 너무 우습게 보는 것 같다. 지금부터 실수하면 물거품이 되고 만다.”

우정의는 홍준희 대장의 생존소식에 안도를 느꼈다. 갑자기 힘이 나기 시작했다. 전투력이 상승하는 듯했다. 그의 두뇌가 오랜만에 쌩쌩 돌아갔다.

"이 참에 여행이나 다녀오죠. 어때요? 어디 가보고 싶은 곳 있어요?"

우정의의 엉뚱한 제안에 다들 얼떨떨 했다. 이런 상황에 여행이라는 것도 그렇지만 송풍석도 아직 수행중인데 이 곳을 떠난다는 것은 상식 밖의 행동이었다.

"다들 답답하지 않아요? 멀리는 못 가더라도 하동 안에서만, 아니 우리 지리산 근처 온천이라도 다녀오는 건 어때요?"

"좋긴 하지만 그들이 어떤 행동을 할지 알 수 없잖아요."

초심은 우정의의 의도를 알 수 없었지만 그냥 따르기로 했다.

"그래요. 말은 못했지만 정말 우울했잖아요. 권영탁씨도 스트레스가 심했을 거예요. 그렇죠?"

초심의 말에 권영탁은 말없이 고개만 끄덕였다. 우정의는 벌써 여행코스를 짜고 있었다. 차 안에 설치된 도청장치에 가짜 정보도 흘려 정보에 혼선을 주려는 생각도 있었다. 도희는 벌써 신이 난 듯했다. 그들은 최대한 간단하게 준비를 마치고 악양을 벗어났다.

우정의는 남해쪽으로 방향을 잡았다. 운전하는 동안 속도를 높였다 줄였다를 반복하면서 미행을 체크했다. 차량 두 대가 번갈아 미행하는 것을 알수 있었다. 중요한 내용은 메모지를 이용했다. 권영탁 역시 기분이 좋아보였다. 빽빽한 산 속을 떠나자 파란 바다가 펼쳐졌다. 하얀 파도가 뒤덮는 남해바다는 가슴이 터질 듯 시원했다. 매서운 겨울의 바닷바람이지만 그다지 춥게 느껴지지 않았다. 우정의는 경치가 좋은 횟집을 찾아 주차했다. 남해바다가 한눈에 내려다 보이는 곳이다. 허름한 횟집은 〈어부직영〉이라고 써 있었다. 하루 종일 손님도 몇 없을 것 같았다. 수족관 안에는 물고기가 가득했다. 주인은 완전 자연산이라는 설명을 거듭 강조했다. 자연산이라는 건 그들에게 별 의미가 없었다. 그동안 숲만 보던 그들 앞에 펼쳐진 아름다운 바다 때문이었다. 주인은 겨울에만 잡힌다는 대광어를 추천했다. 주인은 다른 생선들도

서비스로 주겠다고 했지만 원래가 서비스로 나오는 것들이다. 아직 순진한 도희와 물정을 잘 모르는 권영탁만 그 말을 믿었다. 회는 겨울답게 식감이 더 쫄깃하고 맛이 좋았다. 권영탁은 북한에서는 이런 건 흔해서 잘 먹지 않는다며 시치미를 뗐다. 우정의는 주변을 지나치는 차량들과 인근에서 감시하고 있을 만한 곳을 예의주시하고 있었다. 노는 김에 아주 늦게까지 놀다가 새벽에 올라가자는 도희의 애교에도 불구하고 우정의는 악양으로 향했다. 돌아가는 길에 도희는 앳된 얼굴로 곯아 떨어졌다. 돌아가는 밤길 역시 익숙한 헤드라이트 두 개가 번갈아 따라붙었다.

"언젠가 송풍석 사부님의 손님이 온다고 하지 않았어요? 요즘 머리가 맹해서 잊고 있었네요!"

초심은 도청하는 자들에게 손님이 올 것이라는 메시지를 보낸 것이었다. 홍준희 대장이 보낸다던 사람을 송풍석의 손님으로 알게 만들 참이었다. 밤하늘과 맞닿은 지리산의 실루엣이 보일 즈음 두고 온 푸른 바다가 벌써 그리워졌다.

탈출

다음날 오전. 흰색 승합차 한 대가 집 앞에 도착했다. 썬팅이 너무 강해서 안에 누가 타고 있는지 알 수 없었다. 차에서 내린 사람은 홍준희 대장이 말했던 사람인 듯 싶었다. 그는 트렁크에서 커다란 여행 가방을 끌어내렸다. 그때였다. 우정의에게 송풍석 사부의 전음이 들려왔다. 우정의 역시 전음으로 송풍석이 수련하는 동안 있었던 일을 설명했다. 설명을 듣고 난 송풍석이 드디어 참선에서 나왔다. 송풍석의 눈빛이 어두웠다. 기운도 예전같지 않았다. 송풍석이 앞장서자 모두 집으로 들어갔다. 손님은 우정의 손에 쪽지 하나를 쥐어 주었다. 우정의는 화장실로 들어가 쪽지를 펼쳐 보았다.

「제가 타고 온 차량 안에 다섯 사람이 숨어 있습니다.

그들을 추적하도록 할 계획입니다.

그들이 떠나고 나면 전원 칠불사 방향으로 이동해야 합니다.

20시 정각 칠불사 오르막길에 구출팀이 대기 중입니다.」

우정의는 기를 운영해 주변을 살폈다. 역시 차 안에는 송풍석, 파계, 우정의, 초심, 도희로 위장한 사람들이 숨어있다는 것을 알수 있었다. 우정의는 송풍석이 이미 그들의 기를 감지하고 전음을 보내온 것이었음을 이해했다. 홍준희 대장의 계획이 무엇인지는 어렵지 않게 알 수 있었다. 우정의는 송풍석에게 계획을 알리고 권영택에게 몰래 메모를 넘겼다.

「북으로 넘어오라는 지령이 있다고 하세요. 인천 연안부두에서 밀항 준비를 해 놨으니, 새벽 2시까지 가기로 했다고 하면 됩니다. 그 다음은 제 지시를 따르시면 됩니다.」

시간은 더디게 흘렀다. 권영탁은 우정의가 부탁한 대로 움직였다. 오후 4시경이 되자 권영탁은 우정의의 말에 살을 붙였다. 오히려 현실감 있었다. 다들 놀라기는 했지만 계획한 듯이 행동했다. 전혀 어색해 보이지 않았다.

"초심씨, 여긴 다시 못오게 될지도 모르니 연구에 관련된 모든 자료를 빠짐없이 챙겨요. 도희 너도 혹시라도 빼먹으면 안 된다. 언니 좀 도와주고 어제 네가 앉았던 시트 아래에 보면 박스가 하나 있어. 그거 가져와."

우정의는 눈을 깜빡이며 신호를 주었다. 도희는 처음에 왜 그러나 싶더니 이내 눈치를 챘다.

"우박사님. 그게 뭔데요?"

"샘플이야."

우정의는 일부러 목소리를 낮춰 말했다.

"네! 이거 치우고 다녀올게요."

도희는 10분 후 박스를 찾아봤으나 사라지고 없었다. 돌아와서 우정의에게 물건이 없음을 알렸다. 우정의는 누군가의 손을 탄 것 같다고 덧붙였다. 도희는 한 술 더 떠 이미 모든 게 발각된 것 같다며 호들갑을 떨었다.

"정의씨가 쓸 백신은 다시 만들면 돼요."

초심이 말했다. 우정의는 카이엔에 설치된 위치추적기와 도청 장치를 제거하면서 박스 안에 가짜 백신과 GPS를 설치해 둔 것이다. 그들은 예상대로 움직이고 있었다. 태양은 뉘엿뉘엿 지리산 뒤로 넘어갔다. 가짜 우정의 일행을 실은 차는 부엌 뒷문에 가까이 붙여 세웠다. 약속했던 시간이 되자 모두 부엌 쪽으로 이동했다. 그들은 부엌을 지나 창고로 빠졌다. 차 안에 숨어있던 사람들이 일제히 좌석 위에 앉았다. 썬팅이 진해서 누가 누군지 분간할 수는 없지만 몇 명이 타고 있는지 정확히 알수 있다. 나름 치밀한 준비를 한 것이다. 손님이 차를 몰고 떠나자 잠시 후 차량 두 대가 접근했다. 예상했던 대로였다. 한 대는 가짜 도주 차량에 미행을 붙었고 다른 한 대는 집 앞에서 멈춰 섰다. 차에서 두 사람이 내리더니 집안 구석구석을 살피고 급하게 자리를 떠났다. 우정의는 GPS추적기를 작동시켰다. 손님이 타고 온 차량과 가짜 백신의 위치가 파악됐다. 권영탁은 가짜 백신을 훔친 자들을 미행하기로 했다. 송풍석과 파계 스님은 지리산 속에 있는 거처로 옮기기로 했다. 우정의는 송풍석에게 호출 기능이 있는 GPS발신기를 건넸다.

그런데 초심과 도희는 일이 너무 쉽게 진행되는 것이 불안했다. 우정의 역시 비슷하게 느끼긴 했다. 하지만 홍준희 대장이 그를 속일 것이라고는 생각지 않았다. 그 역시 피해자이기 때문이다. 지금까지의 경험을 통해 느낀 그는 여자의 촉을 믿어보기로 했다. 어차피 손해 날 것은 없다.

"그럼, 이렇게 하시죠."

우정의는 씨익 웃으며 초심에게 명함 한 장을 건넸다. 어제 갔던 횟집 명함이었다.

"이게 왜요?"

초심은 영문을 모르겠다는 표정이었다.

"사실 횟집 주인은 군대 고참입니다. 혹시나 싶어서 눈도장을 찍고 온 겁니다."

우정의는 초심과 도희를 공중전화박스 앞에 내려주며 백팩 하나를 건네주었다. 몇 가지 필요한 물건과 현금을 담아둔 것이다. 주위에는 CCTV같은 것이 전혀 없다. 그는 버릇처럼 주변을 모두 파악하고 있었다. 초심은 그가 시킨 대로 콜택시를 불렀다. 송풍석을 박영관이라 생각하고 찾아다닐 때 도움을 받았던 사람이라 이상하게 생각하지는 않을 것이라고 생각한 것이다. 아니나 다를까 박영관을 모르던 택시기사는 송풍석은 알고 있었다.

우정의는 초심과 도희를 내려주고 칠불사 입구로 향했다. 주변은 칠흑처럼 어두웠다. 가로등 하나 없는 오르막길이다. 오로지 헤드라이트 빛에 의지해야 했다. 고도의 집중력이 필요한 상황이다. 한참을 올라가자 헤드라이트에 비친 세 사람을 발견할 수 있었다. 손으로 빛을 가린 사람들의 그림자가 길게 늘어졌다. 그런데 세 사람 중 그가 아는 사람이 있었다. 그럴 수는 없는 일이라고 생각하면서도 의심을 버릴 수 없었다. 분명 그자는 범죄조직대응팀에 근무하면서 프로파일링 했던 사람이다. 홍준희 대장의 말에 의하면 국정원 직원이 오는 것이 정상이다. 게다가 그자는 폭력조직의 행동대장급 요주인물이다. 이해할 수 없는 상황에 이르자 우정의는 그들을 테스트해 보기로 했다. 어차피 자신을 구하고자 왔다면 위협적인 반응을 보이지 않을 것이란 판단에 내린 결정이었다. 우정의는 도로 가장자리에 차를 대는 척하다가 속도를 높여 유턴했다. 좁은 2차선 도로였지만 그의 감각은 예리했다. 벽에 부딪힐 뻔 했지만 가벼운 접촉조차 없었다. 제법 경사진 내리막길이다. 카이맨으로는 다운힐 레이싱을 해본 적은 있었지만 서스펜션이 단단한 카이엔이라고는 하지만 뒤뚱거리는 부담이 있었다. 카이엔 뒤로 두 대분의 헤드라이트 불빛이 보였다. 피아식별을 떠나 그들이 우정의를 따라오지 않을 리 없는 상황이다. 차에 장착됐던 그들의 시야에서 벗어나기만 하면 어렵지 않게 도망칠 수 있다. 설사 예측불가한 상황이 되더라도 초심과 도희가 멀리 이동할 수 있는 시간은 벌어줄 수 있을 것이다. 칠불사 입구까지 내려왔지만 그를 가로막는 차는 없었다. 속도를 최고로 올려 뒤따라 추격하는 자들과 적당히 거리를 벌렸다. 카이엔의 출력과 그의 실력이면 어지간한 차는 얼마든지 따돌릴 수 있었다. 상대는 그가 일부러 거리를 유지하는 것을 생각지 못하는 듯했다. 지리산 자락의 구불구불한 길을 폭주하는 것은 상식적으로 쉬운 일이 아니다. 보나마나 뒤따르는 차량의 운전자는 땀을 흘리며 핸들을 잡고있을 것이다. 우정의는 초심과 도희가 가야 할 반대 방향으로 차를 몰았다. 그들을 최대한 멀리 유인했다. 그는 점점 더 마음을 굳혀갔다. 뒤따르는 자들은 아군이 아니다. 다시 머리가 복잡해졌다. 그렇다면 홍준희 대장의 동영상은 대체 무엇이란 말인가? 그도 한패라는 것인가? 복잡하게 머리를 굴리는 사이 초심과 뜨거운 밤을 보냈던 섬진강변의 포장도로를 지나쳤다. 우정의는 결정을 내렸다. 우선 그들의 손아귀에서 벗어나 새로운 방법을 모색하는 것이다. 도로 사정이 조금 더 좋아지자 카이엔은 최고속을 내고 달렸다. 시골의 밤중 도로에는 인적도 보이지 않았다. 반대 방향에서 달려오는 화물차가 한두 대 보이는 정도였다. 섬진강 골짜기에 세 대의 차가 만들어낸 파공성만 가득했다. 한참을 달리자 차량 한 대가 떨어져 나갔다. 우정의는 그 차가 하동 쪽으로 방향을 돌렸을 거라고 생각했다. 의심을 하지 않았다면 그게 더 이상하다고 봐야 했다. 새로 생긴 의문점이 있었다. 그를 잡고자 한다면 인력이 터무니없이 적다는 생각이 든 것이다. 그가 따돌려야 하는 차량도 기껏 두 대라는 것도 이해할 수 없었다.

비교적 안심을 하고 있었지만 혹시라도 초심과 도희가 악양을 탈출하는 게 실패하지는 않았을지 걱정됐다. 시간상 이미 멀리 벗어나 있을 가능성이 높다. 그저 무사하기를 빌었다. 우정의는 자신 역시 도주 시간이 길어지면 불리해질 가능성이 높아진다는 것을 알고 있다. 이제는 추적 범위에서 벗어나야 한다고 판단한 그는 최고 속도를 냈다. 중저음의 배기소리가 그것을 증명했다. 가끔씩 과속카메라가 번쩍였다. 뒤 차량의 헤드라이트 불빛은 굽이진 계곡길을 지날 때마다 깜박이는 듯하더니 이제는 아예 보이지 않았다. 시야에서 완전히 벗어난 것이다. 최고속을 달리던 카이엔은 급하게 속도를 줄이고 좁은 시골길로 진입했다. 우정의는 헤드라이트를 끄고 오로지 시력에 의지해서 달렸다. 다른 사람이라면 불가능한 일이다. 십여 분이 지났을까? 뒤를 따르던 차량을 따돌린 것을 확실시했다. 하지만 이제부터가 시작이나 마찬가지다. 초심에게 가는 것이 문제다. 정상적이라면 두 시간이면 족히 갈 수 있는 거리지만 지금은 아무 것도 예측할 수 없다. 밖은 지리산 자락의 매서운 겨울이다. 가급적 대중교통을 이용해야 한다. 중간에 택시라도 만나게 되면 다행이겠지만 시골인데다 늦은 시간에 택시를 기다린다는 것은 꿈 같은 이야기다. 우정의는 차에서 필요한 것들을 챙겨 걷기 시작했다. 어둠 속에서 방위를 감지하고 목적지를 찾아가는 것쯤은 그에게 있어 식은 죽먹기다. 생존에 관한 부분이야 본능적인 부분이겠지만 머릿속은 복잡했다. 홍준희 대장의 진실과 의도가 궁금했다. 우정의가 알기로는 홍준희 대장은 그런 일을 꾸밀 정도로 디테일한 사람은 아니다. 그는 그저 평생으로 군인으로 살았던 사람일 뿐이다. 우정의의 머릿속은 야당 대표에서 멈추어 섰다. 홍준희 대장의 말이 진실이든 거짓이든 갑자기 야당 대표가 왜? 게다가 국가적인 사건이라면 우정의 일행은 수배가 떨어져 있어야 정상이다. 게다가 현재 상황은 절대로 국정원 스타일이 아니다. 우정의는 새로운 가설을 세웠다. 홍준희 대장이 아군이 아니라는 가정이다. 그렇다면 그가 알던 홍준희 대장의 정체는 무엇일까? 십수년간 함께 사지를 넘나들며 지내온 사람이다. 그럴 리 없다고 믿어야 하지만 의심을 지울 수 없다. 그의 명령이라면 불 속이라도 뛰어들 각오가 있었다. 그는 돈의 유혹에 전우를 배신할 사람이 될 수 없다. 얼마를 걸었을까? 농가에 세워진 오토바이가 눈에 띄었다. 바른 생각은 아니지만 훔치기로 마음먹었다. 마음만큼은 잠시 빌리고 보상해 주리라고 생각했지만 도둑질이라는 사실은 피할 수 없다. 시골이라 그런지 다른 시건 장치는 되어 있지 않았다. 오토바이를 밀고 수백 미터는 멀어졌다. 주변을 살펴 인적이 없다는 것을 확인한 우정의는 아미나이프를 키박스에 억지로 꽂아 키를 돌렸다. 헬멧이 있어 머리는 춥지 않았다. 아무리 기를 운용한다 했지만 겨울 밤의 공기를 가르고 오토바이를 타는 것은 고통스러웠다.

막상 도착하고 보니 막막했다. 시간은 12시가 다 됐다. 주변에는 건물도 없어 딱히 갈 만한 곳도 없다. 멀리 바닷가 마을이 보이긴 하지만 걸어서 가기에는 어려울 듯했다. 설사 간다 하더라도 숙박할 곳이 있을 거라는 보장도 없다. 초심과 도희는 불이 꺼진 횟집 문을 두드렸다. 반응이 없자 소리도 질렀다. 한참을 두드려도 인기척이 없었다. 바닷가 겨울밤 바람이 조금씩 점퍼를 파고들었다. 이러지도 저러지도 못한 채 궁리하기를 5분 정도 흘렀을까 식당 안쪽에서 전등이 켜졌다. 초심과 도희는 안심어린 눈빛을 마주쳤다. 문 안쪽에서 부시럭거리는 소리가 들렸고 잠시 후 눈을 비비며 느릿하게 걸어나오는 횟집 주인이 보였다. 그는 미소를 지으며 시건장치를 풀었다.

우정의가 설명한 대로 그는 초심과 도희의 방문에 전혀 놀라지 않았다. 그는 좋지않은 일이 있다는 것을 예감했다고 했다. 곧 다시 오겠지 싶었다는 것이다. 초심은 호기심 어린 눈빛으로 가득한 그에게 필요한 부분만 최대한 정리해서 설명했다. 이해할 수는 있어도 인정하기 어려운 이야기였지만 그는 내내 고개를 끄덕였다.

새벽이 지나 해가 뜨도록 우정의는 돌아오지 않았다. 초심은 원치 않게 일출을 감상했다. 횟집 주인 역시 밤새 잠을 이룰 수 없었다. 횟집 주인은 홍준희 대장과 일면식이 있었다. 십여 년이 지났지만 그의 첫인상을 잊지 못했다. 그는 홍준희 대장이야말로 우국충절이라는 4자성어를 대입할 수 있는 사람이라고 했다.

횟집 주인은 김동설이라고 했다. 겨울 동, 눈 설. 초심은 그의 부모님은 매우 낭만적인 분일 것 같다는 생각이 들었다. 외모와는 동떨어진 이름이다. 바닷가에 눈이 내리던 날 낳아서 동설이라고 지었다. 초심은 잠시나마 우정의와 삶을 상상해 보았지만 곧 현실적인 문제에 부딪혔다. 우정의에게는 아내와 세 아이가 있다. 그의 사랑을 차지할 수 없다는 생각에 서글퍼졌다. 김동설은 아침

식사를 준비한다며 주방으로 들어갔다. 도희는 아이처럼 평화롭게 자고 있다. 초심은 도희에게서 새삼 천진함이 느껴졌다. 태양이 수면 위로 떠오르자 도로에 교통량이 늘어났다.

“너무 시골 밥상이라 미안합니다. 홀아비 혼자 살다 보니 찬이 없어요.”

김동설이 아침 상을 차리고선 말했다. 불현듯 찾아온 불청객을 위해 차린 조촐한 시골 밥상이라고 했지만 어지간한 식당 이상이었다. 바닷속을 상 위에 그대로 올려 놓은 듯했다. 이병빈의 요리와는 다른 색깔이었다. 초심은 자신이 아는 특전사 출신 남자들이 죄다 바다와 관련된 음식에 조예가 깊은지 이해하기 힘들었다. 김동설의 음식에는 바다의 싱그러움이 담겨 있었다. 초심은 꿈나라에서 허우적대고 있었던 도희를 깨웠다. 도희는 두 눈을 번쩍 뜨지 않을 수 없었다. 문 밖에 우정의의 모습이 보였던 것이다. 초심은 달려가 그를 안았다. 그 모습을 보던 김동설은 눈을 가늘게 뜨더니 주방으로 들어가 밥이 수북히 담긴 그릇을 들고 나왔다.

김동설은 손님들에게 빌려주곤 한다는 방 두 개를 내어

주었다. 도희는 밤새 자고도 금세 꿈나라로 날아갔다. 초심은 우정의 방으로 들어가 옆에 누웠다. 그의 팔을 당겨 팔베게를 했다. 물어보고 싶었던 말이 목까지 차 올랐다. 하지만 아무 말도 할 수가 없었다. 초심은 복잡한 마음을 달래며 억지로 눈을 감았다. 하지만 흘러내리는 눈물을 참을 수 없었다.

늦은 오후 우정의는 김동설과 대책을 구상했다. 김동설은 자신의 횟집 역시 노출될 가능성을 제시했다. 외부에 노출될 만한 것들은 김동설이 맡기로 했다. 선영민 회장이 말했던 칠성이네 보스를 만나는 것은 그의 몫이 됐다.

생환

파계 스님의 집은 며칠째 인적이 없다. 지리산의 빛도, 어둠도 인기척을 느낄 수 없다. 불과 며칠이었지만 폐허가 된 듯 스산한 겨울바람 소리가 더욱 매섭다. 나뭇가지는 바람결에 하염없이 가지를 흔든다. 집 근처에 인기척이 있다. 익숙한 몸짓이다. 어둔 속 그림자는 한동안 집을 맴돌았다. 야수같은 몸짓이다. 그림자는 본채와 참선 주위를 살피더니 어디론가 홀연히 사라졌다.

불과 5km 거리의 우거진 숲 속이다. 그다지 높지 않은 절벽이 달빛을 반사한다. 무언가 지키려는 듯한 지형이다. 성인 네 명 이상 팔을 모아야 될 정도로 둥치가 큰 나무가 겨울 숲을 가득 채웠다. 키가 높은 대나무 숲이 군데군데 춤을 춘다. 숲은 사람이 지나다닌 흔적이 없다. 겨우 산짐승들의 흔적이 군데군데 드러나 있다. 깊은 숲

속 구석에서 가는 불빛이 흐른다. 심마니조차 찾지 못한 산중에 인기척이 있다. 파계 스님의 집을 염탐하던 그림자다. 불빛의 발원지는 손바닥만 한 암자다. 지도에도 없는 곳이다. 폐허나 다름없다. 불빛 사이로 두 명의 그림자가 보인다. 암자의 주인이다. 한 시간도 넘게 두 그림자는 미동조차 없다. 유심히 살피지 않으면 사람일 것이라는 생각도 할 수 없다. 그림자 하나가 자리에서 일어섰다.

"라임이구나."

송풍석의 온화한 목소리였다. 간만에 밝은 기운이 묻어났다. 강라임은 송풍석을 사부로 모시기로 한 후, 수련을 위해 온 적이 있었다. 중학교 여름방학 때였다. 혼자 찾아 들어온 것은 처음이다. 20년 전 기억만으로 찾아온 게 용한 일이다. 그런데 강라임은 송풍석의 목소리를 들었다고 했다. 송풍석의 그리움이 닿은 것이라는 파계 스님의 해석이었다. 그들 모두 얼굴에 화색이 돌았지만 표현은 담담했다. 모든 것이 마음으로 통하는 듯했다.

*

강라임은 서울에서 가족을 만났다. 아내와는 지리산으로 이사해서 파계 스님과 함께 살기로 합의했다. 아내는 쉬이 그를 따르기로 한 것이다. 구단에는 사직서를 제출했다. 구단은 2군 선수인 강라임을 잡지 않았다. 이미 쓸모가 없다고 판단한 것이다. 그의 사직을 안타까워한 건 함께했던 동료들 뿐이었다. 강라임은 학창 시절 함께 운동을 하다 사회에 발을 딛은 친구를 만나기로 했다. 막상 지리산으로 내려가자니 머릿속이 텅 비어버린 듯했다. 한참을 멍한 상태로 서 있던 그에게 처음 보는 사람이 어깨를 두드렸다. 그리고는 메모지 하나를 건넸다. 길 옆 커피숍에서 만나자는 메모였다. 강라임은 우정의와 관련된 일이라고 예감했다. 그는 일단 만나보는 것이 좋겠다고 판단했다. 커피숍 안은 많은 사람들로 북적였다. 쪽지를 전달한 사람이 누군지 알 턱이 없었다. 2층에 올라서자 선글라스 여자가 그를 알아보는 듯 손을 흔들었다. 뒤에는 아무도 없다.

강라임은 일단 여자 앞에 앉았다.

"라임씨. 오늘 부로 야구는 끝이네요?"

여자의 말은 강라임의 행적을 모두 알고 있다는 것을 의미했다. 역시 우정의 사건과 연관이 있음이 확인된 것이다. 그는 여자의 정체가 궁금해졌다.

"누구시죠?"

강라임은 시치미를 떼었다.

"다 아실 텐데요. 우정의 팀장을 돕고 있다는 건 알고 있습니다. 협조해 주셔야 합니다."

여자는 강라임 뒤쪽을 살피는 듯하더니 말을 이었다. 뒤쪽의 누군가를 주시하는 듯 보였다. 하지만 강라임은 딱히 이상한 기운이 느껴지지는 않았다.

"뒤에 우리를 미행하는 사람들이 있어요. 우리 나가요."

여자는 목소리를 줄여 말했다. 강라임은 우선 따라가 보기로 했다. 여자는 강라임을 끌고 밖으로 나갔다. 그들은 커피숍 앞에서 지나가는 택시 한 대를 잡아탔다. 여자는 강라임의 휴대폰을 요구했다. 그는 거부하지 않았다. 딱히 어떤 일이 벌어질 지 전혀 예측하기 어려운 상황이었다. 번잡한 시내를 빠져나와 골목에 들어서자 두 남녀가 자신들의 택시에 탔다. 그와 동시에 여자는 반대쪽 문을 열고 강라임을 택시에서 끌어내렸다. 순식간에 이루어진 일이었다. 택시 승객이 바뀌치기 된 것이다.

“택시를 한두 시간 정도 따라다닐 거에요.”

여자는 강라임의 휴대폰을 택시에 놓고 내렸다. 택시가 눈에 보이지 않자 여자는 이름을 밝혔다.

“저는 이예리라고 합니다. 국정원에서 만든 별정 조직이 있다고 들어 보셨을 겁니다. 홍준희 대장님은 저희와 함께하고 있습니다. 극비에 부친 사건입니다. 수년 전 국정원의 핵심 인물 몇몇의 의심스러운 활동을 포착했습니다. 외부에서 입수된 정보도 있었고요. 국정원 안에 감찰 조직을 만들었습니다. 홍준희 대장은 홍콩으로 도피시켰습니다. 그의 행적을 아는 사람은 극소수에 지나지 않습니다.”

이예리는 초심이 백신을 개발하는 시점이 되면 우정의를 비롯한 모든 사람을 안전한 곳으로 이동할 계획이라고 설명했다. 그는 짝이 맞지 않던 조각들이 조금씩 이어짐을 알 수 있었다. 이예리는 홍준희 대장과 화상통화를 연결했다. 이예리는 남아 있던 의심을 지우는 데 필요하다고 느꼈던 것이다. 그럼에도 불구하고 강라임은 여자에게서 느껴지는 기운이 불편했다. 순하지 않은 기운이었다. 비밀스런 일을 하는 부류의 기운일 것이라 생각했다.

강라임은 이예리와 헤어지고 설악산으로 향했다. 벼락바위 마을은 평소보다 더 한산했다. 도로 위 눈은 거의 그대로 쌓인 채 타이어로 눌려 있었다. 계곡길에는 발자국 하나 보이지 않았다. 그런데 숲 속에서 두 명의 사람이 보였다. 흰 색 위장복을 입고 있었지만 그의 눈엔 훤히 보였다. 군인일 가능성이 높아 보였다. 강라임은 그들의 대부분이 감시당하고 있다는 것을 알고 허탈했다. 우정의 역시 그와 별반 다를 게 없음이 분명했다. 강라임은 우정의와 통신을 시도하는 것은 적절치 않다고 판단했다. 군인들은 강라임에게 노출된 것을 알 수 없다. 강라임은 청각을 집중했다. 군인들은 별다른 대화가 없었다. 강라임은 그들이 어느 쪽 사람인지 궁금했다. 집 안에는 인기척이 없다. 침입 흔적 역시 없다. 감시장치를 설치해 두었다 해도 그가 찾아낼 가능성은 희박하다. 그는 조명을 켜고 가부좌를 틀었다. 주변의 기를 살피기 위함이다. 다섯 명의 기가 느껴졌다. 시야에 들었던 사람들 외에 세 명이 더 있었던 것이다. 추위를 타는지 기의 흐름이 불규칙했다. 몇 분 지나자 그들의 대화가 들리기 시작했다.

〈예전에 잘 나가던 야구선수인데, 그 친구 알아? 좌투 우타로 유명했지.〉

〈저도 잘 압니다. 이번 일하고 무슨 상관인가 모르겠습니다만, 팀장은 강라임을 무조건 회유해야 한다고는 합니다.〉

〈어디서 능력도 없는 게 와서…… 재수 없어. 너라면 그 년하고 잘 수 있겠냐?〉

〈제가 미쳤습니까? 호스트바를 제 집처럼 드나든다는데. 미국놈들한텐 안 줬나 모르죠.〉

〈두더지! 두더지!〉

〈두더지 카피! 무슨 일이십니까?〉

〈니들도 강라임 그 친구 아냐?〉

〈물론입니다. 제가 학생 때 최고였습니다. 그 때 정말 야구 볼만 했습니다. 요즘 야구는 야구도 아닙니다. 그런데 평생 야구만 하던 친구가 뭔 바이러스를 가지고 있다는 건지. 우리가 뭔 짓을 하고 있는 겁니까?〉

〈내가 봐도 그냥 야구선수구만. 우리 국정원 정보력이 어떻게 된 게 아니라면, 안 그래도 추운 겨울에 이 설악산까지 와서 이 개고생이냐. 야! 군고구마 생각난다.〉

〈전투식량이나 까 드시지 말입니다.〉
〈이예리 그 년 언제 온대?〉
〈저기 오나 봅니다. 차량 한 대 들어옵니다. 통신 끝!〉

강라임은 이예리의 실체가 결국엔 국정원임을 알게 됐다. 이예리가 설악산으로 온다는 것도 이상했지만 무엇을 회유하겠다는 것인지 궁금했다. 그는 오히려 이예리의 생각을 캐보기로 했다. 잠시 후 멀리서 이예리의 기운이 느껴졌다. 불순하게 느껴졌던 익숙한 기운이었다. 문을 열자 이예리와 두 명의 남자가 따라 들어왔다. 이예리의 설명이 시작됐다. 강라임을 사망으로 위장한 후 비밀리에 우정의에게 접촉하고 백신을 빼낸다는 작전이다. 강라임은 그들의 작전을 따르기로 약속했다. 이예리는 거액의 보상금을 지급한다는 조건을 걸었다. 그들은 강라임을 약물 과다섭취, 야구에 대한 회의로 인한 자살로 위장하겠다는 것이다. 그로서는 내키지 않는 내용이었다. 일이 끝날 때까지 숨어 지내라는 주문도 있었다. 이예리가 떠나고 강라임은 매복하고 있는 자들의 대화를 엿들었다. 차량에 탑승한 이예리는 어딘가로 전화를 걸었다.

〈대표님. 처리됐습니다. 강라임은 홍준희보다 수월했습니다. 본부로 들어가겠습니다.〉

김동설은 밤 늦게서야 돌아왔다. 서완용 회장과 통화를 했고 대포폰 세 개를 구해왔다. 서완용 회장은 직접 만나러 오겠다고 했다. 선영민 회장이 부탁을 해놓은 것이 분명했다. 그의 머릿속에 갑자기 번득이듯 스승의 한 마디가 기억났다.

〈불리한 조건이든, 유리한 조건이든 눈에 보이는 것은 믿지 마라. 진정한 속 뜻은 보이지 않게 숨어 있다.〉

보고 싶어하는 것만 보여주라는 말이나 마찬가지다. 가짜 백신을 가져간 자들은 백신의 진위 여부를 알지 못할 가능성도 있다. 백신으로서의 효과를 확인하려 들 것이다. 우정의는 양쪽 모두 백신이 진짜라고 믿게 만드는 것이 중요하다고 판단했다.

김동설은 서완용 회장과 만날 장소를 알아보기로 했다. 도희는 새로운 해킹 방법을 시도해 보기로 했다. 초심은 뭔가를 놓치고 있다는 느낌이 강한 듯했다. 우정의와 초심은 노트를 펼치고 메모를 시작했다.

기면증, 게슈타포, 백신, 홍준희, 스미스일당, 국정원, 특임대, 재혁, 교통사고, 707, 고은미, 김창주, 김미진, 독일, 도희, 해킹, 해커 친구, 반성문, 범죄조직대응팀, 도피, 악양, 제주도, 미국의 이메일, 이병빈, 정서규, 자살, 선영민 회장, 도청, GPS위치추적장치, 서완용 회장

메모를 하던 우정의와 초심은 비슷한 생각이 들었는지 서로 마주보며 알 듯 모를 듯한 미소를 지었다. 그리곤 동시에 입을 열었다.

"알 것 같아요!"

초심은 〈선영민 회장〉, 〈GPS위치추적장치〉에 동그라미를 그려넣었다. 우정의는 〈고은미〉, 〈반성문〉, 〈범죄조직대응팀〉에 추가로 동그라미를 그려 넣었다. 이들의 이야기를 듣고 있던 도희가 옆으로 다가와 〈해킹〉, 〈해커 친구〉, 〈미국의 이메일〉에 세모를 그려 넣었다. 의심의 구름이 걷혀가는 느낌이 들었다. 서로 다른 시각으로

의견을 모았다. 이제부터는 배후를 찾는 데 주력해야 했다. 애초부터 선영민 회장이 관여되어 있었다는 의심을 굳혀갔다. 이번에는 거꾸로 서완용 회장을 활용하기로 했다.

"우박사님. 그런데 제가 제일 의심스러운 게 미국으로 흘러간 이메일이에요. 대체 왜 미국으로 넘어갔는지 알 수가 없어요. 미국과도 연계되어 있는 게 아닐까요?"

도희의 말은 신빙성이 있었다. 우정의는 메모를 추가했다.

초심이 독일 출장, 홍대장의 내사, 정서규의 고발, 미행, 도청감지기 사용, 3일간의 기면, 의학포럼, 송풍석 사부, 설악산, 지리산, 강라임, 생물학 무기-게슈타포, 신종플루 조작극, 가짜 백신 노출, 미끼용 이메일, 북한의 개입, 미국과 독일의 관심, 인터폴에 등록된 홍준희와 우정의, 홍준희 대장 등장, 권영택 소좌, 이광복, 강라임의 자살(타살)

이 부분부터는 다들 인상을 찌푸리기 시작했다. 의심을

하자면 다 의심스럽고 믿자고 하면 다 믿을 수 있는 부분이었다. 초심이 먼저 시작했다. 초심은 〈생물학 무기-게슈타포〉에 동그라미를 그리고 〈강라임의 자살(타살)〉에 세모 표시를 했다. 도희는 〈미끼용 이메일〉, 〈미국과 독일의 관심〉, 〈홍준희 대장 등장〉에 네모 표시를 했다.

"이렇게 기억나는 것들만 정리를 해도 뭔가 잡힐 듯 말 듯 했던 것들이 눈에 확 들어오기 시작하네요."

초심의 말에 모두 동의했다.

"내가 보기에는 이 안에 큰 힘을 쓸 수 있는 배후 조종자가 보이지 않아. 정부 차원에서 추적하는 거라면 이렇게 허술할 수는 없어."

이때 뭔가를 골똘히 생각하며 종이 위의 메모를 보던 김동설은 한 가지를 지적하고 나섰다. 훈수 두는 사람의 시각이 발동할 타이밍이었던 것이다.

"만약에요. 홍대장님이 말했던 야당 대표. 그리고 누군가 이름을 말했었잖아요. 어디서 들어본 이름이었는데, 분명해요. 황씨였는데. 뭔가 이상하다는 뜻이었는데……."

도희는 머리를 세차게 흔들어댔다.

"황.석.연 맞지?"

김동설이 소리쳤다.

"형은 어떻게 그 이름을 아는 거죠?"

우정의가 물었다.

"야당 대변인이잖아. 며칠 전 뉴스에도 나오던데. 이번에 대변인이 되었다고 뉴스에 나오는 걸 봤지. 시골에 혼자 살다보니 뉴스는 꼭 챙겨보거든. 다들 뉴스 안 봐요?"

김동설은 어처구니 없다는 표정을 했다. 도희는 바로 황석연에 대해 조사를 시작했다.

"맞아요. 그렇다면 홍대장님은 우리 편이 맞는 듯해요. 그러면 이 일은 야당과 관련이 있다는 건가요? 그 영상은 우리에게 보내기 전에 분명 검토하고 발송한 거겠죠? 그럼에도 불구하고 야당을 들먹인 건 왜일까요?"

초심이 의아하다는 표정을 하며 말했다. 도희는 그들의 자료를 검색했다. 황석연은 미국에서 들어온 지 얼마 되지않는 사람이었다. 정치활동도 짧다. 그럼에도 불구하고 고속성장했다. 배후가 누군가 있을 가능성이 높다. 도희는 오랜만에 바쁜 모습을 보여주었다. 우정의는 벽에 걸린 달력을 떼어 뒷장에 다시 메모를 시작했다.

〈한국, 북한, 독일, 미국〉, 〈생물학 무기, 돈벌이〉, 〈야당, 국정원, 국정원 별정조직〉, 〈반성문, 범죄조직대응팀, 선영민 회장, 서완용 회장〉,〈도청, 도피자금, 조직〉, 〈홍준희 대장, 진실 혹은 거짓〉

다음 날, 서완용 회장을 움직이는 것은 위험부담이 크다는 결론을 냈다. 황석연의 정체와 야당 대표의 목적을 알아내는 것을 우선시하기로 한 것이다. 그들은 추리 결과를 가지고 새로운 가설을 만들었다. 야당 대표가 연계되어 있다는 것이 도출되기는 했지만 증거가 없다. 단정 지을 수 없는 상황이다. 몇 개 되는 야당 중에 어떤 야당인지도 알 수 없는 상황이었다. 우정의는 불현듯 아차 싶은 기억이 났다. 송풍석에게 주고 온 GPS호출기가 문제였다. 선영민 회장이 준 물건중 하나다. 난감한 상황이 벌어질 수도 있다. GPS호출기를 작동시키는 순간 그들이 노출될 것이다. 그의 얼굴에 그늘이 드리워져 있었다. 짧은 기간이었지만 사제간의 정이 상당했다.

호출

암자에서 나왔지만 강라임은 딱히 갈 곳이 없었다. 그는 이미 죽은 사람이다. 강라임은 지리산을 내려가던 발길을 돌려 천왕봉을 향했다. 머릿속을 정리하는 데 등산만한 것이 없다는 것을 알고 있었다. 그는 주머니에 든 GPS호출기를 만지작거렸다. 송풍석이 건네준 것이다. 우정의를 만날 수 있는 유일한 방법이다. 도피중인 그를 지리산으로 오게 만드는 건 무모한 짓이지만 시도는 해본 후에 후회하기로 작정했다. 어차피 불가능한 상황이라면 오지 못할 것이고, 가능한 상황이라면 어떻게든 올 것이라고 생각했다. 온다 하더라도 언제 올 지 알 수 없는 것도 문제다. 남아도는 게 시간이라 급할 것도 없다. 장터목산장에 도착하니 당분간 그곳에 머무는 것도 나쁘지 않을 것 같았다. 사람들이 제법 북적이기는 했지만 그를 알아볼 만한 사람은 거의 없을 것이란 생각도 있었다. 그래도 가급적 눈에 띄지 않을 구석에 자리를 잡고 GPS호출기의 버튼을 눌렀다. 우정의가 도착할 때까지 며칠이고 천왕봉과 장터목산장을 오가며 지낼 작정이다. 운만 좋다면 천왕봉 일출을 감상할 수 있으리라.

삐익~ 삐익~ 알람이 울려댔다. 지리산에서 우정의가 건네준 가방에서 나는 소리다. 초심은 5초 간격으로 시끄럽게 울려대는 전자음이 거슬렸다. 지퍼를 열자 전자기기 하나가 악을 쓰고 울어댔다. 마침 식당에는 초심 혼자 남아 있었다. 모두 바닷가 산책을 가고 없었다. 우정의에게 연락할 방법도 없었다. 초심은 알람 소리에 짜증이 났지만 꾹 참아냈다. 알람을 끄는 방법도 알 수 없었다. 어쩔 수 없이 수건을 몇 겹 말아 소음을 죽여두었다. 한참이 지나서야 돌아온 우정의는 도희의 노트북을 켜고 좌표를 확인했다. 우정의는 김동설의 등산장비와 연식이 오래 된 갤로퍼 차량을 빌렸다. 김동설이 마련해 온 대포폰도 챙겼다.

우정의는 기억을 더듬어 장터목산장까지 최대한 빠른 경로를 검색했다. 칠선골이 가장 빠른 코스다. 지리산에 무장공비가 설치던 빨치산 당시에도 최후까지 버텼던 곳이다. 험한 지형에다 계곡에 눈이 얼마나 쌓였을지 알 수 없다. 거리는 가깝지만 오히려 시간을 단축하기 어렵겠다는 판단이 섰다. 지리산 입구에서는 등산객을 통제하고 있었다. 대설주의보가 걸렸다는 것이다. 우정의는 관리공단 직원들의 눈을 피해 한참을 돌아 등산로에 들어섰다. GPS호출기가 작동했으니 그들도 움직일 것이다. 그들이 어떤 방법을 이용할 것인지 고민했다. 헬기를 이용하기엔 악천후 문제가 있다. 헬기를 띄운다 하더라도 눈에 띄는 행동은 피할 것이다.

우중충하고 습도가 높은 것이 당장에라도 눈이 쏟아질 분위기다. 우정의는 젊은 시절 특전사에서 훈련할 때보다 발걸음이 가벼웠다. 추위도 예전같지 않다. 속도는 두 배 이상이다. 눈이 내리기 전에 어느 정도 고도를 높이지 않으면 시간은 더 지체될 것이다. 오후 4시밖에 되지 않았지만 기상은 최악으로 치달았다. 안개는 스멀스멀 짙어졌다. 눈이 날리나 싶더니 금세 눈발이 굵어졌다.

당황하지는 않았지만 불안한 마음은 없지 않았다. 어둠은 예상보다 빠르게 다가왔다. 수련을 통해 시력이 상당히 좋아졌지만 이런 상황에서는 전혀 의미가 없었다. 어쨌건 우정의는 인간의 한계를 넘어서고 있었다. 적설량이 많아 등산로의 흔적은 완전히 없어졌다. 등산로를 삼켜버린 것 같았다. 5시가 되려면 40분이나 남았지만 한밤중이나 마찬가지다. 랜턴을 켰지만 무용지물이다. 게다가 랜턴 빛을 받은 쏟아지는 눈발에 멀미가 날 지경이었다. 차라리 시력에 의지하는 것이 나은 상황이다. 우정의는 왜 하필 지리산 장터목산장일까 생각해 봤지만 딱히 예상되는 것도 없었다. 부질없는 상상은 의미가 없었다. 한 시간 가까이 산을 오르니 발목까지 빠지던 눈은 무릎 이상 빠지고 있었다. 다행히 눈발이 약해려는지 부분적이었지만 안개가 살짝 걷혔다. 하지만 시계가 조금 좋아졌을 뿐 크게 도움은 되지 않았다. 겨우 1200미터 고도에 올랐지만 시계바늘은 9시를 가리켰다. 깊은 곳은 허벅지까지 빠지는 곳도 있다. 칠흑같이 어둡지만 등산로 표지판 일부가 간간이 보여 이정표가 되어 주었다. 11시경. 눈은 거의 그쳤지만 몸을 지탱하기 힘들 정도의 강풍이

덮쳤다. 진행 방향과 역풍이다. 속도는 절반에도 미치지 못했다. 얼마나 걸었는지 알 수 없다. 눈은 완전히 그쳤고 안개도 천천히 농도를 낮춰갔다. 머리 위쪽으로는 맑은 하늘이 드러났다. 운해의 경계선 위에 올라선 것이다. 발 아래 세상은 운해에 뒤덮혀 마치 섬에 갇힌 듯했다. 몽환적인 분위기다. 12시가 다 되어갈 무렵. 지리산의 실루엣이 드러났다. 지리산 능선만이 가진 풍만한 아름다움이다. 전방에 장터목산장의 불빛이 보였다. 우정의는 전음으로 송풍석을 불러 보았다. 십여 차례 전음을 보냈지만 답은 없었다. 불안함이 급습했다. 그 정도 거리라면 분명 송풍석의 응납이 있어야 정상이다. 그는 몇 가지 상황을 설정했다. 송풍석이 잡혔거나 하는 상황 혹은 그들이 GPS호출기를 회수하여 그를 유인한 상황이다. 그는 사주경계를 하며 조심스럽게 이동했다. GPS수신기에 표시된 곳은 전방에 보이는 장터목산장이 확실했다.

*

날씨가 심상치 않다. 멀리서 몰려오는 먹구름이 그것

을 증명하고 있었다. 일기예보를 듣지 않더라도 대설이 확실한 구름이다. 강라임은 그다지 걱정하지 않았다. 우정의라면 별 어려움 없이 올라올 것이라는 판단에서다. 산장에는 몇 사람 남아있지 않았다. 지리산 입구에서 등산객을 통제했기 때문이다. 대부분 사진작가인지 말 없이 카메라를 조작했다. 강라임은 운이 좋은 사람들이라고 생각했다. 악천후가 지난 후면 지리산의 묘한 아름다움을 목격할 수 있기 때문이다. 강라임은 온 신경을 집중해서 산장 밖의 기척에 집중했다. 우정의가 호출에 즉각 반응했다는 가정 하에 도착가능한 시간을 계산했다. 우정의가 지리산 인근에 머물고 있었다면 6시간, 멀리서 온다 해도 12시간이면 도착할 것 같았다. 10시경, 그는 산장 밖으로 나왔다. 사진작가들은 모두 잠들었다. 머지 않아 눈이 그칠 것 같다. 11시경에는 눈이 그치고 달빛이 온 지리산 하얗게 비추었다. 대기의 찌꺼기를 쏟아 내린 청명한 밤하늘이다. 파란 하늘은 바다 위를 연상케 했다. 반이 뚝 잘려나간 노란 달은 수많은 별을 이웃하며 떠 있다. 강라임은 달 기운이 충만해 보이는 바위를 찾아 가부좌를 틀었다. 얼마 지나지 않아 우정의의 기운이 그려졌다. 마음의 눈이 뜨인 것이다. 우정의는 강라임의 기운을 느끼지 못하는 듯했다.

*

장터목산장을 약 300여 미터 앞두고 있다. 산장 주변에는 사람들이 보이지 않는다. 사람의 기운도 전혀 느껴지지 않는다. 달빛 아래 가부좌를 튼 사람의 모습이 보인다 우정의는 긴 숨을 내쉬었다. 송풍석은 아직까지 전음에 답하지 않았다. 가부좌를 튼 사람은 송풍석이 아니었다. 근처까지 가서 기운을 인지하기 전까지만 해도 그가 강라임이라고는 상상조차 할 수 없었다. 반가운 마음에 그를 부르려는 찰나 강라임의 전음이 들렸다. 그의 사망도 조작됐었다는 것을 확신했다. 우정의는 놀라움과 반가움에 눈물을 흘렸다.

달빛 아래 두 남자의 긴 포옹이 이어졌다. 그들은 그간의 사건들을 공유했다.

"골탕 좀 먹여 볼까요?"

"뭘? 누구에게?"

"그들은 호출기 신호를 찾아올 겁니다. 그걸 가지고 장난을 좀 쳐 보지요. 혹시 야생동물 잡아 보셨습니까? 첩보영화에도 흔히 나오는 방법이긴 한데, 고라니 같은 동물이 있으려나 모르겠습니다."

"이렇게 높은 지역에는 없고, 좀 낮은 곳으로 가면 가능하겠지. 그래도 쉽지는 않을 거야. 그러지 말고 더 좋은 방법이 있어. 저 안에 사진작가들이 있더라고. 해가 뜨기 전에 일출 촬영하러 천왕봉에 올라갈 거야. 그들 베낭에 넣어두면 어떨까?"

강라임의 제안이었다. 둘은 의기투합했다. 불행 속에서 즐거움을 찾은 것이다. 강라임은 산장으로 들어가 짐을 챙겨 나왔다. 그들은 우정의가 올라온 등산로를 이용해 하산했다. 하산이라는 표현으로는 부족했다. 강라임은 발이 눈에 빠질 틈이 없었다. 우정의는 강라임의 가벼운 몸짓이 부러웠다.

김동설에게 빌려온 갤로퍼 차량 앞에 도착하기까지 불과 한 시간도 채 걸리지 않았다. 정상적인 방법으로라면 5시간이 넘게 걸리는 거리였다. 우정의는 GPS 호출기를 찾아나선 누군가를 떠올리니 웃음이 터져나왔다. 어떻게 될 지는 알 수 없지만 낭패를 당했을 사진작가들에게 미안한 생각이 들었다.

반격

우정의는 만 하루도 지나지 않아 돌아왔다. 강라임을 본 초심과 도희는 입을 다물지 못했다. 장터목산장에서 우정의가 강라임을 만났을 때의 감정과 다르지 않았다. 강라임은 그가 겪은 일을 소상히 알려주었다. 홍준희 대장 역시 회유되지 않고 그들을 도왔을 가능성이 높아졌다. 이예리의 등장은 배후인물을 파악할 단서가 됐다. 도희는 이예리라는 이름만 가지고 필요한 정보를 찾아낼 수 없었다. 강라임은 그들에게 잠입할 수 있는 유일한 창구가 되었다. 강라임과 우정의가 만났으리라고는 생각지도 못하고 있을 것이라는 전제 하에서다. 강라임은 이예리가 말하던 〈대표님〉이 바로 야당 대표라고 못박았다. 이예리를 두고 미국놈들에게 주니 어떠니 했던 부하들의 대화를 곱씹어 보면 미국과 연결되어 있을 가능성도 있다고 생각했다. 우정의는 인원을 두 팀으로 나눠 작전을 구상했다. 강라임과 김동설이 한 팀으로 우정의, 초심, 도희가 팀을 구성했다. 강라임이 먼저 서울로 올라가서 이예리와 만나게 되면 김동설이 강라임을 미행하는 자들을 이중 미행하기로 했다. 강라임은 마침 호스트바를 운영하는 지인이 있다며 그에게 도움을 구해보기로 했다. 이예리를 납치해서라도 비밀을 파헤치는 것이 목표다.

서울에 도착한 강라임은 이예리가 준 휴대폰 전원을 켰다. 부재중 전화와 문자메세지가 몇 개 있었다. 전부 이예리가 보낸 문자들이었다. 문자를 보는 즉시 연락을 달라는 내용이다. 변명거리를 생각해 두긴 했지만 속아줄지는 의문이었다. 멀쩡히 살아있는 자신의 사망 소식을 접하니 망연자실 했었다는 게 변명의 요지였다. 그의 걱정과는 달리 이예리는 연락이 되지 않은 것에 전혀 관심이 없었다. 이예리는 공덕동으로 강라임을 불러냈다.

"우정의에게서 연락 없었나요? 그들이 갑자기 도주했어요. 빨리 찾아내지 못하면 국제적 문제로 불거질 수 있습니다."

이예리는 사태의 심각성을 강조했다. 강라임은 그들의

상황이 예사롭지 않음을 직감했다. “미안합니다만 오늘 제게 시간 좀 내 주시면 좋겠습니다.”

이예리는 흠칫 놀란 눈치였지만 반가운 표정이 역력했다. 그는 이예리가 호스트바를 들락거린다던 사실을 실감했다.

“갑자기 무슨 시간요?”

“아시다시피 당분간은 숨어 지내야 하니 어디 갈 데도 없고. 집에도 갈 수 없고. 가족들은 정말 제가 죽은 줄 알고 망연자실해 있을 텐데. 속이 이만저만 아닙니다. 미쳐 버릴 정도입니다. 누군가 알아보는 것도 두렵고요.”

강라임의 말에 이예리는 고민하는 듯했다. 강라임은 이예리가 그를 어디로 데려갈지 궁금했다. 자신이 미처 이예리의 정체를 알지 못했다면 어떻게 되었을지 상상해 보았다. 두려운 생각마저 들었다. 그는 계획한 대로 이예리의 성적 욕구에 불만 질러놓고 빠지기로 했다. 이예리가 다니는 호스트바의 위치를 파악하기 위함이다. 이예리의 차는 약 30여 분 정도를 이동했다. 청담동의 식당가 골목이다. 간판에는 오가노주방이라고 적혀 있었다. 차가 멈추자 발렛서비스 요원이 쏜살같이 튀어나와 공손하게 문을 열어 맞이했다. 친절이 몸에 배어 있었다. 평생을 운동만 해왔던 강라임은 평생 한 번 가볼까 말까 하는 고급 식당이다. 홀 안에는 방송에서나 보았던 연예인이나 눈에 익은 인상의 손님들이 군데군데 섞여 있었다. 데스크에서는 매니저가 활짝 웃으며 구석에 있는 방으로 안내했다. 서로 제법 잘 알고 지낸 듯한 눈치였다. 구석구석 고급스러운 마감이 돈의 손길이 닿지 않은 곳이 없었다. 잠시 후 사장이란 사람이 들어왔다. 매니저를 물리고 직접 주문을 받으러 온 것이다.

"김사장님. 제일 좋은 거로 2인분 내줘요."

이예리는 사장이 건넨 메뉴판은 받아 보지도 않고 주문했다. 강라임은 이예리의 말투에서 교만함이 느껴졌다. 이예리는 매니저를 불러 발렌타인 30년 산 한 병을 주문했다. 그리고는 강라임에게 애매한 눈빛을 던졌다. 강라임은 거북한 기분이 들었지만 애써 웃음을 지었다.

이예리는 취기가 오르자 남성편집증이랄 수 있는 증세를 보였다. 이예리는 빠른 속도로 무너져갔다. 빨리 무너지려 하는 것 같다는 표현이 어울릴 것 같았다. 이예리는 자리를 옮기기를 원했다. 그런데 당장이라도 무너질 듯 보였던 이예리는 주점을 나오며 바른 자세를 유지했다. 대리기사가 도착하자 강라임은 도망치듯 빠져나왔다. 강라임의 눈에 김동설의 갤로퍼 차량이 보였다. 이예리를 미행할 준비를 끝낸 것이었다.

강라임은 새벽이 되어서야 김동설에게서 문자메시지를 받았다.

〈미행이나 수행은 없었으며 호스트바에서 4시간 정도 머물다 한 남자와 호텔로 들어감〉

〈여의도 홍성철 사무실이 있는 빌딩으로 들어갔음〉

〈용산으로 이동. 미군부대 앞에서 황석연을 만나서 같이 들어갔음. 안쪽은 확인 불가!〉

김동설은 문자메시지로 이예리의 동선을 알려왔다. 미군부대 안에서 약 3시간 가량을 머물었던 이예리는 다시 이동했다. 김동설은 우정의에게서 받은 현금으로 작은 아파트를 임대했다. 우정의 팀이 합류한 뒤 계획했던 것들을 바로 실행에 옮겼다. 초심과 도희는 숙소에서 야당과 홍성철 대표, 황석연 대변인, 이예리에 대한 정보를 찾아 사건과 관련될 만한 정보를 모으기로 했다. 우정의, 강라임, 김동설은 이예리 납치를 위한 작전에 착수했다. 김동설은 호스트바 사장에게 이예리가 출입하는 업소의 위치를 알려주었다. 업소 사장은 말 잘 듣는 호스트 한 명을 이예리가 출입하는 업소로 보내 두었다. 일종의 파견 근무였다. 이예리가 그물에 걸리기만 하면 된다. 도희와 초심도 정보 분석에 성과를 올렸다. 황석연은 홍성철의 지명으로 야당 대변인이 되었으며 미국 정보기관에서 근무한 이력이 있다. 하지만 어디에서도 이예리에 대한 정보는 찾아내지 못했다.

목요일 저녁, 호스트바 사장에게서 연락이 왔다. 이예리가 업소에 왔고 남자 보는 눈은 있던지 파견된 호스트를 맘에 들어했다. 이예리는 예상보다 씀씀이가 해펐다. 호스트는 오랜만에 호구를 잡은 것이다.

우정의, 강라임, 김동설은 호스트바 근처에서 대기했다. 김동설은 차에서 대기하고 우정의와 강라임이 이예리가 나오는 대로 납치하기로 했다. 강라임은 주변의 기를 읽으며 감시자를 유심히 살폈다. 이예리는 술에 취해 성욕을 주체하지 못했다. 호스트는 이예리같은 여자 하나쯤 요리하는 것은 일도 아니었다. 자지러지기 시작한 이예리는 허리를 들썩이며 몸부림쳤다. 호스트의 손가락에 완전히 무너진 것이다. 호스트는 이예리를 호텔로 유인했다. 이예리는 그가 시키는 대로 고분고분 따랐다. 인사불성인 상황에도 불구하고 성욕을 어쩌지 못했다. 그들이 정문을 나서자 괴한으로 변신한 우정의와 강라임이 호스트의 목 뒷덜미를 가격했다. 호스트는 그 자리에서 기절했고 이예리는 강라임의 손에 잡혀 발버둥쳤다. 이예리가 납치되기까지 순식간에 이루어진 일이다. 계획에 없던 호스트 공격은 알리바이를 위한 것이기도 했지만 정신 차리고 살라는 의미도 있었다. 김동설은 이예리에게 마취제를 놓았다. 이예리는 무거워지는 눈꺼풀과 함께 공포가 찾아들었다. 불과 10여 분 전의 쾌락과 환희는 온데 간데 없었다.

동이 트기 전 강변의 물안개 사이로 한적하게 자리잡은 펜션이다. 우정의는 이예리를 업었고 강라임과 김동설은 주변을 살폈다. 네 명은 재빨리 펜션으로 들어갔다. 우정의는 이예리를 의자에 묶고 입에는 검은색 고무테이프를 붙였다. 우정의와 김동설의 행동은 그야말로 신속, 정확하다고 볼 수 있었다. 훈련받은 사람들의 익숙함이다.

고문

가까스로 정신을 차리던 이예리는 뇌리에 스치는 기억이 있었다. 머리가 깨질 듯이 아팠다. 익숙한 숙취 후유증은 아니었다. 불현듯 괴한의 습격을 받은 기억이 났다. 창에는 어두운 커튼이 쳐져 있다. 정신을 차린 지 한참이 지나자 누군가 이예리 앞에 섰다. 그의 손에는 주사기 하나가 들려져 있었다. 김동설은 이예리의 입에 붙였던 테이프를 떼어냈다. 비명을 지르는 순간 누군가 세차게 뺨을 후려쳤다.

"성실히 답하면 죽이지는 않는다. 선수끼리 힘 빼지 말자고. 웃으면서 하는 게 좋잖아?"

김동설의 협박이었다. 이예리는 파멸의 길을 걸을 것이라고 판단했다. 자기도 모르게 눈물이 흘러내렸다. 공포와 좌절이 응축된 결과였다.

"눈물로 호소하겠다는 건가? 우린 프로잖아."

김동설이 낮은 톤의 목소리로 비웃었다. 너무 쉽게 무너진 것 같다고 생각했다. 김동설은 707 대테러부대에서 고문전문가로 유명했었다. 그는 어느날 갑자기 직업에 회의를 느끼고 어부이자 횟집 주인으로 살게 되었다. 아내는 그의 정신병에 가까운 비이성적인 성격과 이상행동을 버티지 못하고 떠났다. 이혼할 당시에는 자신이 심각한 상황이었는지 모르고 있었다. 이제서야 정상인의 수준을 찾아가고 있었다. 다시 고문의 현장에 있으니 눌려있던 살기가 흘러나왔다. 우정의와 강라임마저 그의 기에서 괴이함을 느꼈다. 그들은 그저 묵묵히 지켜보기로 했다. 우정의는 녹음기를 켜고 취조를 지켜보았다. 십수년 간 특수전에 참여했던 우정의조차 김동설의 취조 현장은 처음 보는 것이다.

"소속은 뭐요?"

"CIA 한국지부 대북 담당 공작원입니다."

생각지도 못한 이예리의 정체에 다들 놀라지 않을 수 없었다. 그들은 지금까지 이예리가 국정원 소속이라고 알고 있었기 때문이기도 했다. 특히 우정의는 국정원의 대외특임부대 같은 비공식적 조직 소속일 거라고 넘겨 짚었던 것이다. 생각지도 않은 답이 나오자 거짓말인지조차 의심스러웠다. 이예리의 동공이 심하게 흔들렸다. 김동설은 변화를 놓치지 않았다. 미묘한 감정의 움직임을 간파한 것이다. 실토하지 않았어도 되는 사실을 자백해 버렸다는 것을 눈치챘다. 이예리의 실수였다. 김동설은 이예리가 앞으로 거짓 자백을 할 것을 알고 있었다.

"누굴 위해 일하고 있지?"

"자조당을 돕기 위해 파견됐습니다."

"미국이 자조당을 돕는 이유는?"

"여당이 미국을 따르지 않기 때문입니다."

"자조당을 여당으로 만들어서 어쩌자는 거지?"

"그런 것까지는 모릅니다."

"북한은 어떤 이득이 있지?"

"나같은 공작원은 알 수 없습니다."

김동설과 이예리의 짧은 취조가 이어졌다. 질문과 대답 모두 간단명료했다. 우정의는 김동설을 뒤쪽으로 불러 메모지를 보여주었다.

〈1. 북한의 주요 공작원 명단 2. 미국 담당자 명단 3. 미끼 좀 던져 보시죠.〉

김동설은 다시 이예리에게 돌아왔다.

"북한의 접촉 공작원은 누군가?"

"내 선에서는 알 수 없습니다."

"그렇다면 권영탁 소좌는 어떻게 알았지?"

"아니. 그건~"

이예리가 뭔가 말하려고 하자 김동설은 이예리의 말을 끊었다.

"CIA 담당자는 누군가?"

"그건 말할 수 없습니다."

이예리는 단호하게 말했다.

"공짜로는 말하지 못 하겠다는 거로군. 그렇다면 나머지는 내가 알아보도록 하지."

김동설은 이예리에게 보여주었던 주사기를 다시 들어올렸다. 스테인레스 주사기는 허공에 알 수 없는 액체를 뿌렸다. 이예리는 이를 악물었다. 김동설은 이예리 눈가에 주사기를 흔들고는 입에 재갈을 물렸다.

"많이 아플 거야. 걱정할 건 없어. 테트라케인이라고 그냥 마취제야. 국소마취제지. 알다시피 어느 정도의 양이 들어가느냐에 따라 목숨이 왔다갔다 할 수 있어. 이걸 당신 어깨에 주입할 거야. 걱정하지 마! 지금은 아프지 말라고 주사하는거니까."

김동설은 이예리의 얇은 어깨를 손가락으로 쿡쿡 찔렀다. 주사바늘은 고민할 틈도 없이 왼쪽 어깨 중앙에 꽂혀 깊게 파고들었다.

"조금 있으면 감각도 없어져. CIA라고 했으니 잘 알고 있을 거야. 이런 건 애들 장난 수준이지. 안 그래?"

김동설의 강한 억양 어둠이 배어 있었다. 우정의와 강라임에게도 공포감이 느껴질 정도였다.

"다시는 이 짓을 하지 않으려 했었는데 막상 손을 대니 달콤한 피냄새가 그리워져. 외과 의사들이 그러더군. 피냄새가 그리워서 다른 직업을 못 구한다고 말이야."

테트라케인이 주입되자 이예리의 얼굴이 조금씩 일그러졌다. 불안감에 공포가 엄습한 것이었다. 정신력은 대단한지 잘 버텼다.

"약효가 도는 데는 일 분도 안 걸려."

김동설은 함석가위 비슷하게 생긴 스테인레스 가위를 꺼내 들었다. 그리곤 이예리 얼굴에 가위를 가까이 들이대더디 한 마디 더 남겼다.

“이렇게 예쁜 손에 손가락이 없으면 볼만 하겠는데? 난 손톱을 뽑거나 하는 무식한 짓은 하지 않아. 그냥 잘라버릴 거야.”

김동설은 이예리의 실크셔츠를 부드럽게 벗겼다. 호스트바에서 대충 걸쳐입은 티가 났다. 김동설은 브래지어 끈을 당겼다가 툭 놓으며 비릿한 미소를 지었다. 이예리는 깊이를 알 수 없는 두려움을 느꼈다. 김동설은 이예리의 브래지어를 칼로 끊더니 한 마니 던졌다.

“어쭈! 이 놈 보소. 이 상황에도 유두가 바짝 일어서네?”

김동설은 유두를 꼬집었다.

“손가락 다음엔 꼭지를 딸까? 아니면 그냥 꼭지부터 할까? 원하면 고개를 끄덕여 봐~”

이예리는 눈물을 흘리며 고개를 세차게 가로 흔들었다.

“아마 네 시간 정도 지나면 마취가 깨면서 아프긴 할 거야. 잘린 곳보다 마음이 더 아프겠지. 이런 예쁜 아가씨에게 유두가 없으면 남자들이 좋아하지 않을 거야. 그렇지?”

김동설은 가위를 들어 이예리의 손을 들었다. 오른손은 힘을 잔뜩 주고 있어 부들부들 떨렸다. 표정은 겁에 질려 하얗게 질려 있었다. 국소마취된 왼손은 축 늘어져 있었다. 이예리는 눈물을 뚝뚝 흘렸다. 김동설은 이예리의 턱에 손을 받쳐 고개를 들었다.

“잠깐이면 되는데 너무 괴로워하지 마! 하나 잘라보고 다시 이야기할까?”

이예리는 힘 없이 고개를 흔들었다. 생각보다 쉽게 진행되는 것이 의심스러워질 정도였다. 김동설은 그것도 연기일 수도 있다고 생각했다. 김동설은 가위를 내려놓고 의자에 앉았다. 이예리가 입을 열기를 기다리겠다는 뜻이다. 이예리는 기억을 더듬는 것인지 호흡을 가다듬는 것인지 약간의 시간을 끌었다. 김동설은 이예리의 브래지어와 가슴이 부담스러웠지만 신경쓰지 않기로 했다. 강라임은 이예리의 기를 읽었다. 살기, 공포, 포기, 절망, 치욕 등 다양한 기의 흐름을 느낄 수 있었다. 이예리는 눈빛이 풀어진 표정으로 입을 열었다.

"나도 한국인입니다. 그러나 애국심은 미국에 있습니다. 미국으로 조국을 바꾼지 오래입니다. 나는 CIA 공작원이며 정보원이지 특수훈련을 받은 첩보원이 아닙니다."

이예리는 그들이 생각지도 못했던 이야기를 시작했다. 우정의로서는 이예리가 왜 그런 이야기까지 하는지 의심했다. 이예리의 설명에 의하면 북한은 이미 게슈타포를 보유하고 있다. 국정원은 독일에서 개발중이었던 미완성 백신을 입수했다. 그리고는 비밀리에 고미진을 통해 연구를 진행해 왔다. 국정원 안에서 비밀리에 임상실험 중이었다. 백신개발이 쉽지 않자 초심 박사를 연구에 가담시킬 방법을 모색했다. 독일의 연구소가 폐쇄된 후 국정원은 초심을 한국의 제약회사에 파격적인 대우로 채용하도록 조치했다. 미국이나 독일에 초심을 빼앗길 수 없었던 것이다. 국정원은 고미진을 통해 초심을 국정원 의료자문위원으로 끌어들였다. 고미진은 초심과 우정의를 연결했다. 예상이 빗나갔지만 백신의 개발속도가 빨라졌다. 국정원은 새로운 기회를 만나게 된 것이다. 하지만 국정원은 비상이 걸렸다. 국정원의 일부는 야당의 홍성철에 의해 움직이고 있었다. 이용가치가 있다고 판단한 홍성철이 프로젝트를 주도하게 된 것이다. 처음에는 북한의 생물학무기 대응을 목적으로 한 백신개발이었지만 다른 목적으로 전이됐다. 오래 전부터 국정원과 홍성철의 작업을 읽고 있었던 CIA가 개입하기에 이르렀다. 그런데 홍성철이 CIA의 개입을 알게 되면서 그가 역으로 접촉을 시도했다. CIA에서는 황석연과 이예리를 홍성철의 심복으로 파견했다. 이예리의 표현에 의하면 홍성철은 야비한 사람이다. 홍성철은 게슈타포와 백신에서 돈 냄새를 맡았다. 전부터 국제적인 전염성 바이러스 때문에 전세계가 들썩이는 것들을 파악했던 것이다. 그는 백신이 얼마나 큰 돈이 되는지 알고 있었다. 홍성철의 정보력은 예상 이상이었다. 배후에 누군가 있다는 것은 알고 있었지만 실체는 드러나지 않았다. 홍성철은 미국이 게슈타포의 변종을 개발해 냈다는 사실과 독일이 백신 개발에 성공하지 못했다는 것도 알고 있었다. 홍성철은 독일 연구소가 문을 닫게 된 이유도 알고 있었다. 연구소 폐쇄가 CIA와 FDA의 합작품이라는 비밀까지 알고 있었다. CIA가 그를 제거할 수 있는 방법은 얼마든지 있었지만 함부로 움직일 수 없었던 이유가 바로 그것이다. CIA는 독일의 바이젠바이젠 주식을 모은 후 파산할 수밖에 없게 만들었다. 그런 다음 게슈타포와 핵심 연구원을 빼돌리려 했다. 북한이 변종 바이러스를 가지게 된 것 역시 CIA 작품이다. 홍성철은 대선자금 지원을 조건으로 협조를 약속했다. 스스로 사냥개를 자처하니 CIA에서는 오히려 고마운 일이었다. 홍성철이 요구한 자금은 미국 입장에서 푼돈에 지나지 않았다. 그런데 홍성철은 최근 욕심이 커졌다. 대선자금 외에 백신판매 수익금을 요구한 것이다. 미국의 목적과 방법을 전부 알아버린 것이 분명했다. 그가 어떤 경로를 통해 그런 정보를 입수하게 된 것인지 알 수 없었기 때문에 그의 의견을 따를 수밖에 없었다. 미국은 북한을 통해 변종 바이러스를 뿌릴 계획이었다. 미국의 제약회사에서 개발한 백신을 판매하는 것이다. 이예리는 신종플루와 타미플루 비슷한 관계라고 했다. 그게 이예리가 아는 전부라고 했다. 이예리를 신뢰할 수 없었지만 상황과 똑 떨어졌다. 믿지 않을 수가 없었다. 이예리는 고개를 떨구었다. 김동설은 이예리의 이야기는 믿겠지만 사람은 믿을 수 없었다. 초반에 애국심을 들먹이며 시작한 부분이 어째 내키지 않았던 것이다.

"나를 똑똑히 봅시다."

김동설의 말에 이예리가 고개를 들었다. 그는 이예리를 테스트해 볼 뭔가를 떠올렸다. 이 시점을 놓친다면 더 이상의 정보 습득은 어려울 것이라고 판단한 것이다.

"CIA 상급자는 누구며, 북한의 접선자들은 누구지?"

"우정의는 스미스라는 조직에 대해 알고 있을 겁니다. CIA 외부조직 정도로 알고 있습니다. 나 역시 그들에 대해 아는 건 거의 없습니다. 다만 북한 책임자가 얼마 전 알수 없는 이유로 숙청되었습니다."

우정의는 스미스가 CIA의 외부조직이라는 데 놀라지 않을 수 없었다. CIA가 그동안 국정원을 가지고 놀았다는 것이다.

"그럼 게슈타포가 세상에 풀리게 되면 어떻게 되는지 알고 있나?"

"의지가 약한 일반인들의 경우 일 년 안에 80퍼센트 이상 사망을 예측하고 있습니다. 게슈타포는 간접적 살인을 유도하기 때문에 더 무서운 생물학 무기입니다. 게슈타포의 위협이 언론을 타고 백신이 개발만 된다면 전세계

인류가 모두 접종하지 않으면 안되는 백신이 되고 향후 추가로 변종 바이러스를 풀게 되면 미국은 지속적으로 막대한 자본을 축적할 수 있습니다."

"당신은 이런 것을 다 알면서 왜 진실을 밝히지 않은거지? 이런 전 인류적 범죄를 그냥 묵과할 수 있나? 양심이 허락하던가?"

"이런 일은 개인이 나선다고 해결되는 게 아닙니다. 쥐도 새도 모르게 죽어나간 사람들이 한 둘이 아닙니다. 반성문의 죽음이 자살이었을까요? 그의 경우에는 홍성철이 주도하여 살해한 것이지만 이 역시도 따지고 보면 자본에 의해 희생된 사례입니다."

"이 일과 관련이 없는 것으로 알고 있는데, 왜 죽인 거지?"

"홍성철은 반성문의 부서를 통해 범죄조직을 휘두르고 있었습니다. 뭔가를 눈치챈 반성문이 홍성철을 협박했습니다. 야당이라고는 하지만 홍성철이 국정원 중견간부 하나 처리하는 게 아무 것도 아니라는 것을 그는 몰랐던 것입니다."

"반성문이나 강라임을 자살로 처리하고 기사화 하려면

증거 같은 게 있어야 하지 않나?"

"미디어는 눈을 가리는 데 있어 가장 효과적인 방법입니다. 사람들은 보고 싶은 것만 보고 듣고 싶은 것만 듣습니다. 대체로 자신의 생각이 진리라고 생각합니다. 누군가 가자고 선동하면 가고 멈추자고 선동하면 멈추는 대중심리를 이용하는 것이 바로 미디어입니다. 소수가 반론을 펴고 시위나 투쟁을 해도 소용 없습니다. 예전에도 그랬고 미래에도 변하지 않을지도 모릅니다. 아닌 것처럼 꾸며져 있고 가려져 있지만 미디어는 언제나 정치권에 장악되어 있었습니다. 돈 앞에 장사 없다고 그 누구도 돈 앞에 무릎 꿇지 않을 수는 없습니다. 일개 방송국이 강압적으로 기획하여 실시하는 세무조사를 이겨낼 수 있을까요? 피 끓는 기자가 목숨을 걸고 뛴다고요? 파리 목숨밖에 되지 않습니다."

이예리의 목소리에는 점차 감정이 들어갔다. 급기야는 열변을 토하고 있었다. 우정의와 강라임은 이예리의 기운이 전과 다르다는 것을 느끼고 있었다.

"당신을 풀어준다면 어찌할 건가?"

예상 외의 제안에 이예리는 고민했다.

"시간을 좀 주시죠. 풀려 나간다 해도 내 목숨이 붙어 있을 지는 알 수 없습니다."

고백

"일리가 있는 이야기인데 다 믿어도 될까요?"

우정의는 의심을 거둘 수 없었다.

"나도 마찬가지야. 여차 하면 세게 가봐도 돼. 겁만 주려고 한 건 아니니까."

김동설은 우정의의 의견에 동의했다. 그의 주문만 있다면 실행에 옮길 각오가 되어 있었다.

"제 생각에는요. 이예리가 거짓말을 하는 것 같지는 않네요. 오늘 한 가지 공부를 하게 되었는데, 사람의 감정에 따른 기의 변화를 느낄 수 있었어요. 그래서 이예리가 말할 때마다 기의 변화를 신경써서 체크했어요. 다른 이상 징후나 이예리가 하던 말과 다른 기의 변화는 없었어요. 입에서 나오는 말은 거짓말은 할 수 있지만 기는 바꿀 수 없죠. 특히, 일반인이라면 더욱. 정의! 자네는 느끼지 못했나?"

강라임이 반론을 했다.

"저도 기는 느꼈지만 형님처럼 세밀한 정도는 아닌 것 같습니다. 아무래도 저는 아직 초심자 수준이니까 말입니다. 그리고 형님 말씀이 맞다면 이예리의 다음 답에 따라 우리도 어떻게 다음 행동을 취할지 결정하게 되겠군요. 험하게 하고 싶지는 않은데."

"그래도 안전장치 하나는 마련해 보겠습니다."

김동설이 말했다. 뭔가 생각하는 것이 있는 듯했다.

김동설은 의자를 끌어 이예리 앞쪽에 놓고 앉아 말 없이 이예리를 보았다. 이예리는 눈을 감은 채 감정을 알 수 없는 표정을 짓고 있었다. 이예리가 스스로 입을 열 때까지 기다려 보려는 것이었다. 이예리에게는 상당히 복잡하고 어지러운 심경이었다. 십여 분이 흘렀을까 이예리는 천천히 눈을 떴다.

"나도 같이 하고 싶습니다. 당신들 틈에 끼워주세요."

생각지도 못한 발언에 다들 놀라지 않을 수 없었다.

"아마 큰 도움이 될 겁니다. 그들은 아직까지는 나를

신뢰하고 있습니다. CIA도 홍성철도."

이예리의 눈빛이 강렬했다. 강한 의지로 기를 발산하고 있었다. 강라임과 우정의는 순수하고 강렬한 기운을 느끼고 있었다. 강한 의지가 느껴지는 기운이었다. 김동설은 그래도 의심의 끈을 놓지 않았다.

"나도 안전장치가 필요할 듯한데."

김동설의 말에 이예리는 잠시 고민을 하는 듯하더니 강한 의지를 담은 눈빛과 함께 고개를 끄덕여 보였다. 김동설은 가방을 열어 조그만 박스 하나를 꺼냈다. 그는 덮개를 열어 자그만 앰플 한 개를 꺼내 들어 이예리에게 보여주었다.

"이런 것 본 적이 있을지 모르겠는데, 작동 후 환경이 바뀌면 즉시 폭발하는 소형 폭탄이야. 물론, 원격으로도 폭발시킬 수 있지. 간첩 활동이나 인질에게 사용하기도 하는 장비지. CIA에서 봤을 수도 있어. 이걸 당신 가슴 아래 부분을 째서 넣고 꿰맬 거야. 어때? 그래도 우리에게 협조할 마음이 있나?"

"그건 마음대로 하시죠. 그 정도는 서로간의 신뢰라고 생각해 두겠습니다. 어차피 신뢰시켜줄 게 없으니 내 성의 표시라고 생각하겠습니다."

이예리의 대답에 김동설은 감탄했다. 어지간한 남자들보다 배포가 큰 여자임은 확실했다. CIA에서 이 여자를 보낸 이유를 공감했다. 김동설은 이예리의 젖가슴 왼쪽 옆구리 하단에 테트라케인을 소량 주사했다. 마취상태를 확인한 그는 곧 일 센치미터 정도를 절개하고 앰플을 깊게 밀어넣었다. 김동설은 수술용 클립으로 절개 부위를 임시로 봉한 후 본인만 알수 있을 만큼의 얕은 한숨을 내쉬었다.

"흉터는 미안합니다."

김동설의 말투는 상당히 부드럽게 바뀌어 있었다. 괜찮아요, 라고 말하는 이예리의 눈에는 전혀 괜찮지 않은 눈빛이 비쳐 있었다. 김동설은 이예리의 잘려진 브래지어를 살짝 덮고 셔츠의 단추 하나를 채워 주었다. 이제는 치욕적일 것이라는 생각이 들었기 때문이다. 마음은 벌써 동지가 된 듯싶었다.

"술 좀 주실래요?"

이예리의 부탁이었다. 복잡한 심경 때문인지 알코올

에 의지하고 싶었던 듯 보였다. 김동설은 냉장고에서 보았던 소주를 꺼내 글라스에 반 컵을 채워 주었다. 그러자 이예리는 세 컵을 연거푸 들어부었다. 곧 얼굴은 금세 핑크빛으로 물들어갔다.

"제 부모님은요. 엄마는 검사, 아빠는 기자였어요. 저는 당시 미국 외갓집에서 태어나서 다섯 살까지 미국에서 살았어요. 아빠는 미국 유학때 엄마를 만났대요. 한국으로 돌아온 두 분은 당시 잘 나가는 검사, 기자였답니다. 두 분은 탄탄대로를 달렸어요. 두 분 다 집안도 좋고 학벌도, 인맥도 어느 하나 떨어지지 않는 누구나 부러워하는 조건을 다 갖춘 사람들이었어요.

엄마는 능력과 실적으로 큰 사건들을 많이 다뤘어요. 그땐 제가 고등학생이었어요. 아빠 역시 방송국에서 인정받고 있었구요. 그러던 중 엄마는 정계가 연결된 큰 사건을 하나 맡게 되었어요. 현직 대통령의 형제가 관련된 사건이어서 방송과 신문에서 끊이지 않고 기사화되어 피해나갈 수 없는 사건이 되었죠. 대통령도 어찌할 수 없는 상황이 되었어요. 당시 특검팀을 꾸리게 되었는데 엄마는 특검팀장이 되었구요. 듣기로는 엄마가 너무 청렴했기 때문에 특검팀장이 되었다는데 사실은 방송용이었다는 것을 나중에야 알게 되었어요. 게다가 여자니까 대충 찍어 누르면 넘어가지 않겠냐는 판단이었을 거예요. 하지만 그건 오산이었어요. 오히려 그들은 엄마를 특검팀장으로 만든 것을 후회하고 있었어요. 엄마를 회유하기 위해 여기저기 라인을 타고 압력이 심했어요. 개인적은 라인, 공적인 라인, 학벌 등 심지어는 미국에 계시는 외할아버지께서도 살살 마무리하라는 전화를 하셨어요. 할아버지는 한국이 싫다고 미국으로 떠난 분이시라는데 엄마는 너무 싫었답니다.

엄마는 주변 사람들이 주는 선물도 누구 타서 올까봐 아예 선물 같은 건 받지도 않는 분이셨어요. 털어도 먼지 안나는 사람이라는 소문이 났었답니다. 흠이 될 만한게 전혀 나오질 않아서 특검 검사팀장으로서 자리를 위태롭게 할 만큼 생채기를 낼 수가 없었답니다. 어떻게든 엄마를 끌어내려야 하는데 방법이 없었던 거죠. 그들은 엄마를 어떻게 해보려던 게 수월치 않자 아빠를 괴롭히기 시작했어요. 엄마에 비해 아빠는 기자생활 하면서 여러 문제가 있긴 했었던 듯해요. 아빠는 매일 밤 엄마를 회유했어요. 엄마는 그런 아빠를 경멸하기 시작했어요. 그렇게 사랑하던 그 두 분이 말이예요.

나중에는 사소한 일까지도 다투기 시작했고 엄마는 그 스트레스를 특검에서 다 풀어낸 것 같아요. 그들 입장에서는 혹 떼려다 혹 붙인 꼴이 되어 버린거죠. 특검이 길어지고 사건이 점점 커지면서 나중에는 아예 방송국 사장이 직접 아빠를 압박하기 시작했어요. 아빠는 견디기 힘들었겠죠. 그들은 사고를 치고 말았어요. 말도 안되는 일이 터진 거에요. 어느날 밤 아빠는 엄마를 칼로 찔러 살해했어요. 그것도 원한이 맺힌 듯 난자당했어요. 그렇게 사랑하셨던 분들이, 절대 그럴 리가 없었어요. 아무리 그 건으로 인해 다투고 싸웠다 해도 근본적으로는 살인까지 할 정도는 아니었을 거에요. 일각에서는 조작이다, 라는 설도 있었지만 매스컴에서는 연일 아빠가 엄마를 살해한 것으로 대서특필해서 나왔어요. 그런데 수사는 순식간에 마무리 되었어요. 그 사건이 특검에 관한 기사보다 더 크게 부각되기 시작했어요. 그 참에 특검이 유야무야 사라지게 되었어요. 아빠는 조사를 받으시다가 자살했어요. 정말 괴로워서 자살했을 수도 있겠지만 저는 그 자살 역시도 저는 그들의 입막음이라고 생각했어요.

그 후 저는 미국 외할아버지에게 넘어갔고 미국에서 학업을 마쳤어요. CIA에 들어가게 되었구요. 저는 대한민국이란 나라에 제 힘이 닿는 한 복수하고 싶었어요. 그러나 너무 힘들었어요. 만약 진정한 대한민국을 만들겠다고 하면 돕겠어요. 제가 조그만 힘이라도 보탤 수 있다면 제 몸 하나쯤은 불태워도 좋아요."

이예리의 말투는 많이 변해갔다. '나'에서 '저'로, '니다'체에서 '요'체로. 이예리의 슬픈 과거를 들은 그들은 마음이 편치 않았다. 왠지 미안한 마음마저 들었고 한편으로는 전의가 끓어오르는 것 같았다. 게다가 이런 이야기를 순간적으로 꾸며댈 수 있는 사람은 없을 것이란 생각도 들어 그녀를 믿어도 될 것 같았다. 김동설은 우정의와 강라임과는 달리 의심을 지우지 않으려 마음을 다잡고 있었지만 마음 먹은 대로 되지는 않았다. 끝내 이예리에게 미안한 마음이 가슴 한 구석에 자리를 잡아버린 것이다. 속에 있는 말을 털어 놓은 이예리는 의자에 앉아 졸고 있었다. 측은한 마음이 들은 김동설은 이예리를 풀어 방에 눕혀 주었다. 이예리는 완전 곯아떨어져 있었다.

석연치 않은 존재

이예리가 잠든 사이 세 명의 남자들은 계란으로 바위치기 같은 싸움을 시작하기 위해 머리를 맞대고 작전을 구상했다. 이런 저런 고민에도 딱히 답은 나오지 않았다. 잠에서 깬 이예리는 샤워를 하고 다 마르지도 않은 머리칼로 나왔다. 편견을 벗은 외모는 미인 이예리로 다시 태어난 듯 보였다. 편견 하나가 아름다움의 수준을 다르게 만든 것이다. 사람의 눈을 멀게 만드는 게 어떤 것인지 우정의는 새삼스러웠다.

"앰플이 좀 신경 쓰이네요. 움직일 때마다 걸리적 거리는 것 같구요."

"미안합니다."

"아네요. 그냥 농담이예요."

이예리는 어색함을 지우기 위해 던진 농담이었지만 미

안함을 감추지 못하는 김동설의 표정이 부담스러웠다.

"여당에 정보를 흘려보는 것은 어떨까요?"

우정이의 의견이었다.

"제가 보기에는 바람직하지 않다고 봅니다. 그 나물에 그 밥 아닐까요? 그리고 홍성철이 무슨 짓을 할지 알 수 없습니다."

이예리가 결단력 있는 결정을 했다.

"차라리 우리를 믿어줄 수 있는 양심 있는 언론을 찾아보는 건 어떨까요?"

"쉽지 않다고 봐요. 설사 그런 사람들이 있다고 하더라도 저희 부모님처럼 될 가능성이 높다고 봐요."

이예리가 체념한 듯 말했다. 그리고 한 마디 덧붙였다.

"완벽한 증거가 필요해요."

이예리는 일상 생활로 돌아갔다. 김동설은 상황이 어떻게 변할지 걱정했지만 강라임과 우정의는 이예리를 신뢰했다. 일반인들은 기를 속일 수 없다는 것을 그들은 알고 있기 때문이다. 그들은 매일 밤 9시경 만나기로 했다.

이예리를 호위하는 경호원 두 명은 해제하지 않기로 했

다. 괜한 의심을 살 필요가 없어서다. 이예리에 의하면 황석연이라는 자는 이름만큼이나 석연찮은 사람이었다. 이예리와 CIA에서 함께 파견되었지만 CIA 소속은 아니다. 정부기관 사람도 아니라고 했다. 야당의 대변인까지 어떻게 고속승진을 할 수 있었는지도 석연치 않다. 이예리의 미국의 사기업 소속일 가능성이 높다고 했다. 황석연의 미국 이름은 사무엘 카펜터스였다. 바이러스에 대한 해박한 지식으로 봤을 때 관련업계, 연구기관, 제약사, FDA 중 한 곳을 지목했다. 홍성철의 자금 관련 부분은 황석연이 주도하고 있을 것으로 예측했다. 그들은 도움을 줄만한 언론과 정치쪽 인사를 검토했지만 쉽지 않았다. 이예리에게 초심과 도희를 소개하는 것은 월요일로 잡았다. 초심과 도희에게는 이예리의 가슴 아래 박아 둔 앰플에 대해 알리지 않았다. 도희는 사무엘 카펜터스에 관련된 정보를 찾기 시작했다. 의외로 그에 대한 정보는 너무 많이 돌고 있었다. 그를 황석연이라는 이름으로 찾아댔으니 정보를 알 수 없었던 것이다. 우정의는 지리산에서 비슷한 일을 겪고도 의심하지 못한 자신이 한심하다는 생각이 들었다.

"유타주 펜실베니아 주립대학에서 생물학을 전공하고 뉴욕대학에서 생물학 박사를 취득했네요. 제타존슨제약 회사에서 연구원으로 있었어요. 사진도 여기에 있네요. 어? 다른 사람 같은데요! 이름이 잘못된 것은 아니죠? 이상한데요. 잠시만요."

자료를 검색한 지 한 시간도 채 되지 않아 도희가 소리쳤다.

"찾았어요. 이 사람은 벌써 2년 전에 죽었어요. CIA에서 이 사람 이력을 황석연으로 대체해서 홍성철에게 붙여놓은 것 같아요."

이예리도 모르는 사실이었다. 생각 외로 답은 가까운 곳에 있었다. 뉴욕대학 박사학위 취득자 중에 황석연이란 인물이 존재했던 것이다.

"도희야. 너의 능력을 의심하는 건 아니지만 말이야. 그런 회사도 해킹이 되나? 해킹을 한다고 해도 우리가 원하는 것을 찾기는 힘들겠지?"

우정의는 조심스럽게 도희에게 해킹을 주문했다.

"우박사님. 제가 이 자리에 공짜로 올라온 줄 아시면 곤란해요. 시간만 주시면 원하시는 답을 구해다 드리지요."

도희가 쉽게 대답을 하긴 했지만 방대한 양의 데이터베이스를 뒤져서 원하는 데이터를 찾아낸다는 것은 쉬운 일이 아니었다.

"이런 건 차라리 권영탁 아저씨한테 부탁하는 게 어때요? 제가 한번 접촉해 볼게요."

도희는 얼마 전 권영탁에게서 답장이 온 것을 확인했었다. 무사히 잘 돌아갔다는 증거였다. 북한은 창과 방패를 전부 쥐고 미국과 거래를 하려는 것 같다는 내용이었다. 도희 예상대로 북한은 황석연의 정체를 알고 있었다. 홍성철의 대선 자금과 커미션에 눈독을 들인 것도 알고 있었다. 북한의 정보력에 우정의는 혀를 찼다. 도희는 그런 정보를 전부 알고 있으면서도 알려주지 않았던 권영탁은 입이 무거운 사람이라고 생각했다. 도희는 정 없는 사람 같다며 핀잔 섞인 답장을 보냈다. 권영탁은 몇 시간만에 황석연에 대한 자료를 보내주었다. 민족은 물론 전 인류를 위해 애써달라는 내용이 포함되어 있었다. 그것은 이광복 사형의 부탁이기도 했다는 것이다. 설마 했었지만 황석연은 제타존슨제약회사의 중책이었다. 홍성철이 중간에서 장난을 칠 수 없도록 CIA에서 박아 둔 인물이었다. 그렇다면 백신을 양산할 회사가 바로 제타존슨제약회사다. 백신 판매수익 중 대부분은 CIA로 넘어갈 예정이라는 것이다. CIA에서 자금을 어디로 돌려쓰는지 알 수 없으며 극비로 처리한 부분이라는 내용도 있었다.

로봇 만들기

월요일 저녁 9시. 종로7가의 닭한마리 원조집이다. 강라임은 이예리에게 서민적인 음식을 대접하고 싶었다. 서민들에게는 이런 곳이 더 정감 넘치고 편안한 곳이라는 것을 알려주고 싶어서다. 그들은 주변을 의식하며 대화를 나눴다. 이예리는 필요한 증거를 모아 USB에 담아왔다. 이예리는 더 이상의 자료는 구할 수 없을 거라고 했다. 게슈타포 피실험체인 임상시험 대상자의 신상명세, 중간조사자료, 건강기록 등 모든 자료를 포함해 고미진에 대한 자료, 반성문 부장 자살조작 증거, 범죄조직 매수관련 자료, CIA 교환자료, 북한 고위간부 섭외 자료 등 필요한 것들은 모두 가져온 것이다.

강라임은 얼마 전부터 주변의 기를 읽어내는 버릇이 생겼다. 그는 2차로 자리를 옮기면서 불안하고 긴장된 기를 감지했다. 우정의에게는 전음으로 알려주었다. 일단 둘이서만 알고 있기로 했다. 미행하는 자들의 정체를 파악하기 위해서다. 어쨌든 이예리는 꼬리가 밟힌 것이다. 그나마 중요한 자료를 모두 빼 왔으니 다행이었다. 우정의는 어쩌면 CIA가 파놓은 함정에 걸려든 것일지도 모른다고 생각했다.

〈미행은 세 명이다. 앞에 한 명, 뒤에 두 명, 앞의 한 명은 번갈아서 위치를 바꾸고 있어. 2차 가서 화장실에서 조용히 해결하자.〉

강라임이 우정의에게 보낸 전음이었다. 지하에 있는 호프로 들어간 강라임은 두 명이 호프 안에, 한 명은 외부에 있는 것을 확인하고 그들의 얼굴을 익혔다. 강라임의 전음을 받은 우정의는 바람을 쐬겠다며 밖으로 나갔다. 미행자는 우정의의 얼굴을 보는 순간 놀라는 눈치였다. 놀랄 틈도 없었다. 순식간에 급소를 점혈당했기 때문이다. 강라임에게 몇 수 배운 것을 요긴하게 써먹은 것이다. 우정의는 그를 어두운 골목 안으로 끌고 가서 두 다리와 두 팔을 부러뜨렸다. 잔인하다 싶었지만 공포감을 심어주는 게 필요하다는 판단에서였다. 그에게는 소음기가 달린 권총, 지갑, 수갑, 휴대폰, 무전기가 있었다. 권총은 특전사 시절에나 보았던 타국 군용 모델이었다. 보조 탄창도 3개나 있었다. 작정을 하고 나온 게 분명했다. 그들에게 선제공격을 당하고 비명횡사 했을지도 모를 일이었다. 우정의는 그런 상상을 하니 식은땀이 흘렀다. 지갑에는 형사 신분증도 들어 있었다. 다시 호프로 돌아오자 강라임은 나머지 두 명과 술자리를 하고 있었다. 자세히 살피니 그들의 몸은 굳은 상태였다. 도희는 깔깔거리고 있었다. 강라임과 우정의는 그들을 한 명씩 이끌고 밖으로 나갔다. 그들은 우정의가 점혈해 놓은 자가 있는 골목으로 들어갔다. 강라임은 호프에서 데리고 나온 두 남자들에게 동료의 모습을 보여주고 한 명의 혈을 풀어 입을 열게 했다. 우정의는 다른 한 명 역시 팔과 다리를 부러뜨렸다. 그는 자신의 뼈가 부러지는 소리를 온 몸으로 들을 수 있었다. 역시 비명조차 나오지 않았다. 남은 한 명은 겁에 질려 있었다.

'어째 배포도 없는 친구들이 이런 임무를 맡았을까?'

우정의는 속으로 생각했다. 특수전 훈련을 받은 자들도 아니었다.

"니들 누구냐?"

우정의가 한심하다는 듯한 목소리로 물었다.

"저희는 홍성철 대표님 경호원입니다."

그의 말에 우정의는 웃음이 나왔지만 억지로 참았다.

'그 인간이 나를 띄엄띄엄 봤구나!'

"누가 시킨 거지?"

"황석연입니다."

"대변인 말하는 거지?"

"네! 맞습니다."

"홍성철도 알고?"

"네! 같이 있었습니다."

"이예리를 미행했다?"

"네!"

"우리도 미행하라고 했나?"

"아니. 모르고 있었습니다."

그의 말에 우정의는 그 동안 너무 마음 편히 다닌 것이 후회됐다. 그러나 이미 지난 일이니 어쩔 수 없었다. 다행인 것은 홍성철과 황석연 모두 이예리가 우정의 일행에 합류한 사실을 모르고 있다는 것이다.

"보고했나?"

"아직 못했습니다. 우린 그저 이예리가 친구들을 만난 줄 알고 이예리가 혼자 있을 때 처리하라는 명령만……."

"그럼, 미안하지만 너희들을 죽이는 수밖에 없겠는데? 이예리를 처리하라는 이유는 뭐지?"

우정의의 말에 그는 대답도 하지 못한 채 부들부들 떨고 있었다.

"모른다는 거군. 경찰 신분증은?"

"문제가 생기면 경찰이라고 둘러대라고 했습니다."

"내가 당신들을 어떻게 해 주면 좋을까?"

"살려주세요. 뭐든 하겠습니다."

우정의는 강라임과 눈을 마주쳤다. 그들은 같은 생각을 하고 있었던 것이다. 우정의는 김동설을 데리고 돌아왔다. 오는 길에는 약국에 들러 몇 가지를 사가지고 왔다. 김동설은 무시무시한 눈빛으로 그들에게 감성고문했다. 이예리에 비하면 그들은 남자도 아니었다. 그저 가짜 앰플을 몸에 심은 것만으로도 그들은 살아 있는 로봇이 되어 버렸다.

"우린, 언제든 너희를 보고 있다. 쓸만한 의료진을 찾아서 꺼내 봐. 둘 다 같이 죽거나 같이 살겠지."

"기절했던 놈은 니들이 알아서 설명해라. 전화 잘 받고~"

강라임과 우정의는 횡재했다는 생각이 들었다. 생각지도 못하게 홍성철의 측근에 심복을 심어두게 된 것이다. 이예리는 그들에게서 완전히 벗어났다. 벗어나야만 했다. 두 다리가 멀쩡한 로봇은 이예리를 쥐도새도 모르게 처리했다고 보고했다. 누구도 시체를 찾을 수 없게 잘 숨겨두었다는 내용이었다. 로봇은 홍성철과 황석연이 이동할 때마다 보고했다. 우정의 일행은 홍성철과 황석연이 언제 어디서 누구를 만나는지 앉아서 손바닥 보듯 알게 된 것이다. 다음날 로봇은 강라임을 통해 GPS발신기를 전달받았다.

로봇에게서 미국에서 손님이 왔다는 소식이 들려왔다. 제약회사와 CIA 같다는 설명이 있었다. 로봇은 원래 CIA가 관여된 줄 몰랐지만 홍성철과 황석연의 대화를 엿듣게 되면서 짐작을 하게 된 것이다.

다음날 도회에게 수상한 이메일 한 통이 도착했다. 만나자는 일방적인 메일이었다. 본인이 누구인지도 밝히지 않았다. 도희는 그토록 자신만만하게 생각했던 해킹실력이나 보안이 수도 없이 깨져 나가자 망연자실했다.

신주쿠역 4번 출구.
1월 25일 오후 4시.
우정의 혼자 나오시오.

모두 무모한 행동이라고 만류했지만 딱히 다른 방법이 있는 것도 아니었다. 아직 5일이 남아 있었지만 우정의는 미리 움직이기로 했다. 문제는 출국심사였다. 여권도 문제가 되었다. 상대는 우정의가 일본으로 가는 데 문제가 없다는 것을 알고 있을 것이라는 데 의견이 모아졌다. 우정의 일행에 대해 세세하게 점검하고 있었던 게 분명했다. 약속 3일 전 우정의는 모든 준비를 마치고 공항으로 떠났다. 우정의는 점점 우물 안 개구리 같다는 생각이 들었다. 어디에 숨어도 어떻게 감추거나 막아도 누군가는 모두 알고 있다는 사실에 조금씩 힘이 빠졌다.

신주쿠

신주쿠역 광장은 번잡하기 이를 데 없다. 상대방 얼굴을 안다고 해도 찾아내기 힘들 정도다. 인파 때문에 도주한다 해도 잡을 수 없을 지경이다. 미리 도착한 것이 전혀 무의미했다.

25일 3시 50분. 우정의는 백여 미터 떨어진 지점에 서서 4번 출구 근처를 주시했다. 추운 날씨라 사람들은 두꺼운 옷을 입고도 움츠린 몸짓이다. 얼굴도 모르는 사람을 찾는다는 건 애초부터 무리였다. 마음을 접은 그는 4번 출구 앞으로 이동했다. 누군가 그의 어깨를 두드렸다. 섬뜻했지만 이상한 기운은 느껴지지 않았다. 일본인으로 보이는 남자는 우정의를 어디론가 이끌었다. 아무런 말도 없었다. 우정의는 체념하고 그를 따랐다. 한참을 이동해 손님 한 명 없는 식당으로 들었다. 아직까지는 이상한 일은 발생하지 않았다. 오랜 실전경험으로 단련된 우정의도 이번만큼은 긴장이 가라앉지 않았다. 그가 방 문을 열자 서양인 남자가 앉아 있었다. 일면식도 없는 사람이다. 그런데 그가 우정의를 보고 미소를 지었다.

"3일 전에 오셨다고 들었는데 나는 일정이 있어서 오늘 도착했습니다."

그는 유창한 한국어를 구사했다.

"이미 알고 있었군요. 용건이 뭡니까?"

"식사 하면서 천천히 하죠. 여긴 우리 둘밖에 없습니다. 나 역시 수행원 없이 혼자 나왔습니다."

그는 50대 후반 정도 되어 보였다. 백발에다 기다랗고 고운 손과 깔끔한 외모는 귀티가 났다. 생전 고생 같은 건 해본 적도 없어 보였다.

"그렇게 뜯어보지 않아도 됩니다."

그는 우정의의 속마음까지 읽는 듯했다.

"몇 달 동안 많이 힘들었을 것 같습니다. 가족들도 보고 싶겠고, 주변에 가까운 사람들도 많이 잃고, 지금 같이 있는 사람들도 생명이 위태롭지요."

몇 마디 되지 않는 말이었지만 정곡을 찌르고 있었다.

“심리학 전공했죠? 아마 그 틀에 나같은 부류는 없을 겁니다.”

그는 테이블 위에 세팅되어 있던 음식들을 음미하며 천천히 대화를 이어갔다.

“내가 누구일 것 같나요?”

“CIA 아닙니까?”

“짐작대로일 것 같지요?”

“아닙니까? 이해할 수 없군요.”

“왜 CIA가 모든 일을 움직일 거라고 생각하는 거죠? CIA는 우리의 도구일 뿐입니다.”

“미국은 아닌가요?”

“미국이긴 하지만 미국을 위해서 존재하지는 않습니다.”

그가 웃으며 말했다. 우정의가 대답이나 질문을 하지 못한 채 우물쭈물하자 그가 다시 말을 이었다.

“나도 하수인에 불과합니다.”

우정의는 그에게서 어떤 것도 감지할 수 없었다. 그의 기는 평온하기 이를 데 없었다. 방해전파로 가로막힌 기분이었다.

"나를 이해하려 하지 마십시오. 그저 상황을 풀어보자는 자립니다. 나는 당신들을 구제해 줄 수 있습니다. 내 말을 따르기만 한다면 말입니다. 우리는 이미 북한에서 가지고 있는 게슈타포 변종도 가지고 있습니다. 백신은 당신들이 가지고 있습니다. 우리는 인류를 멸종시키려는 것도 아니고 한 국가를 파괴하거나 전쟁을 일으킬 생각도 없습니다. 당신들이 예상하는 것처럼 돈의 게임을 하겠다는 것입니다. 얼마를 드리면 파시겠습니까? 우리는 무력을 쓰고 싶지도 않습니다. 그런 건 무지한 동물들이나 하는 것이고 우리는 협박 같은 것도 절대 하지 않습니다. 원하는 금액은 얼마든지 드릴 수 있습니다. 오늘은 그저 식사나 하고 가도 좋습니다."

그는 휴대폰 하나를 테이블에 두고는 다시 말을 이었다.

"결정을 하면 연락하십시오. 1번을 누르면 내게 전화가 걸릴 겁니다. 다른 전화는 쓸 수 없습니다."

그는 처음부터 짓고 있었던 온화한 표정에 변화가 없었다. 우정의는 사내의 믿기 어려운 말을 믿지 않을 수도 없었다. 그의 여유로움과 기의 안정감은 송풍석과 파계스님 수준이었다. 새로운 스타일의 도인을 만난 것 같았다.

"난 이삼 일 정도 일본에 있을 겁니다. 그 안에 답을 줘도 되고 그 이후에는 그 전화로 연락하면 됩니다. 어쨌든 즐거운 시간이었습니다."

그는 일방적으로 인사를 하고 나갔다. 그 몇 마디 말을 하자고 그를 일본까지 불러들인 남자를 이해하기 어려웠다. 그냥 지난번 이메일로 보냈어도 될 내용이었다. 우정의는 식당을 나와 거리에서 멍하니 서 있었다. 얼마를 그러고 있었을까? 4번 출구에서 그를 인도했던 일본인 사내가 조그만 봉투 하나를 건네주었다. 무채색의 고급스러운 봉투였다. 우정의는 봉투를 주머니에 넣고 택시를 탔다. 봉투를 안에는 도쿄호텔 객실 숙박권이 있었다. 우정의는 어차피 가져온 물건도 없었기에 도쿄호텔로 향했다. 그의 일거수 일투족을 꿰뚫고 있는 남자에게서 벗어나고자 해도 방법은 없을 거란 판단에서였다.

아침식사를 마치고 딱히 할 일도 없었다. 서울에 있는

동료들에게 상황에 대한 설명을 하긴 했지만 대안이 없었다. 역시 부딪혀 보는 방법 외에는 없었다. 그들이 우정의를 해치려고 했다면 벌써 실행에 옮겼을 것이니 서로 안심하기로 했다. 그는 도쿄 구경이나 해야겠다는 생각에 호텔 로비에 섰다. 그런데 그의 앞에 검은색 롤스로이스가 멈추어 섰다. 운전석에서 제복을 입은 기사가 내리더니 우정의에게 시선을 던졌다. 기사는 허리를 90도 가까이 굽힌 상태로 우정의가 차에 올라타기를 기다렸다.

그는 오후 늦게까지 롤스로이스를 타고 도쿄 여행을 했다. 다시 호텔로 돌아오는 길에 미국인 남자가 준 휴대폰으로 전화가 수신됐다. 그가 만나자는 요청을 했다. 말이 요청이지 따르지 않을 도리가 없었다. 롤스로이스는 사실 호텔로 돌아가는 게 아니었다. 한 시간 정도를 달리자 롤스로이스가 한적한 동네 어귀로 접어들었다. 동네를 가로질러 깊은 숲이 나왔다. 사람 한 명 지나지 않는 숲이다. 기사는 숲 입구에 차를 세우고 문을 열어 주었다. 차 옆에는 어제 그 남자가 비슷한 미소를 지으며 서 있었다. 우정의는 그의 의도가 무엇인지 도통 감을 잡을 수 없었다.

"오늘 도쿄 구경은 어떠셨습니까? 내 준비가 기분 상했다면 미안합니다."

"모처럼 좋은 경험이었습니다. 고맙습니다."

그 남자는 우정의의 대답에 싱겁게 웃으며 앞장섰다. 산책이나 하자는 듯했다. 일본식 사찰은 한국의 사찰과 분위기가 사뭇 달랐다. 건축방식, 수호신 등 구석구석 많은 것들이 닮은 듯하지만 이색적이다. 겨울의 어스름이 내려앉은 사찰의 경내를 수터분히 걷는 그의 뒷모습이 어제와는 사뭇 다른 느낌이 들었다. 부드러운 듯하면서도 차분한 기분이었다.

"뒤에서 그렇게 따라오지 말고 같이 걸으면 어떨까요!"

그는 뒤도 돌아보지 않고 말했다. 우정의는 보폭을 높여 그의 옆으로 다가섰다. 그는 멀리 경내의 분위기를 살피는 듯했다.

"내 나이가 얼마나 되어 보입니까?"

그가 엉뚱한 질문을 던지는 의도를 우정의는 이해할 수가 없었다.

"글쎄요. 첫 인상은 50대 중반 내지는 후반 정도였습니다. 지금은 자세히 보니 60대 초중반일 수도 있겠습니다.”

우정의의 답에 그는 희미한 미소를 지으며 입을 열었다.

“내 나이는 올해 77세입니다. 예상 외로 많지요?”

“그렇게 보이지 않습니다.”

“그럴 겁니다. 내 몸에 쓰는 돈만 해도 일반인은 상상도 하지 못할 정도입니다. 내가 이 나이를 먹으면서 외면의 노화는 최대한 속도를 늦출 수는 있었지만 내면의 노화는 그 무엇으로도 막을 수 없다는 걸 실감하고 있습니다.”

“그렇군요.”

“바쁜 일 있습니까?”

“그런 건. 전혀…….”

“내 이야기를 좀 들어 주겠습니까?”

“그러시지요.”

우정의는 그가 어떤 이야기를 할 지 내심 기대가 컸다.

“세상에는 이해하기 어려운 일들이 정말 많지만 이해할 수 없는 일도 많습니다. 이해하려 해도 이해할 수 없고, 이해할 수 있다고 해도 이해되지 않는 것이 세상사일 것입니다. 사람들은 본 것만 믿으려 하고 아는 것만 진실이라고 생각하는 경향이 있습니다. 그런데 문제는 그들이 본 것, 아는 것이 진실인지 거짓인지 분별할 수 있는 능력이 없다는 것입니다. 설사 그런 능력이 있다고 하더라도 진실과 거짓을 스스로 믿을 수 있다는 것 역시 확실하지 않습니다. 스스로가 가진 잣대로 판단하고 해석하면 절대 객관적일 수도 없고 사실에 거짓이 가감되어 진실에서 벗어나 왜곡되는 것입니다. 그런 것이 이 세상입니다. 뜻을 가진 누군가는 하나하나 바로잡고자 하지만 바로잡을 수 없을 수도 있습니다. 그저 노력할 뿐입니다. 모든 것은 진실과 거짓 속에서 끝없이 방황하고 있는 겁니다. 어렵지만 쉽고, 쉬우면서도 어려운 일이지요. 내 안에서 만족하면 행복할 수 있고, 그렇지 못하면 불행한 것입니다. 돈이 많으면 사는 데 불편함은 없습니다. 하지만 이 사찰을 잘 보십시오. 한국의 스님들은 무소유를 부르짖고 속세의 번뇌를 잊고자 도를 닦는다지만 정작 그들의 참선 역시 어떤 욕심이 바탕에 깔려 있습니다. 흔히 말하는 성취욕이라는 것 말입니다. 명예, 돈, 성공, 사랑 이 모든 것들이 다 소유욕이라고 볼 수 있습니다. 우리 조직은 이미 초심을 잃었습니다. 다들 스스로 인식하지 못한 채, 욕구에 지배되어 자아가 잠식되어 버렸지만 그것을 모른 채 살고 있습니다. 조금이나마 욕망을 견제할 수 있었던 선, 악, 진실, 거짓을 분별할 수 있는 능력이 꼬리를 감춘지 오래입니다. 우리는 자본의 노예가 되어 버렸습니다. 언젠가부터 자본으로 세상을 흔들고 세상의 길을 내 임의로 바꿀 수 있는 능력이 생겼습니다. 그들은 인류의 눈을 가릴 수 있고 색안경을 씌워 선한 자를 악인으로, 또는 악인을 선인으로 바꿔치기 할 수 있는 능력을 가지게 되었습니다. 다시 말하지만 나는 그들의 하수인일 뿐입니다. 나는 그들이 가진 것을 갖지 못했지만 적어도 그들이 잃어버린 초심만은 지키려 하고 있습니다. 아직까지는 말입니다. 아직은 정의를 조금 알고 있고 양심이 조금은 남아있습니다. 그들의 자본은 나를 완전히 잠식시키지는 못했던 것입니다. 나이를 먹으면서 점점 회의를 느끼게 되었습니다. 겉모습은 이렇게 젊음을 유지한 채 살고 있지만……."

그는 잠시 말을 끊었다. 우정의는 돈이 많고 적음을 떠나 고민이나 스트레스 없는 사람이 누가 있을까 싶었다.

"내 아들, 내 딸. 모두 이 세상이 사람이 아닙니다. 당신들 말마따나 인생지사 새옹지마라느니 인생무상이라는 말을 들었습니다. 내가 모든 것을 다 가진 듯해도 인간은 기본적으로 누리고자 하는 욕구가 있습니다. 자식을 위해 모든 것들을 내던질 수 있는 부모의 마음이 바로 그것이랄까? 아이들을 잃은 후 내 삶은 목적없이 헤메이기 시작했습니다. 찾은 사람도, 찾지 못한 사람도 성취욕에서 정체성을 찾지 못한 채 허우적거리고 있었습니다. 언젠가 나는 이런 생각이 들었습니다. 그들이 구도를 통해 자아를 찾았다면 나는 자본을 통해 자아를 찾은 것 같다는 생각이 들었습니다. 어느 선각자의 글을 통해 이런 내용의 글귀를 본 기억이 있습니다. 깨달음이란 사소한 것일지라도 그것을 통해 깨우침을 얻을 수 있다는 것. 아마도 내가 느낀 그것이라고 생각하고 있습니다."

그의 긴 설명에 우정의는 구도자의 그것과 같은 수준의 안정된 기운의 정체를 알수 있을 것 같았다. 우정의가 기라는 것을 배우고 느끼기 시작한 지는 그다지 오래되지는 않았지만 그간 배우고 익힌 기준으로만 판단을 한다고 해도 그저 나이를 먹은 것만으로 그 수준을 만드는 것은 어려운 것이라고 생각했다. 우정의는 그가 자본을 통해 구도자의 길을 걸어온 것이나 마찬가지라는 것을 알수 있었다.

"난 이제 미련도, 욕심도, 희망도 없습니다. 단 한가지 욕심이 있다면, 내가 할 수 있는 한 무언가는 바로잡고 싶다는 것입니다. 그것조차도 욕심일지는 모르나 누군가의 손을 통해서라도 정리를 하고 싶다는 말입니다."

"이 문제는 선생님이 직접 할 수 있는 일 아닙니까"

우정의는 그가 왜 자신을 만나려 한 것인지 이해할 수 없었다.

"처음에 말했듯이 이해하려 해도 이해할 수 없고, 이해해도 이해할 수 없는 것이 바로 이런 것들입니다. 내가 세상에 폭로한다 하더라도 절대로 세상은 바뀌지 않습니다. 그저 잠시. 아주 잠시 진통은 있겠지요. 내 자리는 다른 사람이 차지할 겁니다. 그나마 이 상태가 유지되던 것이 깨질 수도 있습니다. 더 나빠질 수도, 좋아질 수도 있습니다. 이 상태가 유지되는 것이 차라리 더 나을 수도 있습니다. 내 생명이 유지되는 동안은 말입니다."

"무슨 말씀인지 알겠습니다. 그럼 제가 해야 할 일은

무엇입니까? 세상과 타협을 하면 되는 것입니까? 아니면 선생님 대신 폭로를 하는 것입니까?"

"요즘 그들의 안목이 예전같지 않습니다. 게슈타포가 만들 문제점과 악영향에 대해서 그다지 깊게 생각지를 않고 있는 것 같습니다. 난 이것만큼은 막아야겠다고 생각했고 행동으로 옮긴 것입니다. 게슈타포나 변종이 세상에 풀리면 벌어질 일들에 대해 상상해본 적 있습니까?"

"물론입니다. 무서운 존재입니다. 제가 겪고 있는 일이기도 합니다."

"그렇다면 잘 됐습니다. 이런 일들이 벌어진다면 어떻겠습니까? 기면증이란 일단 개개인의 문제에서 시작합니다. 지하철 운전기사가 운행중 기면에 빠졌습니다. 무기를 장착한 전투기나 여객기를 조종하는 파일럿이 기면에 빠졌다고 생각합시다. 뇌수술을 하던 의사가, 스쿨버스 운전기사가, 건설현장 크레인 운전기사가, 재판중인 판사가, 원자력 발전소 핵심 근무자가……. 자, 다시 들어보세요. 뇌수술을 하던 의사 같은 경우야 그렇다 칩시다. 1차 희생자 한두 명의 문제라면 어떻게든 감내할 수 있을지도 모르겠습니다. 하지만 지하철 운전기사, 여객기 파일렀, 스쿨버스 운전자라면 어떻겠습니까? 2차 희생자의 수는 우리가 예측할 수 없습니다. 아시다시피 게슈타포 감염은 정밀조사를 하지 않는 한, 실제 증상을 보이기 전까지는 감염 여부를 알수 없습니다. 그들은 단지 돈벌이 수단으로 최적이라고만 생각하고 있습니다. 전 인류가 모두 백신을 투여받는다면 그 수익금은 엄청날 것입니다. 비용이 얼마가 됐든 정책적으로 백신을 접종한다 하더라도 수익을 챙기는 자들은 정해져 있습니다. 어차피 자본주의 사회니까. 그런데 문제는 여기서 끝나는 게 아니기 때문에 문제가 되는 겁니다. 바이러스는 얼마든지 변종을 만들 수 있습니다. 테러조직이 밝혀지지 않은 게슈타포 변종을 테러에 이용한다면 어떤 일이 발생하겠습니까? 지금은 혈액을 통해서만 발생될 수 있다지만 호흡으로 전이된다면? 전이 속도가 매우 빠르거나, 반응이 더 빨라진다거나, 기면증상이 잦아진다거나, 기면 증상이 장시간 지속된다거나 한다면 세상은 어떻게 될 것 같습니까? 돈 문제를 떠나 인류의 퇴보가 되는 것이란 말입니다. 자본가도 피할 수 없고, 권력자도 피할 수 없습니다. 핵전쟁보다 더 무서운 것이 바로 생물학전쟁이라는 건 누구나 익히 알고 있지 않습니까? 게슈타포의 경우, 전 인류에 미치는 소리 없는 전쟁이 될 것입니다.”

우정의는 그저 개인적인 문제에 국한해서 생각했던 것이 부끄러웠다.

“제가 할 일은 무엇입니까?”

“원칙적으로는 게슈타포를 폐기해야 하지만 이미 너무 멀리 온 것 같습니다. 알고 있을지는 모르겠지만 독일은 얼마 전 그것을 폐기했습니다. 전쟁을 겪고 인류의 혼란을 가져왔던 그들 스스로 내린 결과입니다. 그동안 백신 개발을 시도해왔지만 백신으로 해결할 수 없는 것이라는 판단에 내린 결론이었다고 들었습니다. 그들은 확실히 명석한 민족입니다. 게슈타포는 제3세계까지 흘러갔을 수도 있습니다. 북한은 아시다시피 이광복이란 자가 봉인한 상태입니다. 지금쯤 사형에 처해졌을 것이고. 이광복은 정말 괜찮은 남자였습니다. 그는 내 뜻을 일찌감치 알아들었습니다. 미국은 한국에 큰 기대를 하고 있습니다. 그들은 잘 모르고 있지만 이미 미국의 게슈타포는 내 손에 있으니 문제가 되지 않습니다. 다만 한국의 문제는 당신이 해결해야 합니다. 그래서 이렇게 만나자고 한 것입니다."

우정의는 이광복의 소식에 마음이 무거워졌다.

"어떤 식의 해결을 원하십니까?"

"게슈타포를 폐기하면 됩니다. 행여라도 누군가에게 수혈을 한다거나 하는 일이 생긴다면 돌이킬 수 없는 상황이 되고 마는 겁니다. 역추적한다고 해서 해결할 수 없는 겁니다. 게슈타포가 제 발로 세상을 활보하는 것을 막아야만 했습니다. 홍준희는 어제 부로 이 세상 사람이 아닙니다. 미안하게 됐습니다. 어차피 죽는 인생. 그들의 명을 재촉한 것은 안타깝지만 대의를 위해 희생된 것이라고 생각해주길 바랍니다. 당신의 생명을 버리라는 것은 아닙니다."

우정의는 생을 마감할 때라는 것을 직감하고 있었는데 그의 입에서 엉뚱한 답이 나오자 놀라지 않을 수 없었다.

"역설같지만 당신은 게슈타포를 지켜야 합니다. 게슈타포 증세를 겪지 않은 지 오래된 것을 알고 있습니다. 무슨 일이 있어도 백신 개발을 완료시켜야 합니다. 우리가 알지 못하는 변수를 고려해야만 한다는 말입니다. 자금은 충분하게 준비해 두었습니다. 백신을 개발하고 게슈타포 변종에도 대응할 수 있는 근본적인 항원을 개발하십시오. 다만 당신이 해결해야 할 게 하나 있습니다."

"혹시 홍성철이나 황석연입니까?"

"틀렸소. 맞기도 하지만."

"홍성철. 그자는 독사같은 자입니다. 고미진 역시 돈 냄새를 맡았고 홍성철과 몸을 섞었습니다. 홍성철은 자신이 버려질 카드라는 것을 알고 있었습니다. CIA에서 홍성철을 너무 우습게 봤던 게 문제였습니다. 내 손에서 벗어나 버렸지요. 홍성철이 가지고 있던 게슈타포의 행적이 묘연해졌습니다. 고미진이 가지고 있던 게슈타포를 홍성철이 입수했고 어딘가에 감춰 두있는데 행방을 알 수 없습니다. 아무튼 당신이 할 일은 홍성철이 감춘 게슈타포를 폐기하는 것입니다. 고미진은 어제 제거되었습니다. 그 여자는 돈과 권력의 노예였습니다. 홍성철 같은 인간의 수하가 된 것을 보면 고미진은 의사나 학자로서의 초심을 버린 것이었습니다. 그러고 보니 그녀 이름도 초심이군요. 나는 마초심 박사를 해할 생각은 없으니 염려 마십시오. 마초심 박사가 아니면 백신의 존재 혹은 우리 인류의 미래를 알수 없으니. 알다시피 더 나은 연구기관에서 의뢰할 수 있지만 더 이상의 노출도, 더 이상의 확산도 막아야 합니다. 지금은 그리 급할 건 없으니 하루 더 쉬고 한국으로 가십시오. 내 선물은 맘에 안 들더라도 받아 주시고."

그는 주머니에서 USB 메모리 한 개와 열쇠 두 개를 꺼내어 건네주었다.

"차를 타면 은행으로 안내해 줄 겁니다. 당신과 마초심 박사 외에는 누구도 꺼내볼 수 없습니다. 일본의 금융은 스위스에 비해 떨어지지 않습니다. 앞으로는 나를 만날 일도 없을 겁니다. 만나서도 안되고 만나려 해서도 안 됩니다. 내가 당신을 만나러 갈 지는 모르겠습니다. 그럴 일은 아마도 없겠지만."

"그럼 마지막으로 물어볼 게 있습니다."

우정의의 말에 그는 미소로 답했다.

"몇 명입니까? 국정원에서 임상실험을 진행하던 대상 말입니다."

"아직 모르고 있었군요. 8명입니다. 당신이 마이크를 삼켰던 그 작전에 동원됐던 사람 전부."

그의 말에 우정의는 이해할 수 없었던 미스터리 한 가

지가 풀렸다. 재훈의 사고 역시 기면증에 의한 것을 의미했다. 방향감각을 잃을 리도 없었고 그런 곳에서 죽음을 맞을 사람이 아니었다. 게이지 모두 정상 작동했고 나침반이나 알람 역시 문제가 없었다. 정상적이었다면 작살질에 심취했더라도 충분히 빠져나올 수 있는 위치였던 것이다. 그도 기면증에 잠들어 버린 것이 분명했다. 그는 눈인사로 자리를 마무리하고 떠났다.

"인류의 퇴보가 아니라면 나의 죽음이겠지."

우정의는 혼잣말을 되뇌었다.

스미스

당신은 금고의 위치만 확인할 수 있습니다. 금고 개방은 두 사람이 함께 가야만 개봉이 가능합니다. 우리가 다시 보는 일이 없기를 바랍니다. 우정의. 당신의 영원한 벗이고 싶군요. 예전부터 당신이 알던 앨런 스미스로부터.

'그가 스미스였구나.' 우정의는 이어지는 충격에 그다지 놀랍지도 않았다. 하지만 그토록 꼬리를 잡을 수 없었던 스미스의 정체를 알고 나니 허무했다. 스미스는 오래전부터 국정원을 지켜봐 왔던 것이다. 그들이 알던 스미스는 조직을 지칭한 것인지 한 사람의 이름인지조차 파악하지 못했다. 앨런 스미스가 말하는 그의 조직은 무엇인가, 우정의는 전혀 상상할 수 없었다. 이제 스미스는 적이 아닌 동지가 되어 있었다. 우정의는 스미스 일당이 된 것이나 마찬가지다. 꼬리를 잡을 수 없었던 그것이 결국 우정의 본인이 된 셈이다. 롤스로이스 기사는 은행의 위치를 알려주고 도쿄호텔로 향했다. 샤워를 하고 나오자 앨런 스미스에게서 상자 하나가 배달되었다. 편지 한 통과 무기명 채권 일 억 달러가 들어있었다. 일개 월급쟁이에 불과했던 그에게는 상상해본 적도 없는 금액이었다. 원화로는 약 천백억 원 정도였다. 믿을 수 없었지만 그들에게 있어 일천억 원이라는 돈은 아무 것도 아닌 듯했다. 우정의는 달러를 만지작거리며 편지를 열었다.

내 이름은 앨런 스미스입니다. 본명은 오래전에 잊었습니다. 이미 오십 년을 이 이름으로 살아왔고 앞으로도 영원히 이것은 내 이름입니다. 스미스는 내부의 감찰과 조정을 위해 만들어진 조직입니다. 많이 변질되기는 했지만, 스스로 정화시키지 않으면 사라질 것이라는 선조들의 역사에서 깨우친 우리만의 자구책이었습니다. 한국으로 돌아가면 내가 보낸 사람과 연구소 하나를 인수해야 합니다. 당분간은 따르기만 하면 됩니다. 그 후엔 마초심 박사가 주도하고 자금은 은행에 넉넉하게 넣어 두었으니 필요하면 꺼내 쓰면 됩니다. 보고할 필요는 없습니다. 보고할 수도 없겠지만. 세무 조사도 없고, 감찰도 없습니다. 누구의 간섭도 없습니다. 그저 소신껏 사용하되 초심을 잃지 말기를 바랍니다. 한국 말에 화장실 들어갈 때 나올 때 마음 다르다 하는 말이 있다고 들었습니다. 건투를 바랍니다.

새벽까지 이 생각 저 생각에 잠을 이루지 못하다가 우정의는 또 술 한 병을 꺼내 들었다. 아침 식사를 하고 방으로 올라오니 프론트에서 연락이 왔다. 로비에 차량이 준비되어 있다는 것이다. 앨런 스미스를 기대했던 차 안에는 초심이 타고 있었다. 놀라는 우정의와는 달리 초심은 이해할 수 없다는 표정을 지었다. 초심은 스미스의 선물이었던 것이다. 초심은 스미스의 음성조작에 당한 것이었다. 우정의는 등에 한 줄기 식은 땀이 흘렀다. 스미스가 작정했다면 자신은 이미 이 세상 사람이 아닐 수도 있었다. 오히려 스미스에게 선택을 당한 것이 다행이라는 생각이 들었다. 그들의 1박 2일은 신혼여행이나 마찬가지였다. 둘에게는 그야말로 환상여행 그 자체였다.

한국으로 돌아온 우정의와 초심은 스미스의 지시를 따랐다. 초심과 도희는 연구소를 운영하는 데 주력하기로 했다. 우정의는 할 일이 있었다. 로봇은 잔고장 없이 충실하게 움직였다. 우정의는 로봇에게 당근을 던졌다. 김동설에게 하사금을 수여받은 로봇은 상당한 업그레이드 효과를 보여주었다. 로봇들에게 들려오는 홍성철의 행적은 크게 변함이 없었다. 모두들 고미진의 사망 시점에서부터 홍성철의 행로를 파악하면 실마리를 찾을 가능성이 높다고 봤다. 로봇은 홍성철의 의심스런 행직을 알려주기로 했다. 로봇들에게 먹인 당근은 생각보다 큰 효과가 있었다. 로봇은 홍성철의 미심쩍은 장소 세 곳과 고미진이 함께 움직였던 장소 두 곳의 주소를 보냈다. 우정의는 범죄조직대응팀에서 알게 된 금고따기 선수를 동행해 금고를 털었다. 하지만 게슈타포 대신 온갖 비리가 가득한 문서와 장부가 발견됐다. 게다가 수십 억에 달하는 오만 원권 현금이 가득 쌓여 있었다. 그가 CIA에 요구했다는 일조 원에 비하면 조족지혈이었지만 그를 파멸시키기에는 충분한 증거였다. 그러나 당장 그 문제를 터뜨리면 게슈타포의 행방을 찾아내기는 어렵게 될 것이라는 판단에 잠시 접어 두기로 했다. 로봇은 홍성철에게 작은 마누라 격인 숨겨진 애첩이 있다는 정보와 함께 주소를 보냈다. 우정의는 금고따기 선수를 다시 불러들였다. 애첩이 거주한다는 평창동 집 금고에서 애타게 찾던 게슈타포가 발견됐다. 우정의는 앨런 스미스에게 게슈타포를 찾았다고 알릴 수 있는 방법이 없었다. 하지만 그들은 모두 알고 있을 것이라는 느낌이 있었다. 뉴스와 신문에서는 연일 홍성철에 대해 대서특필했다. 뉴스의 내용은 이랬다.

〈대통령 후보, 이래도 되나?〉
〈비자금 120억 원 발견〉
〈띠동갑 두 바퀴 여의사 협박 및 강간 혐의〉
〈홍성철 그의 애첩은 몇 명인가?〉
〈황석연 대변인, 석연치 않은 경력 바꿔치기〉
〈황석연 대변인 실종, 홍성철의 증거 인멸 의심〉
〈홍성철 구속 수사 결정, 도피중〉
〈충격적인 자살〉

〈홍성철의 추가되는 비리와 연루된 사건들〉
〈홍성철과 국정원〉

스미스가 홍성철을 처리하는 것은 순식간에 이루어졌다. 언제 그런 사람이 있었냐는 듯 매우 깔끔하게 처리된 것이다. 홍성철의 돈을 향한 끝없는 욕심이 자신을 파멸의 길로 안내한 것이나 마찬가지였다. 자본에 잠식당한 홍성철과 자본에서 도를 깨우친 앨런 스미스는 대조적이었다. 앨런 스미스의 말처럼 돈도, 명예도 가족이 없으면 그 무엇도 의미가 없다. 그 내면을 다시 풀어본다면 사랑이 없는 풍족함은 미래가 없는 오늘과 전혀 나를 바가 없다는 말과 다르지 않다.

우정의와 초심은 일본으로 넘어가 은행의 금고를 열었다. 금고 안에는 일조 원까지 쓸 수 있는 채권이 들어있었다. 앨런 스미스가 말했던 것처럼 연구소에서 쓰기에는 충분한 자금이었다. 우정의나 초심은 돈이란 개념이 흔들리기 시작했다. 그들은 자금 걱정 없이 연구해 달라는 뜻이라고 받아들였다. 엄청난 돈을 담보 하나 없이 비전 하나만 믿고 맡길 수 있었는지 이해하기 어려웠다. 은행을 나서는 그들에게 매니저가 편지 한 통을 건넸다. 우정의는 금고 안에 있을 법 했던 편지가 없는 것이 왠지 이상하다 생각했었다. 스미스가 자신에게 뭔가 지시할 것이 있으리라 생각했다. 초심의 의견에 의하면 게슈타포 백신 개발에는 그렇게까지 큰 돈은 필요없기 때문이었다. 게다가 초심의 연구는 거의 막바지에 도달해 있었다.

〈앞으로 많은 부탁을 할 겁니다. 앨런 스미스〉

에필로그

우정의와 강라임 가족은 모두 정상적인 삶을 살 수 있게 되었다. 초심은 송풍석의 의학 포럼을 연구소로 옮겼다. 동양의학과 서양의학을 함께 연구하는 통합의학이었다. 초심은 독일의 통합의학을 넘어서는 연구를 하고 싶었다는 의지를 불태웠다. 우정의와 초심은 우정을 이어 가는 것으로 만족하기로 했다. 그저 우정의 곁에 있는 것만으로도 만족하겠다는 것이었다. 초심은 마음만 먹으면 우정의를 무너뜨릴 수 있다는 자신감이 있었지만 그의 평안한 가정을 망가뜨리고 싶지 않았다. 우정의는 사랑하는 아내와 세 아이들을 자신의 분신과도 같이 생각하고 있었다. 우정의는 두 여자를 동시에 사랑할 자신이 없었다. 송풍석과 파계 스님의 말씀에서 중심을 잡은 것이다.

도희는 해킹을 접고 비트코인에 심취했다. 얼마 전에는

송풍석과 약속했던 포럼의 이름을 지었다. 포럼의 이름은 〈송풍석〉이다. 포럼을 만든 그를 기리자는 의미였다.

김동설은 이예리와 결혼을 약속하고 바닷가 절벽 위 횟집으로 돌아갔다. 김동설은 부부싸움이 나면 이예리 가슴 속에 있는 앰플 리모컨 스위치를 누르겠다며 으르렁댔다. 이예리는 앞으로 만지기 싫으면 맘대로 하라는 둥 변태적인 커플로 거듭났다.

공식적으로 사망했던 강라임은 전혀 모르는 일이었다는 식으로 세상에 나타났다. 오히려 선수로 유명했던 시절보다 자주 매스컴에 오르내렸다. 강라임은 해체됐던 독립구단을 부활시켜 2군 야구선수들을 위한 프로그램을 운영하게 되었다. 초심의 연구소에서 후원을 약속했다.

로봇들은 우정의의 심복이 되어 평생을 충성하기로 맹세했다.

우정의는 스미스와의 관계가 이어질 것이란 느낌이 있었다. 그게 어떤 식으로든.

3년 후, 송풍석은 그의 스승 덕송풍과 같은 병으로 세상을 떠났다. 그는 덕송풍이 평생 앓았던 것과 같은 병을 앓았다. 그는 병원에서 삼십 여년 전에 삼 년을 살면 잘 살 것이라며 사형 선고를 받았다. 스승에게서 배운 약초 덕분에 이십칠 년을 더 살 수 있었던 것이다. 송풍석은 정체가 숨겨진 한 명의 제자에 대한 비밀을 품고 떠났다. 언젠가 나타날 그를 우정의는 기대하고 있다.

파계 스님은 지리산의 폐허같던 외딴 암자에서 좌선 중이다. 좌선 중인 스님의 머리맡 편액에는 이런 글이 쓰여져 있다.

〈네 안에 너 있다〉

덕송풍 태사부가 송풍석에게 2차 호흡법과 함께 남겨 둔 글이다. 망치로 가슴을 치는 듯한 걸작이 아닐 수 없다. 내 안의 나를 바로 아는 것이 진리이며, 도라는 것을. 내 삶을 벗어나 도를 추구하는 것은 구도가 아니라 현실 도피라는 것을 덕송풍은 알았던 것이다. 파계 스님은 덕송풍의 여섯 글자 안에 담긴 뜻을 풀었을까? 우정의는 이미 〈네 안에 너 있다〉의 의미를 알고 있었다. 그는 자신의 인생에서 절대 도망치지 않고 충실한 것이 태사부가 남긴 득도의 길이라는 것을 온 몸으로 체득했던 것이다.

얼마 전 앨런 스미스에게서 고급스러운 양장의 우편이 도착했다.

〈Dear. Mr Jung! Your name is Milton. Smith. If you want. From Allon Smith〉

작가의 말

이 소설의 몇 명은 실존인물이다. 이야기의 일부 역시 실제 있었던 일이다. 글이 출판되면 초판본을 들고 찾아뵙고 싶은 분이 있었다. 이제는 너무 늦어버려 아쉽기만 하다. 한동안 연락도 드리지 못한 사이에 세상을 등진 내게는 말 그대로 도인 같은 분이셨다. 산악계에서는 해외 유수의 등산장비 제조업체들과 어깨를 견주었던 〈자일브람제〉를 개발한 이영관 선생이다. 나와는 각별한 인연이 있는 분이다. 소설 속 송풍석 박영관은 바로 이영관 선생을 모델로 삼았다. 소설 속 박영관의 과거 이야기의 대부분은 이영관 선생의 실제 이야기다. 한 시대를 초심으로 초연하게 살아왔던 외고집 인생. 많은 사람들이 그를 괴팍한 노인네라고 했지만 그 맑고 한결 같은 심성을 누가 알까 싶다. 직접 책을 드리지는 못하게 됐지만 그 분을 기리는 책 한 권이 완성되어 가슴 한 켠이 후련하다. 산악그랜드슬램 박영석 선배와 자일브람제 이영관 선생의 합작품을 만들어 드리고자 했었는데 그러지 못했던 게 참 가슴 아프다. 이현조 선배 역시 이영관 선생의 자일브람제를 해외 설산에서 최고로 쳤었던 기억이 난다. 지금 생각해 보면 이영관 선생은 나처럼 모자란 놈에게 자일브람제의 미래를 맡겨 주셨던 게 아쉬움으로 남는다. 그를 아는 사람이라면 이 소설에서 그의 향수가 느껴지지 않을까 싶다.

이 소설을 산악인 고 이영관 선생을 기리는 마음으로 세상에 내 놓는다.

한유지

게슈타포

초판1쇄 인쇄 2018년 7월 25일
초판1쇄 발행 2018년 7월 30일

지은이 한유지
발행인 서정환
펴낸곳 신아출판사
주소 전북 전주시 완산구 공북 1길 16(태평동 251-30)
전화 (063) 275-4000 · 0484 · 6374
팩스 (063) 274-3131
이메일 shina2347@naver.com shina321@hanmail.net
출판등록 제465-1984-000004호
인쇄 · 제본 신아출판사

ISBN 979-11-5605-546-4 03810

값 13,800원

이 도서의 국립중앙도서관 출판시도서목록(CIP)은 서지정보유통지원시스템 홈페이지(http://seoji.nl.go.kr)와 국가자료공동목록시스템(http://www.nl.go.kr/kolisnet)에서 이용하실 수 있습니다.(CIP제어번호: CIP : 2018022339)

Printed in KOREA